Charlotte de Monchy

Beter laat dan nooit

Als Merle wil voorkomen dat haar oma in Cornwall zich laat uitkopen door een huisjesmelker, stuit ze daarbij op de pestkop uit haar jeugd

BOEKERIJ

Eerste druk mei 2021
Tweede druk mei 2021
Derde druk juli 2021

ISBN 978-90-225-9269-4
ISBN 978-94-023-1635-3 (e-book)
ISBN 978-90-528-6373-3 (audio)
NUR 301

Omslagontwerp: Johannes Wiebel | punchdesign, München
Omslagbeeld: © Shutterstock
Zetwerk: CeevanWee, Amsterdam

Voor Femke,
Al zesenhalf boek samen!

1

'Wát heeft oma gedaan?' Merle typte intussen 'brandweerman' in op de website van iStock.

'Haar huis verkocht aan een malafide huisjesmelker.' Tascha, haar zus, klonk kalm. Haar leven bestond uit dingen geduldig herhalen, want ze gaf les aan groep vier op de basisschool waar ze vroeger allebei op hadden gezeten.

'Hoezo weet ik dat niet?' Merle scrolde door de foto's van mannen, op zoek naar een geschikte. Toen ze die niet vond typte ze 'knappe' voor 'brandweerman'.

'Omdat jij haar nooit belt en haar nooit opzoekt. Je bent zo ongeïnteresseerd. Nu ook, wat ben je intussen aan het doen? Ik hoor je tikken. Je bent altijd iets anders aan het doen als ik je te pakken krijg. Áls. Zo typisch.'

'Ik zoek een goed uitziende brandweerman, met wie het grootste gedeelte van de vrouwen wel eens een avontuurtje zou willen hebben.'

'Goh.' Tascha zweeg even. 'Ik denk dat oma oud wordt. Ik vind het ook sneu dat ze daar alleen zit in dat huis in dat Engelse gat. Iemand zou erheen moeten om haar in de gaten te houden.'

'Aangezien mama er niet meer is, papa geen contact meer met haar heeft en wij haar enige kleinkinderen zijn, bedoel je dat je wilt dat ik erheen ga om haar te controleren? Om daar tussen de lelijke kunst te slapen in dat bijgebouw met het lekkende dak?' Merle stond op en liep naar het raam van haar flexkantoorplek dat uitkeek over de Utrechtse gracht. 'Kan jij dat niet beter doen? Het zou bijvoorbeeld een leuke invulling van je zwangerschapsverlof kunnen zijn...' Merle haalde de telefoon van haar oor bij het horen van de dierlijke snuifgeluiden die haar zus produceerde.

'Ja, supergoed idee. Dat ik daar niet eerder aan heb gedacht! Als de baby dan eerder komt beval ik gewoon in dat vieze bijgebouw. In Engeland. Dan ziet Reinier zijn dochter gewoon een paar dagen na de bevalling. Veel plezier met het uitzoeken van hete brandweermannen.'

'Je hoeft niet zo hormonaal te rea–' Merle hoorde drie piepjes, het teken dat Tascha had opgehangen, en liet de telefoon zakken. Ze liep terug naar haar bureau en typte 'hete brandweerman' in. Hebbes. Dit was nou precies het plaatje dat ze zocht. Ze sloeg de afbeelding op en mailde hem naar Vinay, haar projectmanager in India die de app bouwde. Daarna dacht ze aan haar oma, die ze absoluut geen oma mocht noemen als ze niet genegeerd wilde worden. Het was lang geleden dat ze haar had opgezocht. Ze wist niet eens meer precies hoelang geleden; zeker meerdere jaren. Misschien werd het tijd nu ze haar bedrijf op de rit had. In principe kon ze overal werken en het was lang geleden dat ze ertussenuit was geweest. Niet dat dit een weekendje zou worden waarin ze ontspannen in een strandstoel met een cocktail naar de zonsondergang zou kijken. Ze zou haar irritaties bedwingen in een muffig huis in een uitgestorven dorp in Cornwall. Voordat het beeld te levendig werd boekte ze snel een ticket. Het was tijd om te doen wat ze al die tijd voor zich uit geschoven had. Misschien was het wel de laatste keer.

2

Vanuit bed bekeek Jessie de met heide begroeide heuvels achter Alex, die in zijn strakke boxer voorovergebogen de juiste sokken zocht onder in de kledingkast. Pas na haar eindeloze studiejaren in Londen was ze het ruige ongerepte landschap achter het dorp waar ze haar hele leven had gewoond gaan waarderen. Zelfs de grillige kale rotspartijen die Cornwall typeerden en die ze vroeger deprimerend had gevonden, leken nu indrukwekkend.

'Jes, zijn mijn donkergrijze sokken niet gewassen?'

Jessie zag hoe het bloed dat naar zijn hoofd stroomde langzaam zijn gezicht rood kleurde. 'Geen idee.'

'Hoezo, geen idee? Jij doet toch de was? Dat was toch de afspraak? Jij doet de was, ik de boodschappen.'

Jessie bestudeerde het witte buikje dat over zijn onderbroek heen wipte en vroeg zich af of ze hem sexy vond. Ze wist het niet. Ja, ze hadden seks, maar was dat uit gewoonte, een handeling, net zoals ze 's avonds om half acht aten en zondag op bed de krant lazen, of omdat hij het was?

'Ik kijk wel even in de droger.' Alex liep weg.

Hoorde een relatie zo te zijn? Was het net als met spullen die je heel graag wilde, zoals de met schapenvacht beklede stoel waar ze weken van had gedroomd? Hij had achthonderd pond gekost en ze was er echt blij van geworden, de eerste twee weken dat hij in haar nieuwe woonkamer in Wetters Bay had gestaan. Nu zat ze er bijna nooit meer op, omdat hij minder lekker zat dan ze aanvankelijk dacht en ze het er altijd zo warm in kreeg. Hoe weet je of een relatie goed genoeg is? Moest ze meer haar best doen om haar goed te laten zijn? Ze was hem dat wel verschuldigd. Hij was tenslotte met haar meeverhuisd naar Wetters Bay.

'Gevonden!' Alex sprong in zijn boxer met de sokken eronder op bed om haar een kus te geven. 'Ik ontbijt op kantoor. Dan ben ik de ochtenddrukte in Castlemouth voor.'

Jessie veegde zijn natte kus van haar wang en keek hoe hij in een recordtempo zijn donkergrijze pak aantrok.

'Succes met alle vaginale schimmels vandaag.'

Dit zei hij iedere morgen. 'Dank je wel.' Ze wachtte tot de deur in het slot viel en sloeg de dekens van zich af. Er was niets fijner dan het huis voor jezelf hebben 's ochtends. Op blote voeten liep ze over de terracotta tegels naar de keuken. Dat was het voordeel van op vijf minuten lopen van je werk wonen: ze hoefde niet zo te stressen om er op tijd te zijn. De veertig minuten durende rit naar het ziekenhuis met de Londense ondergrondse die ze jarenlang dagelijks had gemaakt, bracht ze sinds ze hier woonde door in bed. Dat had ervoor gezorgd dat haar spiegelbeeld er de laatste maanden verrassend fris uitzag. Met een kop thee ging ze op de bank zitten terwijl ze door de glazen tuindeuren naar het statige huis van Eleanora op de heuvel keek. Het zou een perfect Pinterestplaatje kunnen zijn. Een jaar geleden zou ze er zwijmelend naar hebben gekeken op de bank in haar appartement aan de rand van Tottenham. Nu was dit haar leven.

Op haar telefoon zocht ze een podcast over relaties. Ze scrolde door de talloze titels en klikte uiteindelijk 'Je relatie verbeteren in zeven stappen' aan. Dat leek haar lekker overzichtelijk. Dokter Geiger had twaalfhonderdtweeëndertig likes en vierenhalve ster. Perfect. De stem uit de speaker op de boekenkast klonk evenwichtig en capabel. Ze stelde zich er een man van in de zestig bij voor met achterovergekamd grijs haar en een begripvolle blik. Geduldig luisterde ze naar zijn introductie terwijl ze een pannetje melk opzette voor haar havermout.

'Zo, en nu meteen door naar de kern.'

Graag! Daar hield ze van.

'Hoofdstuk één: Pas op voor het pyjama-effect! Veel stelletjes die al langere tijd een relatie hebben, voelen niet meer de noodzaak zichzelf te verbeteren. Ze beginnen steeds vaker in pyjama op de bank te hangen. Mijn tip is simpel: blijf altijd aan jezelf werken. Blijf aandacht besteden aan je uiterlijk, gezondheid en jezelf als persoon.'

'Hè bah!' riep Jessie. Ze had nu al een hekel aan dokter Geiger. Punt één was recht in de roos. Ze trok het versleten T-shirt waar in koeienletters 'Artsen fietsen tegen kanker' op stond over haar hoofd uit en wierp het in de vuilnisbak naast het kookeiland. Ze had niet eens een pyjama, ze droeg nog veel ergere dingen. Ze faalde al bij punt één.

'Het is belangrijk dat je al deze dingen in eerste instantie voor jezelf doet.'

'Ja, ja...' Ze zette de dampende kom havermout op het aanrecht en besloot, aangezien ze toch al bijna naakt was, eerst te douchen.

3

Misschien had de brandweerman uit haar app een labrador? Merle was vastbesloten de vijf uur durende treinreis van Londen naar Newquay nuttig te gebruiken. Natuurlijk had hij een labrador! Zo'n blonde waarmee hij iedere ochtend ging hardlopen in het park. Meteen zette ze het beest in haar script. Ze noemde hem Chaos. Daar kon hij dan mooi een keer mee naar de dierenarts. Ze typte de berichten die hij hierover naar haar klanten kon sturen onder elkaar in de Excelsheet die ze open had staan.

Op het moment dat haar trein het station in Newquay binnenreed, was het volledige script voor haar brandweerman uitgeschreven en had ze met Vinay uitvoerig de stappen doorgenomen die ze moesten zetten om snel live te kunnen gaan met de nieuwe versie van haar app. Ze stapte over op de hobbelige bus naar Wetters Bay en gunde zichzelf de tijd uit het raam te kijken naar het landschap dat ze zo goed kende. Dit was haar moeders thuis geweest. Ze had hier gewoond tot haar vader, met snor, baard en een mokkakleurige polyester broek, op vakantie kwam naar haar dorp, haar in zijn kampeerbus laadde en mee terugnam naar Nederland. Tenminste, zo zag ze dat voor zich.

'*Ten minute break!*' Na nog geen tien minuten draaide de bus een parkeerplaats voor een kleine supermarkt op.

'Serieus?' Merle overwoog uit te stappen om een enorme Cadbury-reep met noten en rozijnen te kopen. Maar ze zag dat er een rij bij de kassa stond en wilde niet het risico lopen dat de bus voor haar neus zou wegrijden, dus zat er niets anders op dan toekijken hoe een ouder stel hun winkelkar tussen twee geparkeerde auto's door manoeuvreerde en ze allebei meerdere keren raakte. In haar tas zaten nog een flesje water en een zak pecannoten, die ze net wilde pakken toen haar telefoon begon te trillen. Aangezien er alleen een oudere vrouw met een koptelefoon op in de bus zat kon ze best opnemen.

'Tasch?'

'En, hoe zit het nou?'

'Dat weet ik nog niet. Ik zit in een stilstaande bus.' Merle hoorde schoolpleingeluiden op de achtergrond.

'O, niet bij de eindhalte hoop ik? Moet ik je moed inpraten om uit te stappen? Ik heb me verstopt achter het fietsenhok tijdens het speelkwartier, dus ik kan niet te lang bellen.'

'Nee, halverwege. Ik bedacht dat ik er eigenlijk nooit bij heb stilgestaan hoe dat voor oma moet zijn geweest, dat een toerist haar dochter van achttien ten huwelijk vroeg en meenam naar een ander land.'

'Goh.'

'Mama kon waarschijnlijk niet wachten om weg te gaan uit dat huis waar Jan en alleman altijd binnenliep en muziek begon te maken op tijden dat de meeste mensen liever sliepen. Dat was immers de reden dat wij zelf ook niet meer zo graag bij oma kwamen toen we ouder werden. Wat denk jij? Tasch?'

'Tja... Geertje, ga maar even naar juf Marianne, ik kom zo, ik ben even belangrijk aan het bellen.'

'Je stond toch achter het fietsenhok? Weet je? We hebben het ook fijn gehad al die zomers hier in Cornwall. Het voelt gek genoeg ook vertrouwd om hier weer te zijn.' Het geruststellende accent van de buschauffeur had haar even haar moeder doen missen, al leefde ze inmiddels langer zonder moeder dan met.

'Oma lette niet op ons dus we konden doen wat we wilden. Bedoel je dat?' riep Tascha over de luide kinderstemmen heen.

'Eigenlijk is het zo vreemd hoe papa ons altijd op Schiphol afzette en onder begeleiding van een stewardess naar Londen liet vliegen... Oma die ons dan met dat slierterige grijze haar op zelfgemaakte sandalen in de aankomsthal stond op te wachten. Waarom ging hij niet gewoon mee? Hadden ze ruzie? Waarom vroegen we ons dat nooit af?'

'Die sandalen, dat had ik verdrongen, die had ze ook voor ons gemaakt. Weet je? Als kind neem je alles zoals het is, totdat je wereld groot genoeg is en je een referentiekader hebt om je eigen situatie aan te toetsen.'

Merle probeerde zich niet te ergeren aan Tascha's schooljufferige beslistheid. 'Toen we dat referentiekader eenmaal hadden, wilden we niet meer naar oma!'

'Ik wel, hoor. Ik ga ieder jaar een weekend naar haar toe.'

'Ja, dat weet ik, want dat wrijf je er altijd uitgebreid in. Hij liet ons daar zes weken logeren. Dat is echt lang, toch?' Merle kneep met haar vinger haar andere oor dicht om Tascha te blijven verstaan.

'Waarschijnlijk vond Erika dat fijn. Wat maakt het uit? We hadden het toch naar ons zin? Het was niet dat hij ons zes weken naar een vreselijk kamp stuurde, hè? Het is een heerlijk dorp en oma houdt heel veel van ons. Ik moet ophangen, want mijn klas staat al in de rij. Laat het me meteen weten als je meer weet.'

'En jij verwijt mij dat ik altijd zo vluchtig ben aan de telefoon?'

'Dat ben je normaal gesproken ook, dus ik ging ervan uit

dat dit gesprek drie minuten zou duren! Het speelkwartier is voorbij.'

De bus begon weer te rijden. Merle borg haar telefoon op en wenste dat ze in de bus terug zat.

4

Met de kalme stem van dokter Geiger in haar oor, die haar steeds minder geruststelde, trok Jessie de deur van de kleine cottage achter zich dicht. '*Hoofdstuk twee: Maak gebruik van time-outs. Lopen de emoties te hoog op? Las dan een time-out in. Doe een paar yogaoefeningen, maak een wandeling of drink een kop kruidenthee met een goede vriendin. Na vijven mag dat ook een borrel zijn.*'

Goh, dacht Jessie terwijl ze over de charmante kinderkopjes de weg afliep naar de haven. Als ze iedere keer dat Alex haar irriteerde een borrel zou nemen, dan zou ze iedere avond straalbezopen op de bank liggen. Voor de haven sloeg ze een steegje in. Aan het einde hing een houten uithangbord waar met krulletters *DOKTERSPRAKTIJK WINSLOW* op was geschilderd. Christel, haar assistente, had zich uitgeleefd. Als je niet kon lezen, zou je kunnen denken dat er een bloemenwinkel, een beautysalon of een cadeauwinkel vol prullaria zat. Voor de deur haalde Jessie haar oortjes uit haar oren en nam zich voor een charmante pyjama te bestellen.

'Precies op tijd!' Christel schonk warme melk bij de koffie. 'Zo, wil je een aambeienfolder of die over lage rugpijn als onderzetter?'

'Die over aambeien graag.' Jessie gooide haar roestbruine ribfluwelen jasje aan de kapstok achter de balie. 'Die durft toch niemand uit het schap te pakken dus die blijven altijd over.'

'Altijd even praktisch.' Christel schoof de folder onder de twee koppen op de houten balie van de kleine wachtkamer, waaraan ze 's ochtends altijd samen hun eerste kopje koffie dronken. 'Even met de deur in huis: heb je al besloten of je weer teruggaat naar Londen?'

'Neeeee,' kreunde Jessie. 'Ik moet het er met Alex over hebben.' Ze keek hoe Christel haar te krappe shirt over haar grote borsten trok. De vrouw was midden vijftig en Jessie vroeg zich af of ze gewoon altijd dezelfde maat kleding was blijven dragen die ze als twintiger had gehad. Alles zat altijd loeistrak, waardoor je werkelijk iedere uitstulping van haar lichaam kon zien.

'We moeten iemand anders aantrekken als je van plan bent te vertrekken, en als je van plan bent te blijven is het hoog tijd om de praktijk te schilderen.'

'Dat kan toch sowieso?'

'Neeee, zo werkt dat niet.' Christel schudde resoluut haar hoofd. 'Dan bedenk jij dat alles wit moet worden en een maand later wil jouw opvolger alles lichtblauw. Daar gaan we niet aan beginnen.'

'Er is echt geen arts die per se een blauwe praktijk wil als alles netjes wit is. Volgens mij wil je dat ik een knoop doorhak.'

'Dat ook. De mensen willen gewoon weten waar ze aan toe zijn hier in Wetters Bay. Je kunt ze niet aan het lijntje houden.'

'Aan het lijntje?' Jessie trok haar wenkbrauwen op. 'Ik nam de praktijk over van dokter Winslow omdat die er zo ongeveer bij neerviel en ik toevallig een paar dagen op bezoek was.' En ze net haar baan had opgezegd, voegde ze er in gedachten aan toe. Haar baan die al haar tijd en energie had opgeslokt. 'De mensen zouden ook dankbaar kunnen zijn voor de snelle oplossing.'

'Dat zijn ze ook, maar de mensen hier houden van duidelijkheid, snap je?'

'Jij houdt van duidelijkheid, bedoel je. Ik zal het er dit weekend met Alex over hebben, goed? Deze baan zou in eerste instantie maar voor een jaar zijn, maar dat gaat sneller voorbij dan ik dacht.'

'Moet je nagaan wat je met deze prachtige ruimte zou kunnen doen als je bleef!' riep Christel uit alsof ze in een zeventiende-eeuws kasteel in de Loirevallei stonden.

Jessie scande de krappe praktijkruimte met de jarenzeventigmeubels.

'Je eigen praktijk, dat moet toch een droom zijn!'

'Mmm.' Jessie dacht aan de glansrijke carrière als kinderarts die ze vorig jaar achter zich had gelaten. Als ze nu terug zou gaan zou ze hem nog kunnen oppakken.

Christel rammelde met een blikje shortbread. 'Zelfgebakken! Dat had je vast niet bij je vorige baan.'

Afwezig stopte Jessie een koekje in haar mond. In gedachten liep ze gehaast over het witte marmoleum van het hypermoderne Tate-ziekenhuis in Londen. Het rook er naar desinfecteermiddel en de adrenaline gierde door haar lijf terwijl ze op weg was naar een spoedgeval in de operatiekamer. Kinderarts worden was altijd haar droom geweest.

'De wijkverpleegster belde trouwens nog of je tijd had om vanmiddag naar de doorligwond van Robbie Watkins te kijken.'

Jessie knikte. 'Doe ik, en Christel? Misschien moet jij gewoon een kleur kiezen voor de praktijk. Jij blijft in ieder geval nog een tijdje rondhangen.'

'Meen je dat nou?' Met een gelukzalige blik legde de assistente haar handen tegen haar wangen. 'Tja, ik ben natuurlijk wel creatief...'

'Zeker.' Met het restje koffie liep Jessie naar de spreekkamer.

Doorligwonden waren nu haar leven, maar ze had tenminste een leven. Ze had tijd voor haar relatie. In Londen hadden ze elkaar zo ongeveer pas 's avonds in bed gezien. Sinds Alex meeverhuisd was naar Wetters Bay zagen ze elkaar voor het eerst in jaren regelmatig. Ze kookte. Er lag een heus boek op haar nachtkastje. Afgeleid startte ze haar computer op. Waarom miste ze de overheersende geur van desinfecteermiddel? Het geklets met collega's tijdens de lunch waar eigenlijk nooit tijd voor was? Zelfs de zeldzame stilte van de nachtdienst miste ze. Christel had gelijk. Ze moest een knoop doorhakken.

5

Het laatste stuk van de kortste weg van de bushalte naar het huis van oma was steil en rotsachtig. Merle besloot die weg te nemen omdat die haar aan vroeger deed denken. Aan de zomers die ze hier had doorgebracht. Moeiteloos was ze het rotsachtige pad op- en afgerend om met Tascha krabben te vangen bij de haven en tussendoor kaastosti's te maken in de rommelige, naar kruiden geurende keuken van haar oma. Ze liep door de kronkelende straat met aan beide kanten schilderachtige arbeidershuisjes de heuvel op.

Halverwege bedacht Merle dat ze boodschappen had moeten doen, zodat ze niet weer helemaal terug moest naar het dorp als oma niets in huis bleek te hebben. Ze kwam immers onaangekondigd. Misschien was ze niet eens thuis. Dan zou ze zes uur hebben gereisd voor niets en zou ze in de vage bed and breakfast van Mildred aan de haven moeten slapen. Maar waar zou een vrouw van zeventig nou heen gaan? Ze had geen idee. Ze realiseerde zich dat dat vooral kwam doordat ze haar oma zo had verwaarloosd. Misschien ging ze wel naar de bingo in het dorp. Misschien ging ze eten bij vriendinnen.

Vlak voor de laatste huizen sloeg ze links af het pad op dat naar de weilanden voorbij het dorp leidde. Het bleek minder steil dan ze zich herinnerde. Ze opende een klaphek, liep door de schapenweide naar het volgende hek en stapte over het voetgangersopstapje heen. Harbour House lag nog even gewichtig boven op de heuvel als altijd. De uit natuursteen opgetrokken muren, die ooit uit het veld in de omgeving waren gehaald en vakkundig als een puzzel op elkaar waren gestapeld, stonden er al twee eeuwen en zouden er nog zeker twee doorstaan. De grijze leitjes op het dak glommen uitnodigend in de middagzon die achter een wolk vandaan was gekomen. Zelfs de afgebladderde kozijnen deden pittoresk aan van deze afstand.

Een nostalgisch gevoel bekroop haar en maakte dat ze sneller ging lopen. De weekendtas schommelde op haar heupen. In een drafje rende ze de heuvel op. Met bonkend hart bereikte ze uiteindelijk het afdakje bij de voordeur. Er was geen bel. Haar oma vond niets gezelliger dan dat mensen gewoon binnenkwamen en iets door de gang riepen. Voorzichtig draaide ze de deurklink om. Er zat geen beweging in. 'Oma?' riep ze zacht. Automatisch liep ze om het huis heen naar de achterdeur, maar toen ze die opende en de woonkamer in liep, wenste ze meteen dat ze dat niet had gedaan.

6

'Een relatie is geen structuur om jouw wil te bevredigen, maar een plek waar je de kans krijgt om te geven en te dienen. Kijk je geliefde 's ochtends bij het wakker worden eens aan en vraag: "Wat kan ik vandaag voor je doen?" Een geweldige opening van de dag.' Om precies half een deed Jessie haar oortjes uit en liep naar de wachtruimte voor het middagspreekuur.

Vier stoelen waren bezet. Driekwart jaar geleden, toen ze nog in het Tate werkte, was ze daar zenuwachtig van geworden, maar inmiddels wist ze dat de mensen in Wetters Bay ervan uitgingen dat het spreekuur uitliep en ze eerder verrast waren als ze exact op tijd aan de beurt waren, waar zij naar streefde. Sommige patiënten waren zelfs teleurgesteld als ze op tijd werden geholpen, omdat ze hadden uitgekeken naar het praatje in de wachtkamer of het rustig lezen van een tijdschrift. Ze keek naar de naam op het dossier in haar hand.

'Mevrouw Parson?'

Aangezien de vrouw er de tijd voor nam om omhoog te komen, scande ze de wachtenden. Ze kende alle patiënten behalve de meest rechtse. Boven de cover van de *National Geographic* staken blonde krullen en blauwgrijze ogen uit die haar belangstellend opnamen. De ogen vernauwden zich een moment toen ze de hare ontmoetten en ze zag de buitenste ooghoeken een beetje samentrekken. Waarschijnlijk glimlachte hij, maar dat kon ze niet zien. Ze knikte zakelijk, scheurde haar blik los en stak haar hand uit naar mevrouw Parson. Op haar oude werk zou ze nu hopen dat de man met de krullen voor een andere arts zou komen, maar helaas was dit een eenmanspraktijk.

'Zo, wat kan ik voor u doen?' Jessie nam plaats achter het enorme mahoniehouten bureau. Het kolossale meubelstuk straalde zo veel statigheid uit dat je automatisch het gevoel kreeg dat je wist wat je deed als je erachter ging zitten.

'Dokter, ik heb zo'n last.'

'Waarvan precies?'

'Hier.' Mevrouw Parson trok met haar hand cirkels van haar onderbuik tot over haar borsten.

'Zou u de plek misschien iets kunnen specificeren?'

'Nee, want nu is het even weg.'

Jessie knikte. 'Hoe gaat het verder met u? Lichamelijk bedoel ik.'

'Goed, ik heb een nieuwe kitten, ze heet Lucy en–'

Jessie beet op haar lip. In Londen had haar werk vooral om efficiëntie gedraaid. Persoonlijke verhalen waren tijdverspilling. Haar gedachten gingen naar de patiënten in de wachtkamer.

'Ik heb het gewoon dichtgenaaid, met een kromme naald, dus eigenlijk is er weinig meer van te zien, maar ik was wel geschrokken, natuurlijk.'

'Natuurlijk,' haakte Jessie in. 'Misschien kunt u even op de behandeltafel gaan liggen met uw trui omhoog. U mag uw broek aanhouden, maar u kunt de bovenkant wat omlaag rollen, graag.' Ze stond op om haar handen te wassen.

Nadat ze de vrouw met een recept voor een onschuldige pijnstiller de deur uit had gestuurd en de gegevens van het consult in de computer had ingevoerd, zwaaide ze de deur naar de wachtruimte open. 'Meneer Jameson.' Jessie keek hoe de man opstond en soepel naar haar toe liep. Hij stak zijn hand uit, waardoor zij zich realiseerde dat zij dat even vergeten was.

Ze staarde in zijn open gezicht naar zijn volle lippen, sproeten en ogen waar een levenslust uit spatte die haar bijna deed grijnzen. 'Kom binnen.' Ze sloot de deur achter hen. 'Neem plaats.' Zelf ging ze weer achter het bureau zitten.

'Zo, zeg het eens.' Ze vond dat echt de stomste zin die er bestond, maar soms rolde die gewoon over haar lippen.

'Ik heb een erectieprobleem.'

Jessie knikte zo professioneel mogelijk.

De man tegenover haar grijnsde. 'Grapje.'

Ze probeerde koel te kijken. 'Ik vind het niet zo'n leuk grapje. Zoiets komt regelmatig voor en kan heel onplezierig zijn.'

'Natuurlijk, sorry, ik wilde het ijs breken.'

'Dat hoeft niet. We staan niet op een netwerkborrel. Ik ben je dokter.' Ze knikte zakelijk. 'Wat kan ik voor je doen?'

'Ik schilder en nu heb ik last van mijn pols. Heel vervelend, want het gaat maar niet weg. Ik kan hem wel zijwaarts bewegen, kijk...' Hij bewoog zijn pols heen en weer. '... maar het doet pijn als ik hem van boven naar beneden beweeg.'

'Oké, ik stel voor dat je je achter dat gordijn even helemaal uitkleedt, behalve je sokken, die mag je aanhouden.'

'Wat?'

'Grapje terug.' Ze knikte naar de behandeltafel. 'Ga daar maar zitten, dan zal ik er even naar kijken.'

Hij grijnsde, stond op en liep erheen. Na een kort onderzoek keek Jessie hem aan. 'Ik zal je een verwijzing geven. Je kunt het beste naar een fysiotherapeut in Castlemouth gaan. Ik weet een goede.' Jessie waste haar handen en ging achter haar bureau zitten, waar ze een verwijzing typte. Ze voelde dat de man haar opnam. Ze keek hem aan en schraapte haar keel.

'Is er verder nog iets?'

'Ja, ik weet dat dit een nogal vreemde setting is, maar mag ik je een keer mee uit nemen?'

Ze fronste. 'Dat lijkt me nogal ongepast. Ik date niet met patiënten.'

Hij glimlachte. 'Dan stap ik over naar een andere praktijk. Trouwens, ik ben niet eens een vaste patiënt, want ik ben tijdelijk in dit dorp.'

'Dat lijkt me nogal drastisch.' Ze stond op. Ze wilde hem eigenlijk zo snel mogelijk de deur uit hebben. 'Zijn er verder nog medische zaken waar ik je mee kan helpen?'

'Nee, dat niet. Ehm...' Hij keek een beetje ongemakkelijk. 'Het lijkt nu alsof ik dit vaker doe, maar dat is niet zo. Ik zag je en ik dacht... Ik dacht...'

'Wat dacht je? Die vrouw wind ik wel even om mijn vinger? Wie niet waagt die niet wint? Niet geschoten is altijd mis?' Jessie trok haar wenkbrauwen omhoog.

'Ik woon hier nu een tijdje en ik ken hier niet veel mensen van mijn leeftijd. Ik zag *Het zoutpad* op je bureau liggen en dat heb ik net uit, het schilderij naast je computer is van Dubuffet, mijn lievelingsschilder, en ik voelde me meteen bij je op mijn gemak. Vandaar.'

'Je voelt je bij mij op je gemak?' Jessie klonk verbaasd.

'Ja, en je bent mooi.' Hij nam haar op. 'Je ziet eruit alsof je daarvan schrikt.'

'Ik heb jarenlang in een ziekenhuis in Londen gewerkt en ik denk niet dat mensen mij zo zouden omschrijven, eerder als doortastend en bekwaam,' peinsde ze.

'Toevallig kom ik ook uit Londen. Dat hebben we ook nog gemeen. Ik zou iets voor je kunnen koken?'

'Nee, dank je, er zitten patiënten te wachten.'

'Denk erover na.'

'Geen sprake van.' Jessie zwaaide de deur open. 'Tot ziens, meneer Jameson.'

'Noem me maar Zach.'

'Ik hou het liever professioneel. Fijne dag.' Zo, dit zou het hoogtepunt van haar werkdag zijn. Nee, ze moest zichzelf niet voor de gek houden: van haar werkweek.

7

'O god, nee!' Vol afschuw smeet Merle de achterdeur weer dicht. Dit beeld zou de rest van haar leven op haar netvlies blijven staan. Wat moest ze nu doen? Door de regen terug naar het dorp lopen en doen alsof ze niets had gezien? Er reed een goudkleurige Mercedes het pad op. Ook dat nog. Vaag herkende ze de figuur die uitstapte. Ogenblikkelijk werd haar ellende nog groter. James, de wandelende nachtmerrie van ieder tienermeisje in bikini.

'Hallo.' Hij knikte en bleef toen staan.

Gelukkig herkende hij haar niet. Merle bedacht dat hij perfect zou kunnen zijn voor haar app. Hij was een typische Engelse buitenman. Blauwe wollen trui, rommelig kraagje eronder... De groene bodywarmer of oilskin lag vast nog in zijn auto. Zijn gebruinde huid verried dat hij veel buiten was. Hij was lang, atletisch gebouwd en had dik bruin haar, dat iets te lang was. Zelf hield ze daar niet van, het had iets aanstellerigs, maar er waren vrouwen die dat waardeerden. Het litteken dat van zijn wang naar zijn rechterkaak liep maakte het geheel perfect af, want daar konden vrouwen lekker hun fantasie op loslaten.

'Hè, Merle, ben jij dat?'

Ze deed net alsof het vanzelfsprekend was dat hij nog wist wie ze was. 'Ja, inderdaad. Hallo.'

'Je bent... groot geworden.' Hij leek verbaasd.

'Sinds die keer dat je die glibberige kwal in mijn zwembroek duwde, bedoel je?' Ze schraapte haar keel. 'Wat kom je doen? Oma is bezig.' Ze meed expres zijn blik. Ze wilde dat hij wegging. Ze moest nadenken.

'Ik kom mijn opa ophalen.' Hij wilde langs haar heen naar de deur lopen. Merle ging er snel voor staan.

'Je kunt niet naar binnen,' haastte ze zich te zeggen terwijl ze naar hem opkeek. Hij was echt lang geworden. En breed. Ze staarde naar het lichte litteken dat uit zijn gebruinde wang knalde. Zij hoefde daar niet over te fantaseren. Ze was er zeker van dat hij het verdiend had door iets doms te doen.

'Wat is er aan de hand?' Hij klonk ongeduldig.

Er was weinig begroeiing op de heuvel en de wind bezorgde haar een rilling. Ze sloeg haar armen om haar lichaam. 'Ze hebben net seks op de bank.'

'Wat?' Hij keek oprecht geschokt. 'Verzin je dit nou ter plekke? Ik kom mijn opa ophalen, omdat hij zelf niet meer graag rijdt.'

'Wel dus,' knikte Merle langzaam.

'Hou op, zeg. Ik kan me niet voorstellen dat hij echt...' Hij stopte abrupt. 'Je weet wel.'

'Je weet wel?' herhaalde Merle. 'Hoe oud ben je, twaalf?'

James negeerde haar.

Merle zuchtte vermoeid. 'Waarom zou ik dit verzinnen? Ik heb net twaalf uur gereisd,' overdreef ze. 'Ik zou een moord doen voor een kop hete thee en een blik koekjes. Je denkt toch niet dat ik voor de lol hier buiten sta? Ze liggen op de bank uitgebreid te rampetampen, maar voel je vrij om naar binnen te gaan en het te verifiëren.' Ze stapte opzij.

Hij twijfelde zichtbaar. 'Kan ik niet ergens door het raam gluren?'

'Als daar je interesse ligt, ga je gang, maar ik ben al officieel getraumatiseerd voor het leven.'

'Hij is bijna tachtig. Straks krijgt hij een hartaanval,' mompelde James.

'Of hij heeft die al gekregen; ze lagen er verdacht stil bij nu je het zo zegt. Misschien lagen ze wel te slapen...'

'Wat?' James klakte ongeduldig met zijn tong. 'Net zeg je nog dat ze gemeenschap hadden en nu slapen ze ineens. Lekker consistent ben jij. Daar heb ik echt wat aan. Ik heb nog andere dingen te doen vandaag.'

'Gebruikte je nu echt het woord "gemeenschap"?'

'Het zijn oude mensen, hè? Die hebben echt geen hete geile seks meer, hoor. Gatver, dat beeld probeerde ik dus te mijden, dank je wel.'

'Anders ga jij naar binnen en maak je heel veel herrie. Daar ben je vast goed in.'

'Er zit niets anders op, want ik heb een afspraak over...' Hij haalde zijn telefoon uit zijn zak. '... drieëntwintig minuten.'

Merle hield de deur voor hem open. 'Veel plezier.'

Zonder haar aan te kijken liep hij naar binnen. 'Opa?' hoorde ze hem luid en duidelijk roepen. 'Opa, ben je daar?' Merle besloot een stukje terug het pad af te lopen en te doen alsof ze net aankwam. Weer bij de achterdeur aangekomen kwam James net naar buiten.

'Hij komt eraan.'

'Zo, ben je ook nog op tijd voor je superbelangrijke afspraak.'

'O, god.' Hij schudde met zijn hoofd. 'Ik was het vergeten, maar het wordt me ineens weer helemaal duidelijk waarom ik vroeger de neiging had kwallen in je zwembroek te duwen.' Hij liep naar zijn auto.

8

Achter haar hoorde ze iemand verbaasd haar naam zeggen.

'Merle?' Oma stond in een openvallende kamerjas in de keuken. 'Lieverd, wat gezellig! Had even gebeld!'

'Ik kwam je verrassen.' Merle stapte de warme keuken binnen. Het rook er nog altijd naar de bosjes kruiden die aan een lang koord hingen te drogen.

'Hoelang ben je hier al? Gek kind!'

'Net, ik kom net aanlopen.'

'Hè, maar je tas staat al in de gang?'

Merle voelde dat ze rood aanliep en wendde haar blik af naar de kristallen die aan visdraad voor het keukenraam hingen.

'Aha!' Haar oma omhelsde haar. 'Je hebt mijn vriend Harry gezien! We waren heerlijk op de bank in slaap gevallen na een intiem moment. Had ons gewoon wakker gemaakt. Harry! Je kunt eindelijk mijn oudste kleindochter ontmoeten.'

'Nou, eindelijk! De jongedame waar ik al zo veel over heb gehoord.' Hij knoopte het laatste knoopje van zijn bruin geblokte overhemd met korte mouwen dicht voordat hij zijn hand uitstak.

Merle probeerde niet te visualiseren waar die hand allemaal was geweest.

'Heb je mijn kleinzoon al ontmoet?'

'Ja, ik liep hem tegen het lijf. Ik ken hem nog van vroeger. Hij propte altijd kwallen in mijn zwembroek.'

Haar oma lachte theatraal. 'Echt Merle, geen blad voor de mond. Dat heeft ze van mij. Zal ik thee maken?' Ze zette de ouderwetse ketel op het vuur.

'Ik moet gaan, lieverd. Het was weer heerlijk je te zien.' Harry pakte haar oma bij haar billen en trok haar verbazend ferm tegen zich aan. Zo bleven ze een tijdje staan.

Merle wendde haar blik af. Ze trok een stoel naar achteren en klopte de kattenharen van de zitting voordat ze ging zitten.

Met een knal sloeg Harry de deur achter zich dicht.

'Ach kind, kijk niet zo als een oorwurm. De liefde houdt zich heus niet aan een bepaalde leeftijd, hoor.'

'Heb je het niet koud?' Merle keek naar de zijden, met vogels bedrukte peignoir.

'Vind je hem mooi? Heb ik van Harry gekregen afgelopen kerst.'

'Heel mooi.'

De afgelopen twee jaar had Merle kerst gevierd bij de ouders van haar ex-vriend op Terschelling. Haar vader vierde de feestdagen steevast op Gran Canaria met Erika, zijn nieuwe vrouw, in een all-inclusive hotel met Nederlands personeel. Er was een danscrew in kerstpakken die elk uur synchroon een dansje deed bij het zwembad, waarbij ze zo hard glimlachten dat ze de rest van het uur nodig hadden om hun kaken te masseren. Zo stelde ze het zich voor. Als je er eenmaal was, was het vast leuk.

Merle volgde de trage bewegingen van haar oma, die twee theeglazen klaarzette. De glazen waren wazig door de aanslag. Ineens viel het haar op dat de keuken minder schoon was dan vroeger. Eleanora was ouder geworden. Ondanks haar seksleven, dat blijkbaar levendiger was dan dat van haar kleindochter.

'Je had even moeten bellen. Dan had ik wat lekkers in huis gehaald en je bed opgemaakt.' Eleanora tilde de zingende ketel van het vuur.

'Ik logeer in het huisje. Daar ligt vast nog wel wat beddengoed.' Dat naar natte hond rook, net als de bedden. Merle werd somber bij het vooruitzicht.

'Je mag ook wel in het huis slapen, maar je weet dat ik mijn leven leid zoals ik het leid...'

Merle glimlachte en keek toe hoe Eleanora de glazen volschonk, wat stengels kruiden uit het vergiet in de wasbak pakte en die in het dampende water zette.

'Vertel eens.'

'Er valt niets te vertellen. Ik kom gewoon gezellig langs. Het was zo lang geleden.' Merle schrok doordat er uit het niets een bruin gestreepte kat op tafel sprong.

'Ik ben wel oud, maar niet gek. Je zus heeft je verteld dat ik mijn huis heb verkocht.' Eleanora zette het koekblik met schapen, dat ze al had zo lang als Merle zich kon herinneren, op tafel. De kat begon eraan te likken.

'Wat bezielde je?' Merle verplaatste haar blik van de kat naar het glas dampend water met de slaphangende takjes kruiden erin dat voor haar werd neergezet.

'Je had me ook kunnen bellen met deze vraag. Ik neem aan dat je het druk hebt. Ach Theo, wil je een koekje?' Eleanora haalde een koekje uit het blik en hield het de kat voor. De kat likte er een paar keer aan maar draaide daarna hooghartig zijn kop weg.

'Ik wil graag weten hoe het met je gaat. Hoe het echt met je gaat, bedoel ik.'

'Vanwaar ineens de interesse?' Eleanora stak het koekje in haar eigen mond.

Merle roerde de schimmige takjes door haar thee en wist weer duidelijk waarom ze een paar jaar had overgeslagen. En waarom ze liever in het muffe bijgebouw sliep.

'Hoe gaat het met je, oma? Ben je veel in je atelier? Lukt het om alles draaiende te houden?'

'Natuurlijk, wat dacht je dan?' Eleanora snoof verontwaardigd. 'Alles is meer dan goed hier. Daar zul je nog wel achter komen...'

O god. Er was iets. Haar oma was met iets bezig. Ze kende deze zelfvoldane blik nog van vroeger.

'Vertel, oma.'

'Ik zit heus niet te verpieteren op deze heuvel, als je dat soms dacht.'

'Dat dacht ik niet. Ik dacht niets. Het leek me gewoon leuk om elkaar weer eens te zien.'

'Nog altijd hard aan het werk? Tascha vertelde me dat je app een succes is, maar ik had niet anders verwacht.' Eleanora glimlachte. 'Jij gaat altijd recht op je doel af.'

Merle knikte. Dat leek haar ook de enige logische manier als je een doel voor ogen had. 'Vertel eens waarom het zo goed gaat,' drong ze aan.

'Ga jij nou maar eerst even lekker bijkomen van je reis. Je ziet er moe uit.' Eleanora lachte zacht.

De lach klonk Merle onheilspellend in de oren, maar ze wist dat haar oma niets zou loslaten totdat ze zelf besloot dat het daar tijd voor was. Merle pakte haar tas van de grond en zwiepte hem over haar schouder. 'Vooruit, ik ga kijken hoe het gastenverblijf erbij staat.'

Via de achterdeur liep ze de hoek om naar het houten gebouwtje. Er stond een geel vintage Volkswagenbusje voor geparkeerd. Zou Eleanora dat hebben gekocht? Het paste wel bij haar bohemien levensstijl. Pas toen ze dichterbij kwam zag ze tot haar blijdschap dat het oude rieten dak was vervangen door een nieuw, strak dak van staalplaten. Er zaten zelfs dakramen in. Iets minder charmant, maar waterdicht. Ze duwde het halfronde deurtje open en rook vaag de geur van haar jeugd. Tascha en zij hadden het hier heerlijk gehad. Zomers lang hadden ze blootsvoets door de velden gerend, enkelbandjes gemaakt van Eleanora's kralen, brandnetels geregen en gedroogd om thee van te maken, gezwommen in de kleine baai naast het dorp... Eigenlijk was alles perfect geweest, totdat ze in de puberteit kwam en wilde dat alles normaal was. Dat was het nu eenmaal niet bij Eleanora.

'Kom binnen! Kom binnen.'

Merle stond al binnen en staarde naar de lange, pezig gespierde man achter de schildersezel in de krappe woonkamer.

De man stak de kwast die hij in zijn hand hield achter zijn oor. 'En jij bent?'

'Merle. Ik slaap hier.'

'O! Nou, hoe meer zielen... Ik ben Zach. Ik woon hier.'

'Jij woont hier?' Hoeveel moeite was het voor oma om haar daarvan op de hoogte te stellen?

'Ja, ik reis rond en maak kunst, en soms blijf ik ergens een tijdje. Ik heb het dak van Eleanora's huisje gemaakt in ruil voor een paar maanden onderdak.'

Met een plof liet Merle haar weekendtas op de grond vallen. 'Weet je? Ik kan even niet meer, dus ik accepteer gewoon alles. Zolang je maar geen ontzettende goorlap bent.' Ze keek de opgeruimde ruimte rond, die schoner was dan ze zou verwachten van een kunstenaar die rondreisde en her en der woonde.

'Het slaapkamertje rechts is vrij.'

'Dank je.'

'Beddengoed ligt in de bovenste lade links van het Indiase kastje.'

'Wil je niet weten wie ik ben?' Merle keek de kamer rond waar ze zo veel zomers had doorgebracht. Er was niets veranderd. Het eenpersoonsbed, het oude grenen bureautje met een vergeelde foto van haar moeder erop...

'Een vriendin, neem ik aan?'

'Van jou?' Ze zette haar tas tegen het bed en tilde met een kreun een van de beelden op die tegen de muur tegenover het bed stonden. Ze kon er beter maar meteen vanaf zijn.

'Nee, we kennen elkaar amper. Van Elea natuurlijk.'

'Eleanora is mijn oma.' Merle verplaatste het beeld naar de kleine zithoek waar een leger andere beelden stond.

'Aha, het meisje uit Holland, aan je accent te horen!'

Beledigd staarde Merle hem aan, met het beeld tegen haar borst gedrukt. Aangezien haar moeder Engelse was en ze vroeger thuis Engels praatten, was ze ervan overtuigd geweest dat ze geen accent had.

'Nou, welkom dan, kleindochter,' ging Zach verder. 'Als je mee wilt eten hoor ik het wel. Het is donderdag en dan kook ik en eten we altijd hier. Elea had nog wat bijenwas over, dus we zouden ook een paar kaarsen trekken. Misschien vind je dat ook leuk?'

Merle liet het beeld op de grond glijden en vroeg zich af waarvan iemand bijenwas over zou kunnen hebben. 'Prima, dan eet ik graag mee. Maar ik moet eerst even een zakelijk telefoontje plegen.'

'Moet ik je helpen met de beelden?' Zach liep de kamer in. 'Ik snap zo goed dat je daar niet naast wilt slapen. Stel je voor dat je 's nachts wakker wordt en niet weet waar je bent en je wordt ineens aangekeken door deze levensgrote eekhoorn.' Zach tilde met gemak het volgende beeld op. 'Als het een eekhoorn is, want het kan net zo goed een ingewikkeld boeket zijn, of een vogel op een stronk hout. Dat is geen waardeoordeel, natuurlijk, want er is de laatste tijd veel belangstelling voor Elea's kunst.'

'Meen je dat nou?' Merle bestudeerde Zachs gezicht om er

zeker van te zijn dat hij geen grapje maakte.

'Ja, er is een galerie in Londen die haar beelden koopt. Ze komen om de zo veel weken, laden vijftien beelden in en die verkopen ze dan. Ze krijgt er veel geld voor.'

'Sjonge.' Merle liet hem ook het volgende beeld verplaatsen. 'Bedankt.' Ze deed de deur achter hem dicht en bedacht hoe vreemd dit was. Ze voelde zich weer tien op het bed in dit kamertje. Al rook het een stuk minder muf dan vroeger. Vanuit haar tas hoorde ze haar telefoon gaan.

'Vinay?' De verbinding was niet al te best. Ze was dankbaar dat hij de moeite nam om te bellen, want het was midden in de nacht in India. Ze raapte zichzelf bij elkaar om samen met hem de aanpassingen van haar app te testen. Vinay was een fijne collega, maar het werken met hem stelde haar geduld op de proef. Het was vermoeiend om alle details uit te moeten spellen. Dingen die voor haar logisch waren leken hem compleet vreemd. Ze haalde haar laptop uit haar tas en concentreerde zich.

9

'Het was liefde op het eerste gezicht tussen Elea en mij. Dat mag ik toch wel zeggen?' Zach roerde door het blikje met de stukjes bijenwas dat hij au bain-marie aan het verwarmen was in de pan op het fornuis.

'Zeker!' Eleanora genoot zichtbaar van zijn verhaal.

Merle veegde met haar vingers het zand van de wortel die ze uit het schaaltje op tafel had gepakt, voordat ze er een stuk afbeet.

'Ik was zo blij dat ze me van die rots kwam redden. Ik was zo geconcentreerd aan het schilderen geweest dat ik niet had gemerkt dat het vloed was geworden en ik gevangenzat.'

'Het was ook een prachtig schilderij dat je had gemaakt. Een meesterwerk.' Eleanora knipte lonten van dik breikatoen.

Met moeite schraapte Merle nog een hap uit de kom linzensoep die Zach had gemaakt om de aardesmaak van de wortel mee weg te spoelen.

'Als bedankje heb ik natuurlijk meteen thee voor haar gemaakt in mijn busje. We hadden zo'n gezellige middag dat ze me uitnodigde voor het avondeten en hier zijn we. Ik ben niet meer weggegaan. Dat was drie maanden geleden. Wil jij beginnen?' Zach hield haar een stuk lont voor en keek haar aan, waarbij hij zijn wenkbrauwen op en neer bewoog alsof het een zeer aantrekkelijk aanbod was.

Merle stond op en pakte de lont aan. Ze doopte hem in de gesmolten was en trok hem langzaam omhoog. Voordat ze de volgende lont erin doopte gaf ze hem aan Zach terug.

'Dit doet me aan kerst denken.' Merle pakte de eerste lont weer terug en doopte hem opnieuw in de was.

Eleanora kwam naast haar staan en dompelde haar lont ook in de vloeibare was. 'Ja, dat was altijd zo fijn.'

Zach zette zacht een achtergrondmuziekje op en begon fluitend aan de afwas.

Merle snoof de geur van gesmolten bijenwas op en dacht aan de keren dat ze dit met haar moeder had gedaan. Dat moest ze ooit als klein meisje van Eleanora hebben geleerd. Het moest verschrikkelijk zijn voor haar oma dat haar dochter er niet meer was. Ze hadden het er nooit echt over gehad, maar een kind verliezen was biologisch gewoon niet de bedoeling. Merle keek naar de dunne huid op de handen van Eleanora en haar vingers vol ringen met helende stenen. Ze nam zich voor drie dagen haar best te doen.

'Vertel eens over Harry. Die kende je toch al langer, neem ik aan?'

'Zeker, maar hij was altijd druk met Antoinette, dus ik dacht nooit op die manier over hem. Ik zag natuurlijk wel dat het een lekker hapje was...' Eleanora giechelde.

In het kader van haar best doen probeerde Merle zich Harry als een lekker hapje voor te stellen. Ze zag zijn grijze haar, zijn ouderwetse geblokte overhemd en zijn gerimpelde huid voor zich. 'Wat gebeurde er?'

'Het havenfeest vorig jaar. We raakten ineens aan de praat en we zijn niet meer gestopt. Het fijne aan dit dorp is dat er veel wordt geroddeld, dus hij wist precies hoe ik mijn leven leid. Ik hoefde hem niets uit te leggen. Het was zo makkelijk met hem, zonder enig gedoe. Heerlijk. Heel anders dan vroeger.'

'Misschien speelt ook mee dat je geen kinderen met hem hoeft te krijgen. De druk is niet zo hoog.' Merle sneed de onderkant van haar kaars bij met een mes, zodat hij niet te puntig werd, en boog hem recht voordat ze hem weer in de bijenwas doopte.

'Misschien. We hebben het zo gezellig samen en ik geniet zo van de intimiteit. Hij kan geweldig goed masseren. Hij kan iets met zijn duim, die maakt hij eerst vochtig met zijn mond en –'

'Dat geloof ik graag!' riep Merle. Ze keek naar Zach, die dit soort uitweidingen heel normaal scheen te vinden. 'Kan hij ook andere dingen? Koken bijvoorbeeld? Wat zijn zijn hobby's? Heeft hij huisdieren?'

'Goh, jij wilt wel heel graag van onderwerp veranderen.' Eleanora klonk een beetje beledigd.

'Zal ik verse verveinethee maken? Ik heb ook wat citroenmelisse geplukt.' Zach liet de waterkoker vollopen.

'Graag.' Merle hing haar kaarsen met een wasknijper aan de waslijn die Zach daar speciaal voor had opgehangen.

'En James is ook zo'n lieverd,' verzuchtte Eleanora alsof ze het over een puppy had.

Merle liet de lont die ze net in de was wilde dopen in de lucht zweven. 'Sorry, wat?'

'Hij is zo lief voor mij geweest afgelopen jaar.'

'Die gladjanus? Hoezo?'

'Hij heeft me heel erg geholpen.'

'Waarmee dan?'

'Mijn financiële situatie onder andere. Ik zat echt krap bij kas. Mijn pensioen is klein en ik had mijn spaargeld uitgeleend aan iemand die het heel hard nodig had.'

Merle sloot even haar ogen. Ze had het vast aan een rondtrekkende deurventer geleend die haar een treurig verhaal had verteld over zijn achterneef die een dure operatie zou moeten ondergaan. Of ze was overgehaald om walvissen te sponsoren in een gebied waar walvissen helemaal niet voorkomen.

'Toevallig heeft James een bedrijf dat vastgoed koopt van oudere mensen zodat ze van het geld kunnen leven.'

'Wacht even... Je hebt Harbour House aan James verkocht?' Merle doopte bijna haar hand met lont en al in de hete was. Eleanora en Zach werden ineens achtergrondgeluiden. In haar verbeelding zag ze James lachend uit zijn Mercedes hangen terwijl hij bankbiljetten in de lucht strooide.

'Ja, zo fijn dat dat kon.' Er klonk duidelijk opluchting in Eleanora's stem.

Merle kon niets meer uitbrengen. En misschien was dat ook maar beter.

10

Ze had precies drie dagen om dit op te lossen. Met trillende neusvleugels stampte Merle door de nog slapende hoofdstraat van Wetters Bay. Het voelde een beetje alsof ze de hoofdrol had in een apocalyptische film.

Aangezien ze de halve nacht wakker had gelegen, was er genoeg tijd geweest om een plan te maken. De bellen aan de deur van de kruidenierswinkel van Betty rinkelden alarmerend toen ze hem opentrok. Ze liep meteen maar door naar de toonbank, waar Betty, alleen een paar rimpels ouder, op haar bureaustoel met wielen zat waar ze al meerdere decennia op doorbracht. Merle lachte kort naar haar en wachtte tot ze werd herkend.

'Nee maar! De kleine dievegge is groot geworden.'

Precies hierom had Merle de laatste paar keer dat ze was teruggekomen deze plek gemeden.

'Hoe gaat het, Betty?'

'Het gaat.' De vrouw zuchtte alsof ze het heel zwaar had.

'Weet jij misschien waar ik James kan vinden?' vroeg Merle snel voordat ze met een lijst lichamelijke klachten van Betty werd opgescheept.

'Zo.' Betty knikte langzaam alsof ze het meteen begreep. 'James Miller.'

'Ja, hij was gisteren bij mijn oma en hij heeft iets laten liggen.'

'Haha, die kende ik nog niet.' Betty deed net of ze lachte. 'Hij heeft een kantoor hier de straat uit rechts aan de haven. Het heet Develab.'

'Dank je.'

'Wat was hij precies vergeten?'

'Zijn sjaal.' Merle voelde dat ze rood werd.

'En die heb jij waar?' Betty speurde volleerd haar tasloze outfit af.

'Die ligt nog thuis. Ik wilde hem er alleen even op wijzen.'

Betty reed met haar bureaustoel naar de ouderwetse kassa. 'Geloof je het zelf?'

'Hoezo denk je nou weer dat ik lieg?' Merle keek hoe Betty eerst aan haar vingers likte en daarna een stapel vijfjes begon te tellen. Ze schreef iets in het schriftje naast de kassa.

'Als je hem alleen wat terug wilde geven, Merle, dan zou je het adres wel aan je oma hebben gevraagd.'

Merle keek naar de paarse wikkels van de reepjes Cadbury voor haar en twijfelde of ze er een zou meenemen, maar zag er toch van af. 'Ik ga maar weer eens. Wil je mijn zakken nog controleren op zakjes paardenkaarten?'

Nog geen vijf minuten later stond Merle voor de ouderwetse winkelpui van glas en hout waar in reusachtige typemachineletters DEVELAB op het raam stond. Binnen rook het naar verse koffie. Er was een royale entree met een trap naar een vide met werkplekken waarvandaan geroezemoes klonk.

'Wat kan ik voor u doen?' Een meisje met Nike Jordans, een baggy broek en een rommelig kapsel stond met een stevige, spartelende pup in haar armen bij de deur. 'Bent u bang voor honden?'

'Nee.'

'O gelukkig, dan zet ik hem weer neer.'

De hond sprong meteen met heel zijn gewicht tegen haar

op. Merle kon zich nog net op tijd aan de deurklink vastpakken. 'Ik kom voor James Miller.'

'Gaat u zitten.' Merle fronste even bij het zien van de zeker vier meter lange chesterfield. Zo veel wachtenden zouden hier vast niet zijn. 'Had u een afspraak? Er stond niets in zijn agenda, maar ik weet niet zeker of dit de goede agenda is... Ik help een ochtend mee, voor wat extra vakantiegeld, maar ik denk niet dat ik geschikt ben voor dit werk.'

Merle glimlachte. 'Nee, ik heb geen afspraak, maar het is wel belangrijk.'

'Aha!' Het meisje keek haar nieuwsgierig aan. 'Ik ga even kijken of hij tijd heeft. Wat is uw naam?'

'Merle Gravenbol, maar vergeet die achternaam maar, die is niet te doen voor Engelsen.'

'Merle,' herhaalde het meisje terwijl ze naar de pup wees. 'Zou u Bubbles buiten kunnen zetten als hij heel intens op het Perzische tapijt gaat snuffelen? Dan moet hij plassen.' Het meisje rende energiek de trap op. Merle keek naar de weg tussen het pand en de stenen trap naar de haven. Zou je net zien dat zij het beest keurig buiten zette, hij overstak en pats-boem werd overreden door de eerste de beste auto die langsscheurde. Dan zou James haar vast nog minder aardig vinden. Het meisje kwam de trap af gestuiterd met James achter zich aan, die haar ongeïnteresseerd bekeek.

Hij droeg een nette broek met een wit overhemd en schoenen met een gesp. Hij had in ieder geval zijn kledingstijl aangepast door de jaren heen. Zijn bruine haar viel over zijn voorhoofd. Snel veegde hij het naar achteren. Hij wachtte met praten tot hij tegenover haar stond. 'Merle. Wat kan ik voor je doen?'

Merle keek van hem naar de receptioniste met de puppy, die haar erg jong leek voor een receptioniste. 'Kunnen we ergens praten?'

'Dat kan. Hier. Ga je gang.' Hij klonk ongeduldig.

'Prima.' Ze gaf hem een stug knikje en negeerde het meisje dat reikhalzend meeluisterde. 'Ik hoorde dat je het huis van mijn oma hebt gekocht.'

'Dat klopt.'

De deur ging open en er kwam eerst een windvlaag binnen, gevolgd door een man met een computertas onder zijn arm. Hij knikte hun beleefd toe. Ze wachtte tot de man de trap op was gelopen naar de vide.

'Waarom?' Ze klonk even schooljufferig als Tascha. Om haar woorden kracht bij te zetten sloeg ze haar armen over elkaar.

'Omdat zij het graag wilde verkopen en ik het graag wilde hebben. Zo gaat dat als je iets koopt en verkoopt.'

Ze hoopte dat haar blik zo koud was dat de rillingen over zijn rug liepen. 'Waarom wilde je het graag hebben, James?'

'Omdat het een van de mooiste huizen van het dorp is. Verder nog iets?'

'Ik wil het van je terugkopen.'

Hij lachte. 'Helaas, het is niet te koop.'

'Luister, ze heeft het vast in een moment van verstandsverbijstering verkocht.'

'Integendeel, ze wilde er heel graag vanaf.' Hij liep naar de deur.

'Je hebt misbruik gemaakt van een oud vrouwtje.'

Het meisje met de baggy broek hapte geschokt naar adem.

'Eleanora is geen oud vrouwtje, dat hebben we gisteren wel bevestigd gekregen.'

'Is dat zo? Of hebben we bevestigd gekregen dat ze de kluts kwijt is en allemaal rare dingen doet? Ze is niet toerekeningsvatbaar. Hoe kun je zo iemand jou haar huis laten verkopen? Hoe heb je haar zover gekregen? Heb je haar onder druk gezet?'

Hij lachte hartelijk. 'Wat? Volgens mij ben jij niet geheel toerekeningsvatbaar. Ik heb gewoon een zakelijke deal gesloten met een capabele vrouw, een deal die voor ons beiden gunstig was.'

'Noem gewoon je prijs, James.'

'Ik verkoop het niet.'

'Als je het waagt haar eruit te zetten...'

'Wat dan?'

'Ik hoop niet dat het zover komt, want ik zweer je dat ik alles in mijn macht zal doen om haar daar op die heuvel oud te laten worden.'

'Goh, je maakt me echt bang.' Hij lachte er nog net niet bij. 'En als je het zo belangrijk vindt dat ze daar oud kan worden, moet je haar af en toe misschien eens een handje helpen, zodat ze daar werkelijk kan blijven wonen, in plaats van één keer in de zo veel jaar te komen opdagen als je bang bent dat de erfenis je door de vingers glipt.'

Merles mond viel open.

'Ze huurt het van mij. Zo lang als ze wil.'

'Ik vertrouw je voor geen cent, James.'

'Dat maakt mij niets uit, Merle. Ik verkoop het niet. Fijne dag nog.' Hij liep naar de deur en hield die voor haar open.

Merle had zin om heel hard iets onelegants in zijn laconiek kijkende gezicht te schreeuwen, maar het meisje met het rommelige haar stond letterlijk tussen hen in mee te smullen. Het hele gebeuren leek haar op te vrolijken. Merle haalde diep adem en liep naar de deur. 'We hebben het er nog over. O! Goh, wat vervelend nou, de hond plast op je tapijt, zie ik.'

11

Geconcentreerd keek Jessie naar het slapende gezicht van Alex en trok voor de zoveelste keer die nacht het bandje van haar satijnen pakje, dat ze online bij Victoria's Secret had gekocht onder het kopje 'sexy nachtmode', terug over haar schouder. Het was een miskoop. Alex had er lauw op gereageerd, de stof kleefde statisch tegen haar huid en ze had het gevoel dat het spontaan zou ontvlammen als ze er te lang mee in de zon zou zitten. Gelukkig zou ze er nooit mee in de zon zitten, want er was geen plek in haar tuin waar de omringende buren haar niet zouden zien. Ze hoorde dokter Geiger in haar hoofd: *'Een relatie is geen structuur om jouw wil te bevredigen, maar een plek waar je de kans krijgt om te geven en te dienen. Kijk je geliefde 's ochtends bij het wakker worden eens aan en vraag: "Wat kan ik vandaag voor je doen?" Een geweldige opening van de dag.'*

Bij iedere uitademing weken zijn lippen een beetje van elkaar. Zijn bovenlip trilde licht. Oké, actie! Ze bracht haar hoofd vlak bij het zijne, drukte haar lippen zacht op zijn mond en voelde hoe hij langzaam wakker werd. Toen hij zijn ogen opende keek ze hem van dichtbij aan.

'Goedemorgen.' Ze probeerde het zo sensueel mogelijk te laten klinken.

'Mmm.' Hij kreunde en keek haar met een wazige blik aan.

'Wat kan ik vandaag voor je doen?' Zo, ze had het gezegd.

'Mmm, wat?'

Met tegenzin ademde ze zijn ochtendadem in. 'Ik vroeg me af wat ik vandaag voor je kon doen?'

'Nou, een kopje koffie zou wel lekker zijn.' Alex hield zijn ogen gesloten.

Jessie beet op haar lip. Hier had ze geen rekening mee gehouden. Hij zou haar nu in zijn armen moeten trekken en zeggen dat zij genoeg was. Of zoiets. Helaas kon ze nu toch moeilijk terugkrabbelen. 'Dan ga ik dat even voor je maken.' Met alle tegenzin van de wereld klapte ze het warme donzen dekbed open en liep over de koude tegels naar de keuken, waar ze koffiezette en het stof van een groen gebloemd dienblaadje blies dat ze onder in de kast vond. Als ze nu echt een leuke vriendin was zou ze er een paar pannenkoeken bij bakken en een roos afknippen van de struik die langs de zijkant van het huis omhoogklom en die in een glaasje zetten. Ze moest er niet aan denken.

Met de koffie liep ze de slaapkamer in.

'Is er iets speciaals vandaag?' Alex legde haar kussen op het zijne en kwam omhoog.

'Nee hoor, ik wilde gewoon graag iets liefs voor je doen.' Ze schoof het blaadje op zijn nachtkastje.

'Nou, dan weet ik nog wel wat.' Alex schoof het dekbed naar beneden en wees met twee vingers naar zijn ochtenderectie.

Jessie draaide zich om en liep naar de badkamer. Het was jammer dat ze dokter Geiger niet kon béllen. Zijn beloofde '*geweldige opening van de dag*' was uitgebleven. Het was zijn schuld dat ze bijna gloeiend hete koffie in het kruis van haar vriend had gegooid.

‘Ik hoef maar één croissantje.’ Jessie keek hoe Alex het rooster vanuit de oven op het fornuis zette. Hij droeg een wit met rood geblokt overhemd waar spanning op kwam als hij bukte. In haar hoofd maakte ze de aantekening om het ding te laten ‘verdwijnen’ in de was.

‘Dat weet ik.’

‘Ga jij vijf croissantjes eten?’

Alex keek van haar naar de croissantjes en kneep zijn ogen samen. ‘Waar bemoei je je mee?’

Jessie slikte. Dit was duidelijk een geval hoofdstuk twee! In haar hoofd hoorde ze de heldere stem van dokter Geiger: ‘*Lopen de emoties te hoog op? Las dan een time-out in. Doe een paar yogaoefeningen, maak een wandeling of drink een kop kruidenthee met een goede vriendin. Na vijven mag dat ook een borrel zijn.*’ Toen ze hem de helft van een croissantje in zijn mond zag duwen liep ze snel met een ongelezen editie van *Huisarts en Wetenschap* naar de slaapkamer en deed de deur achter zich dicht. Op bed las ze een artikel over de redenen voor de fluctuerende opkomst bij oncologische bevolkingsonderzoeken. Ze wilde vervolgens net een operatievideo van een kind met galwegatresie starten, toen ze zich bedacht. Ze moest het aangaan met Alex. Met tegenzin legde ze haar iPad weg. Haar voormalige baas maakte video’s van alle operaties die hij deed en plaatste die in een gesloten account voor zijn leerlingen. Gelukkig kon ze nog steeds inloggen, want ze keek er graag naar.

Ze schoof tegenover Alex aan tafel, waar het ontbijt nog stond. *Hoofdstuk drie: Zeg sorry wanneer je fout zit.*

‘Sorry, dat was bot.’ Alex was iets aan het lezen op zijn telefoon en knikte kort om te laten weten dat hij haar had gehoord.

Waarom nam hij niet eens de moeite om haar aan te kijken? Ze besmeerde haar croissantje met boter en besloot het er verder bij te laten zitten. 'Geef me de jam even.'

Alex keek op van zijn telefoon. 'Kan je dat niet wat vriendelijker vragen?'

'Ik pak hem zelf wel.' Jessie boog over de tafel.

Alex pakte de pot zelfgemaakte bramenjam op en zette hem zo dat ze er net niet bij kon. 'Het gaat er niet om dat je het vraagt, maar de manier waarop je het vraagt. Die dominante ondertoon.'

'Weet je wat, Alex? Laat ook maar.' Abrupt stond Jessie op en boog over hem heen om de jam te pakken. 'Straks beweeg je nog te veel en krijg je ineens je oude figuur terug, dat moeten we natuurlijk niet hebben.' Ze ging weer zitten en smeerde een dikke klodder jam uit over haar croissantje. Daarna ademde ze diep in. Hoofdstuk drie! 'Sorry, dat was onaardig.'

'Ach, ik ben het inmiddels wel gewend.' Alex stond op en liep naar de deur. 'Vergeet niet dat ik in dit gat woon omdat jij hier per se naartoe wilde verhuizen.' Met een ruk trok hij de deur achter zich dicht.

Jessie sloot haar ogen en probeerde zich te bedenken wanneer ze een vals kreng was geworden. Gefrustreerd trok ze het afgezakte bandje van haar satijnen pakje weer over haar schouder en keek Alex na, die de schuur in liep en daar even later met zijn fiets aan de hand en een helm op weer uit kwam. Ze deed haar best om de onderbuurjongen uit Londen te zien met wie ze het zo gezellig had gehad dat ze drie jaar geleden een relatie hadden gekregen. Het was zo vanzelfsprekend geweest dat hij met haar meeverhuisde naar Wetters Bay toen ze de plek van dokter Winslow overnam. Waarom eigenlijk? In gedachten verzonken stond ze op om haar iPad te pakken. Kijken naar een operatie zou haar goeddoen. Dat kalmeerde haar doorgaans.

12

Alleen al bij het zien van de oude groene container bij de haven liep het water Merle in de mond. Ze kon ook wel een oppepper gebruiken na een nacht zonder slaap, waarin ze in gedachten James aan zijn haar door de hoofdstraat op en neer sleurde tot hij riep dat ze het huis kon terugkopen.

Freddie maakte de beste fish-and-chips ter wereld. De vis werd 's ochtends vers gevangen vanuit de boot aangeleverd en hij stond om vijf uur op om de aardappels te schillen en te snijden. In haar appartement in Utrecht dagdroomde ze op onwillekeurige momenten wel eens over zijn knapperige frieten met zelfgemaakte frietsaus. Het enige wat haar er eerder van had weerhouden naar zijn kraam te rennen, was de angst dat hij haar onhandig zou gaan knuffelen zodra hij haar zou herkennen. Dat woog echter niet op tegen de lunch die ze daarna zou eten. Versneld liep ze naar het andere eind van de haven. Alles aan Freddie was groot. Zijn oren, zijn voeten en zijn handen. Hij was zijn zaak ooit begonnen in een bus, maar had die uiteindelijk ingeruild voor een container omdat hij geregeld zijn hoofd stootte.

'Kleine meisjes worden groot. Sterker nog, kleine meisjes worden lange slanke beauty's!'

'Hé, Freddie. Lang geleden.' Merle stak haar hand op.

'Nou ja, is dat alles wat ik krijg?' Voor ze het wist werd haar angst werkelijkheid. Freddie liep de container uit om haar op te pakken en te knuffelen. Ze voelde haar voeten loskomen van de grond toen hij zijn vlezige armen om haar middel sloeg. 'Meissie toch. Heel wat zomers trouw mijn beste klant, eindelijk terug van weggeweest.'

'Daar ben ik weer en ik heb berenhonger.' Merle was blij dat haar voeten de grond weer raakten. 'Een XL portie graag.'

'O, een slanke beauty die nog altijd eet als een bouwvakker. Helemaal naar mijn smaak.'

Merle liep naar de lange picknicktafel die voor de container stond en zag toen pas dat de stagiaire van James daar zat, verdiept in haar telefoon. Ze droeg een tuinbroek van lichtroze ribstof. Toen Merle ging zitten keek ze op.

'Hoi.'

'O, hoi!' Het meisje begon te glunderen.

'Heb je de plas nog uit het tapijt gekregen gisteren?'

'Yep.' Ze bleef haar aankijken.

Merle fronste even door haar indringende blik. 'Is er iets? Gaat het over de woordenwisseling in Develab? Het was niet de bedoeling dat iedereen dat zou horen...'

Het meisje haalde haar schouders op. 'Mag ik je iets vragen?'

'Tuurlijk.'

'Ik ben Maddie trouwens.'

'Ik ben Merle.'

'Het is wel een beetje raar.'

'Dan ben je bij mij aan het juiste adres. Ik word altijd omringd door raar.'

Merle lachte.

'Ik twijfel.'

'O, dat is niet raar, hoor. Ik doe niet anders.' Merle vond het meisje aandoenlijk en vroeg zich af hoe oud ze was.

'Ik heb een bruiloft en ik zou iedereen nogal gelukkig maken als ik een jurk aantrok, maar ik draag nooit jurken, dus nu weet ik niet wat voor model ik moet hebben, want ik moet hem online bestellen.'

'Hoezo, heb je haast?'

'Nee, maar dat is gewoon het handigst. Mijn vader heeft het druk en is niet zo'n shopper.'

'Dan ga je toch met vriendinnen?'

Maddie keek haar aan alsof ze gek was. 'Ik ben dertien. Ik mag natuurlijk pas met de bus naar de stad als ik veertien ben.'

'Aha.'

'Dusss, misschien kun je even kijken of ik deze...' Ze draaide haar telefoon om en liet Merle een jurk zien. '... of deze moet nemen.'

'Tja, hoezo vraag je dat aan een wildvreemde?'

'Je ziet er modieus uit en je durft voor je mening uit te komen, heb ik gisterochtend gezien, dus je leek mij de juiste persoon.'

Merle glimlachte. 'Kan je het niet aan je moeder vragen?'

'Nee, die is er dus niet. Ik woon met mijn vader en mijn overgrootvader.'

Merle dacht na. 'Laat me die laatste nog eens zien?'

'Een portie bouwvakker!' Freddie legde een pakketje op de toonbank.

Merle stond op om het te pakken en vouwde de krant open waar de fish-and-chips in verpakt was. Er steeg een geurige damp uit op. 'Pfff, moeilijk. Ik denk dat de kleur van de eerste je beter staat, maar het model van de tweede vind ik mooier. Kan je ze niet allebei bestellen en er een terugsturen?'

'Misschien, maar ik denk niet dat mijn vader dat begrijpt. Dat vindt hij slecht voor het milieu, al dat heen en weer sturen van pakketjes.'

'Daar heeft hij wel een punt. Wil je delen? Of heb je al gegeten?' Merle schoof haar lunch naar het midden van de tafel.

'Ik help je wel met die megaportie. Dat is beter, anders zie je er straks net zo uit als Freddie en vraagt niemand je ooit meer modeadvies.'

Merle moest lachen. 'Ik vind jou nogal wijs voor iemand van dertien.'

13

Het leek wel of ze de natuur meer ging waarderen naarmate ze ouder werd. Vroeger had ze het pad van de haven naar het huis van oma duizend keer gelopen zonder te zien hoe mooi het was. De kinderkopjes die vanaf de haven door het dorp de heuvel op slingerden. De groene weides vol tevreden kauwende schapen, de robuust houten landhekken die automatisch achter je dichtvielen als je het weiland betrad. De grote eiken die de beesten schaduw boden op zomerdagen en een schuilplek als het regende. Het was inderdaad het mooiste plekje van het dorp, het huis van oma. Waarom had ze dat nooit eerder gezien? Natuurlijk aasde James op deze plek. Ze keek op naar het uit grote natuurstenen opgetrokken huis dat fier standhield onder oma's regime van verwaarlozing. Waarschijnlijk was James niet de enige kaper op de kust geweest. Merle zag dat ze voor de zoveelste keer een oproep van Tascha had gemist. Ze wilde eerst dingen oplossen voordat ze haar zwangere zus ongerust zou maken, dus vermeed ze een gesprek waarin Tascha binnen twee seconden door haar heen zou prikken en de waarheid zou eisen. Om haar tevreden te houden sprak ze zo enthousiast mogelijk een spraakbericht in in WhatsApp.

Op haar hoede na de vorige keer riep ze hard ‘Eleanora!’ voordat ze de deur naar de zitkamer opende.

‘Kom verder!’ antwoordde haar oma op haar zangerige toon.

Het was snikheet in haar oma’s atelier, aan de achterkant van het huis.

‘Sluit de deur maar, anders wordt het zo koud.’

‘Je kunt ook iets aantrekken.’ Merle keek naar de dunne, lange borsten, het fletse schaamhaar en de broze, ietwat magere benen van haar oma. Ze kende haar lichaam zo goed dat als ze ooit vermoord en in stukken gehakt zou worden, ze haar waarschijnlijk moeiteloos aan de hand van enkele stukjes zou kunnen identificeren.

‘Ik neem aan dat je het James moeilijk hebt gemaakt?’

‘Ben ik zo voorspelbaar?’

‘Voor mij wel.’

Merle keek naar het beeld waaraan haar oma aan het werken was. Het was een man die iets op zijn buik droeg. Merle vernauwde haar ogen. Een heuptasje misschien?

‘Ik krijg haar borsten niet goed.’ Eleanora deed een stap achteruit.

Nauwkeurig bestudeerde Merle het beeld. ‘Misschien hangen ze te laag?’

‘Dat is juist het hele idee, om de werkelijkheid weer te geven en dan zo uitvergroot dat je niet twijfelt of je het wel goed ziet.’

‘Ik twijfel nu juist wél of ik het goed zie.’ Merle mompelde het half in zichzelf. Oma luisterde nooit naar anderen.

‘Kunst is niet voor ons allemaal.’

‘Jouw kunst zeker niet, oma.’ Nadat ze Eleanora licht ineen zag krimpen bij het woord ‘oma’ draaide ze zich om. ‘Thee?’

‘Heerlijk schat, heerlijk. Zach heeft citroenmelisse op het aanrecht gelegd. Ik kom eraan.’

Merle duwde Theo van het aanrecht. Bij zijn landing op de keukenvloer mauwde hij verontwaardigd. 'Katten horen niet op het aanrecht Theo, tenminste, niet in normale huishoudens.' Ze blies de blaadjes citroenmelisse schoon voordat ze ze in het veelvuldig gebruikte theefilter deed en er heet water over goot. Ze hoorde haar oma achter haar aan tafel schuiven. Ze had een paarse, met gouddraad versierde kaftan aangetrokken.

'Eleanora?'

'Mmm.'

'Waarom heb je het huis verkocht?'

'Waarom niet?' Eleanora haalde haar schouders op.

Voor zichzelf doopte ze een zakje earl grey in een mok kokend water. Toen het goed sterk was liet ze er een grote lepel honing in glijden en deed ze er een scheutje melk bij. Dat was ongeveer het enige wat Engels aan haar was: de manier waarop ze haar thee dronk.

'Ben je niet bang dat James je er ineens uit zet?'

Haar oma lachte. 'James? Welnee.'

Merle staarde uit het raam naar de lucht. 'Waar komt dat gebrom toch vandaan? Ik heb de hele tijd het gevoel dat er een helikopter boven het huis cirkelt.'

'O, dat is de verwarming. Dat doet ze al jaren. Je went er vanzelf aan.'

'Moet iemand daar niet eens naar kijken?'

'Hoezo, het is hier toch lekker warm?'

'Nog wel, ja.' Merle leunde met haar rug tegen het aanrecht. 'Ik snap het niet. Je bent altijd zo gebrand op je onafhankelijkheid en nu verkoop je je huis aan de eerste de beste gladjakker. Het huis dat van de familie is geweest.'

'Mijn geld was op. Kunstenares is geen beroep waarvan je binnenloopt.'

Misschien is dat een hint! wilde Merle roepen terwijl ze bij haar oma aanschoof.

'Het is een roeping.'

Merle roerde de honing door haar thee. 'Ik zou het niet weten, ik moet gewoon mijn rekeningen betalen.'

'Jij bent altijd zo verstandig.'

'Het is niet dat ik een keus heb.'

'Je hebt altijd een keus.'

Merle probeerde haar opkomende woede in goede banen te leiden. Ze greep een biscuitje uit het schapenblik op tafel en stopte het in één keer in haar mond, terwijl ze in haar hoofd de woorden 'drie' en 'dagen' herhaalde. De eerste dag was een reisdag dus die rekende ze niet mee, dan leek het minder.

'Je moet wat meer vertrouwen hebben, dat heb ik je altijd gezegd.'

'Laten we dat gesprek alsjeblieft niet weer voeren. Ik wil gewoon dat je hier gelukkig oud kunt worden zonder gedoe en niet dat je op je tachtigste ineens uit je huis wordt gezet omdat James en zijn schreeuwerige ordinaire vrouw, die hij vanzelfsprekend heeft, toe zijn aan een gezinshuis.'

'Hij wordt mijn gezin, lieverd. Ik wilde het je niet meteen vertellen, omdat je nogal van je à propos leek toen je hem ontmoette, maar Harry en ik gaan trouwen. Dat was het nieuwtje! James wordt voor jou een soort... hoe zal ik het noemen, nou, een soort broer is wel gepast, denk ik. James wordt je broer.'

'Je gaat met die Harry trouwen?' Merles hand begon zo hard te trillen dat de earl grey uit haar mok klotste. 'Jezusmina, ben ik dan echt de enige normale in deze familie?'

14

Met de stem van dokter Geiger in haar oor liep Jessie de praktijk binnen. Aangezien Christel op maandagochtend altijd haar kleindochter naar de crèche bracht en dan later was, liep ze linea recta door naar de praktijkruimte, waar ze haar computer opstartte en de oortjes uit haar telefoon trok. Achteroverleunend in haar bureaustoel sloot ze haar ogen en luisterde naar de stem van dokter Geiger die zelfverzekerd door de kamer galmde.

'Spreek voor jezelf. Ik herhaal: spreek voor jezelf. Voorkom argumenten als "Cedric vindt ook dat je zo slordig bent". Het is verleidelijk, omdat je zo zelf niet met de beschuldigende vinger hoeft te wijzen. Vooral als je het lastig vindt om voor jezelf op te komen. Toch is het belangrijk in relaties om voor jezelf te praten. Neem even de tijd om dit tot je door te laten dringen.' Er volgde zachte klassieke muziek, alsof ze in de wacht werd gezet bij haar internetprovider.

Jessie peinsde erover of ze Cedric een mooie naam vond toen ze een geluid hoorde in de gang. Voetstappen. Er verscheen iemand in de deuropening. Van schrik kwam er een vreemd piepend geluid over haar lippen. Toen ze zag wie het was klakte ze geërgerd met haar tong.

'Wat doe jij hier?' Ze keek in de sprankelende ogen van de man die haar een paar dagen geleden mee uit had gevraagd.

'Interessant piepje heb jij om mensen mee te begroeten.'

Jessie keek met een frons naar de blote voeten onder zijn met verf besmeurde spijkerbroek.

Hij volgde haar blik. 'Ik kom de praktijk schilderen vandaag. Ik was net koffie aan het zetten in de keuken en ik vroeg me ineens af –'

Jessie rekte zich uit. 'Ja, graag! Met melk.' De klassieke muziek stopte.

'*Als je je relatie wilt laten slagen...*' riep dokter Geiger de kamer in. Jessie dook op haar telefoon om hem uit te zetten, maar stootte hem van tafel. '*... is lichamelijk contact belangrijk. Besteed tijd aan het genot van de ander.*' Jessie was onder het bureau gedoken en zette haar telefoon uit. 'Zo.' Ze ging weer rechtop in haar bureaustoel zitten en keek alsof er niets was gebeurd. Als arts had ze die blik geperfectioneerd. Als mensen de hele dag de uiteenlopendste gênante lichamelijke klachten met je deelden, kon je niet anders.

Zach sloeg zijn armen over elkaar en leunde tegen de deurpost. 'Om even terug te komen op het onderwerp: ik vroeg me niet af of je koffie wilde. Ik vroeg me af of je moeite hebt om voor jezelf op te komen. Daar kan ik me niets bij voorstellen.'

'Ik luister een cursus voor mijn werk.'

'Echt niet.'

'Bemoei jij je lekker met de koffie, goed? Hoezo schilder jij eigenlijk met die pols? Daar had je toch zo'n last van?'

'Ik gebruik mijn linkerhand. Het leek me goed om die een beetje te trainen.'

'Als je het maar wel netjes doet. Het lijkt me beter als je je werk voortzet als ik er niet ben en de praktijk niet vol zit met patiënten. Woensdag of in het weekend. Dan loop je niemand in de weg.' Jessie wendde haar hoofd af en concentreerde zich op het inloggen op haar computer.

'Weet je? Cedric vindt ook dat je bazig bent.'

'Wat?'

Zach lachte en Jessie kon niet anders dan naar zijn uitnodigende brede mond en volle lippen kijken. Zijn hele gezicht deed mee als hij lachte. Zijn ogen gingen een beetje dicht en zijn pupillen fonkelden. Een fietshelm zou hem wel leuk staan, bedacht ze. Ongewild glimlachte ze naar hem. Toen ze doorhad wat ze deed trok ze haar mond recht. 'Tot ziens.'

Hij trok een wenkbrauw op en draaide zich om.

Jessie slikte en stond op om de deur achter hem dicht te doen. Ze dronk later wel koffie. Als hij weg was.

'Zooo, de patiëntendossiers! Goedemorgen lieverd.' Christel had fuchsiaroze oogschaduw op en droeg bijpassende oorbellen met kwastjes die zacht haar schouders aaiden terwijl ze liep.

'Is die man al weg?'

'Zach? Nee, gelukkig niet, zeg! Hij komt de praktijk schilderen. Ik had het gevoel dat je een duwtje in de rug nodig had om te blijven en aangezien je zelf voorstelde dat ik dit voor mijn rekening zou nemen...'

'Kan hij niet beter terugkomen als we er niet zijn?'

'Waarom? Niets mis met een beetje reuring, toch? Wacht maar af, als alles straks *battleship grey* is wil je hier nooit meer weg.' Christel gooide de dossiers op haar bureau. 'Volgens mij hoor ik daar je eerste patiënt. O, en voor ik het vergeet, morgen is de grote avond!'

Jessie dacht diep na.

'Die workshop SoulCollage in het dorpshuis, weet je nog? Die ik je voor je verjaardag heb gegeven? Je gaat het geweldig vinden!'

'O, natuurlijk! Zou je me een kop koffie willen brengen?' Jessie wachtte tot ze weg was en zette de activiteit, inclusief alarm, in haar agenda, al zou ze nog liever het anatomische model van het hart op haar bureau oppeuzelen, inclusief kunststof standaard, dan een avond nutteloos knippen en plakken met een stel huisvrouwen uit Wetters Bay.

Ze bekeek haar afspraken voor die ochtend en vroeg zich net af hoe de kleur battleship grey eruit zou zien, toen haar deur opengging en Zach binnenkwam met een flinke mok koffie in zijn hand.

'Ik vond je eigenlijk te brutaal, maar het is ook zo lullig als je al die mensen moet helpen zonder koffie. Misschien komt er wel iemand met een enorme wond vol pus. Dan is het toch beter als je eerst even een kop koffie achter de kiezen hebt.'

'Waarom denkt iedereen toch altijd dat ik alleen maar vaginale schimmels en puswonden te zien krijg? Dat vind ik zo kortzichtig.' Ze keek hoe Zach de koffie voor haar neerzette. 'Jij bent trouwens degene die brutaal is, want volgens mij vroeg ik je om een andere keer terug te komen om te schilderen. En je klopte niet voor je binnenkwam.'

'Jij hebt me niet ingehuurd, of wel soms?' Zach pakte het anatomische model van het hart op van haar bureau en bekeek het aandachtig.

'Nee, dat zou ik nooit doen,' verzuchtte Jessie. 'Ik vind je nogal intens.'

'Ooo?' Hij klonk zelfingenomen.

'Niet op een goede manier.'

'Ik weet dat ik voor mezelf moet spreken, ik herhaal: ik weet dat ik voor mezelf moet spreken...' Hij imiteerde de stem van dokter Geiger. '... maar Christel vindt het erg fijn dat ik er ben, dus misschien ga je je mening herzien.' Zach haalde de losse onderdelen uit het hart en legde die op het bureau.

'Bedankt voor de koffie en ons gezellige praatje, maar nu moet ik weer aan het werk.'

'Pfff, ik snap dat jij tips nodig hebt over hoe je een relatie moet laten slagen.'

'Ga jij nou maar lekker de muren battleship grey verven.' Jessie sloeg haar ogen neer en zag het hart. 'Nee, wacht! Zet eerst even die atriumwanden terug die je eruit hebt gepeuterd, voordat die in Christels stofzuiger verdwijnen.'

'Weet je wat zo gek is?' Handig zette hij de onderdelen weer in het hart.

'Nou?'

'Ik wil nog steeds met je uit.'

Jessie trok haar wenkbrauwen op. 'Misschien ben je een masochist?'

Zach blies haar een kushand toe. 'Cedric denkt ook dat wij het goed met elkaar zouden kunnen vinden, en zo veel mensen van onze leeftijd zijn hier niet in dit dorp.'

'Ik denk niet dat mijn vriend erop zit te wachten als ik met een willekeurige man de kroeg in duik.' Ze glimlachte liefjes.

'Ik zat meer aan een wandeling te denken, maar jij moet natuurlijk thuis tijd gaan besteden aan...' Hij zette zijn lage dokter Geiger-stem weer op. '... het genot van de ander.'

'Het lijkt me wel zo hygiënisch als je gewoon schoenen aantrekt, zolang je hier in de praktijk rondloopt.' Jessie boog overdreven naar haar computer toe om aan te geven dat hun gesprek afgelopen was.

'Pas op dat je je hoofd niet stoot tegen je scherm.' Lachend liep Zach de kamer uit.

15

Niet te geloven dat zoiets nog bestond. Merle had ingeschat dat het plaatselijke café, Harbour's Rest, waar ze nog steeds dezelfde oranje tafelkleedjes hadden als tien jaar geleden, de enige plek in het dorp met wifi zou zijn. Dat klopte, maar het was zo langzaam dat in de tijd dat ze de nieuwe pagina's van haar website had geopend, ze het ding zelf had kunnen bouwen. De nieuwe versie, die ook in het Engels beschikbaar was en waar ze een brandweerman aan had toegevoegd, moest maandag live, want de nieuwsbrief met de aankondiging had ze al verstuurd en ze wilde haar beloftes aan haar gebruikers nakomen. Dat leek haar wel zo professioneel. Ze zou naar de dichtstbijzijnde stad moeten rijden, wat haar zeker een uur zou kosten met de oude Opel van haar oma.

Merle stond op en liep met haar laptop door de zaak.

'Wat doe je? Ik word zenuwachtig van al dat gewandel.'

'Bob, weet jij waar de router zit? Mijn verbinding met internet is zo traag en ik moet iets controleren voor mijn werk.'

'Dan moet je even naar Develab lopen, dat zit een paar panden verderop. Daar hebben ze fantastische wifi. Dat doet iedereen hier. James heeft er speciaal een grotere bank voor neergezet in de lobby.'

Merle twijfelde, maar wat moest dat moest. Ze opende de glazen deur.

'Hoi!' klonk een vrolijke meisjesstem.

'Hoi!' Ze had al gehoopt dat Maddie er zou zijn. 'Nog steeds aan het bijverdienen?'

'Ja, ik heb de hele week vakantie en de receptioniste ook, snap je? Kom je voor James?'

'Ehm, nou, ik heb eigenlijk een noodgeval. Zou ik even een half uurtje jullie wifi mogen gebruiken?' Ze hoopte dat hij daar niet achter zou komen, maar anders dan moest dat maar.

'Tuurlijk. Het is het Develab-netwerk.'

'En het wachtwoord?'

'Hebben we niet.'

'Goh.' Hoe gezellig dorps. Merle ging op de chesterfield zitten en opende haar website. Geconcentreerd controleerde ze de nieuwe pagina's. De betaalfunctie deed het niet en de pagina waarop je de eigenschappen van je man naar keuze kon selecteren leek ook ineens stuk. Aangezien ze hier niet kon gaan gillen, klikte ze razendsnel de site door en maakte een lijst van dingen die het niet deden.

'Kijk nou, wat knus.'

Merle keek naar James, die de trap af kwam in een donkerblauwe schipperstrui. Maddie was blijkbaar weggegaan.

'Sorry dat ik hier ben, maar ik moest iets heel belangrijks doen en je bleek de enige in het dorp met goede wifi.'

'En toen maakte het je ineens niet meer uit dat je me de vorige keer hebt uitgescholden. Je hebt wel lef.'

'Ik heb het Maddie gevraagd. Aangezien we broer en zus worden dacht ik dat het wel kon.'

Een meter voor haar bleef hij staan. Ze zag dat zijn te lange, stugge haar omhoog bleef staan tegen de boord van zijn trui.

'Zo, dus je hebt het goede nieuws gehoord.'

'Ik heb het nieuws gehoord, ja.' Merle keek met een half oog naar haar site.

'Is het al rond met de dominee?'

'De dominee? Mijn oma gaat toch niet in de kerk trouwen?'

'Dat is wel de bedoeling. Mijn opa hecht daar veel waarde aan. Organiseer jij de receptie? We gaan een verrassingsfeest voor hen organiseren in de schuur achter ons huis. Eleanora denkt dat er na afloop alleen een uurtje koffie met cake in het dorpshuis is.'

'De receptie? Ik weet niet eens of ik erbij kan zijn. Daar heb ik nog helemaal niet over nagedacht. Laat staan dat ik iets ga organiseren. Koffie met cake klinkt meer als een uitvaart.'

'Daarom gaan we ze verrassen met een feest. Je oma gaat trouwen, natuurlijk ben je daarbij. Daar hoef je toch niet over na te denken? Tenminste, dat lijkt mij.'

'Ooo, doe alsjeblieft niet zo schijnheilig. Jij deed je hele jeugd niet anders dan blowen op de steiger en meisjes in dat vieze bootje van je proberen te krijgen.' Merle negeerde de dolk in haar buik. 'Ik moet eerst even iets anders regelen. Laat me met rust.'

'Graag. Je voelt je nog altijd overal te goed voor, merk ik. Jij bent dus ook geen spat veranderd.'

'Kunnen we misschien gewoon op een volwassen manier met elkaar omgaan?'

'Nu we familie worden, bedoel je?' Hij keek haar aan. 'Wat is er zo belangrijk?'

'Werk.'

'Wat voor werk doe je?'

'Iets in de IT.'

'Lekker duidelijk.'

'Ik heb een website en een app.'

'O, heb je een online winkeltje of zo?'

Ze negeerde de denigrerende manier waarop hij 'winkeltje' zei. 'Ja, zoiets.'

'Wat verkoop je?'

Ze keek op. 'Aandacht.'

Hij lachte. 'Wat? Jij? Sorry, maar dat vind ik nou niet bepaald bij je passen.'

'Het is niet wat je denkt. En we kennen elkaar amper, dus je hebt geen idee wat wel en niet bij me past.' Ze gaf hem haar beste nepglimlach.

'Dat is waar. Hoe –'

'O, trouwens, Merle?' Maddie kwam met grote sprongen de trap af.

Merle verlegde haar aandacht. 'De jurk! Is het nog gelukt? Daar had ik nog niet naar gevraagd.'

James keek van het meisje naar Merle.

'Nee, maar ik heb nog tijd. Ik wilde zeggen dat ik naar huis moet om mijn pup uit te laten, voordat opie gek van hem wordt.'

James hield de deur voor haar open. 'Welke jurk?'

Merle maakte een wegwerpgebaar met haar hand. 'Niet belangrijk. Vind je het goed als ik hier nog een kwartiertje zit? Je bent me wel iets verschuldigd na die kwal.'

'Ach, je doet maar, ik heb er niet echt last van. Al reikt jouw stekelige aura best ver.'

Merle boog zich over haar laptop. 'Dank je wel. Ik waardeer het enorm.'

'Je bent niet goed snik.' Hij liep weg. Haar ogen volgden zijn billen, die soepel heen en weer in zijn spijkerbroek de trap op bewogen. Ineens keek hij om en ving hij haar blik. Hij fronste. Betrapt keek ze naar haar scherm.

16

Jessie liep de dorpswinkel van Betty in. Het was niet voor niets dat Alex meestal de boodschappen deed. En dat hij daarvoor op zaterdag helemaal naar Castlemouth reed. Betty deed haar denken aan een bijrol in een thriller. Zo iemand die iedereen over het hoofd had gezien, maar van wie in de laatste minuut bleek dat zij koelbloedig iedereen had vermoord en daar niet eens haar bureaustoel voor was uit gekomen.

'Hallo, dokter Jessie.' Met haar doordringende kraaienogen nam Betty haar op.

Jessie knikte en deed haar oortjes in terwijl ze langs de schappen liep. Ze wilde hoofdstuk vier nog een keer beluisteren. Het gaf haar houvast. '*Partners hebben los van elkaar vaak een druk leven. Probeer alle apparaten eens uit te zetten, want wel of geen tijd voor elkaar hebben is ook een keuze. Stem weer op elkaar af door met elkaar te praten met echte aandacht. Elkaar ook te vragen naar wat onder de oppervlakte ligt. Vraag bijvoorbeeld eens: "Ben je nog gelukkig op je werk?" in plaats van "Hoe was het op je werk?"*'

Jessie bekeek eerst de houdbaarheidsdatum van alles wat ze in haar mandje stopte. Ze ging pasta alla norma maken, want Betty had daarvoor alles in de schappen liggen en Alex at het graag. Ze deed haar oortjes uit en leegde het mandje bij de kassa.

'Ik zag dat je naar de houdbaarheidsdatum keek.' Betty keek haar aan.

'Ja, dat is een gewoonte.' Volgens het script zou Betty nu langzaam een vlijmscherpe briefopener uit de kassa halen.

'Ik wil dat je weet dat ik dat soort dingen zie.' Ze liet een stilte vallen.

Dit zou het moment kunnen zijn waarop ze voorover zou buigen en de briefopener tussen Jessies ribben zou steken. Waarschijnlijk zou ze haar daarna op schoot hijsen, op haar bureaustoel naar het magazijn rijden en haar in een enorme vrieskist leggen tussen de andere slachtoffers.

'Drieëntwintig pond zestig.'

Jessie schoof haar pinpas over het apparaat en las het briefje dat ernaast hing. *Schildercursus in de openlucht. Vrij inlopen op woensdagochtend 10 uur.* Woensdag was haar vrije dag. Ze maakte een foto van de advertentie. Niet dat ze echt van plan was te gaan, maar het feit dat ze de tijd had en het kon overwegen was fijn.

'Zeg, nu je hier toch bent: ik heb last van verstopping, vooral als ik te veel witte bonen uit blik eet.'

Jessie stopte haar telefoon weg en keek op. 'Vervelend.'

'Ja, dat is zeker vervelend.'

'Kom maar eens langs in mijn praktijk. Fijne avond straks.' Jessie liep zo snel ze kon de winkel uit en ademde diep de zeelucht in die vanuit de haven de hoofdstraat in stroomde. Met de geruststellende stem van dokter Geiger in haar oor liep ze naar huis.

'Ben je nog gelukkig op je werk?' verbrak Jessie de stilte.

Alex keek op van zijn bord pasta. Er hing een sliert uit zijn mondhoek en Jessie keek hoe hij die al kauwend naar binnen zoog. 'Waarom vraag je dat?' Hij liet zijn ogen over de schaal pasta gaan die gewoonlijk uit de pan werd geserveerd en bleef hangen bij de kaars op tafel die er normaal nooit stond.

'Omdat ik daarin geïnteresseerd ben.'

Alex nam nog een hap en keek haar aan met een blik die ze niet kende. 'Jessie, ik denk dat we moeten praten. Er is iets waar ik al een tijdje mee rondloop...'

'Nou, lucht je hart.' Jessie nam een slok van de rode wijn die ze bij Betty had gekocht en die veel beter smaakte dan ze had gedacht.

'Ik heb hier lang over nagedacht en ik heb het er met meerdere vrienden in Londen over gehad en ook op het werk...'

Verrast legde Jessie haar bestek neer. 'O? Oké...'

'Je weet dat ik erg graag een gezin wil...'

Jessie voelde eerst een kleine schok. Daarna visualiseerde ze zichzelf aan dezelfde tafel met drie kleine kinderen met het kapsel van Alex. Hij was er in het begin van hun relatie wel een paar keer over begonnen, maar ze had het laten rusten, omdat ze het zelf niet overzag. Ze bestudeerde zijn gezicht, dat plots een beetje verlegen leek, en ineens zag ze de ongemakkelijke, goeiige buurjongen in de gang van haar oude appartement die ze zo aandoenlijk had gevonden.

'Jeetje, ehm, natuurlijk heb ik daar ook wel over nagedacht...'

'Ja, en daardoor weet ik ook echt heel zeker...'

Jessie voelde dat ze het langzaam warm begon te krijgen.

'Ik...ik...' Alex hapte naar adem.

Jessie glimlachte bemoedigend.

'Ik moet er gewoon echt niet aan denken dat jij de moeder van mijn kinderen wordt,' gooide hij er haastig uit.

Jessies ogen werden groot.

'Het spijt me echt, maar ik ben gewoon een sportieve jongen, ik hou van fietsen en lekker bezig zijn en van op zijn tijd een geintje. Het enige wat jij doet is in die muffe praktijk zitten en als je thuiskomt zit je gore operaties te kijken. We zijn hier nu negen maanden en hoe vaak ben jij eigenlijk op pad gegaan? Nooit! Je bent gewoon niet goed genoeg voor mij. Dat zeggen mijn vrienden ook. Ik verdien iemand die ook sportief is en leuke dingen wil doen en in is voor een geintje. Zoals laatst, dan koop je iets spannends voor in bed en dat is dan zo'n conservatief pyjamaatje. Koop gewoon dat rubberen pak met die naaldhakken en spuit slagroom over me heen!'

Jessie knipperde met haar ogen. 'Ik ben best sportief! En insinueer je nu dat ik saai ben?' Ze wilde nog zo veel meer roepen, maar dokter Geiger hield haar tegen. 'Weet je, Alex? Een relatie is geen structuur om jouw wil te bevredigen, maar een plek waar je de kans krijgt te geven en te dienen. Jij wilt dat ik van alles ben om jou gelukkig te maken, maar zo werkt het nu eenmaal niet.'

'Ik ga bij je weg, Jessie. Er is een kamer vrijgekomen bij een collega in Castlemouth. Die kans grijp ik met beide handen aan. Ik had het je eigenlijk morgenochtend pas willen vertellen. Het spijt me.'

Jessie keek hoe hij opstond en naar de slaapkamer liep.

Buiten schemerde het. Jessie stak haar hand in haar zak om dokter Geiger aan te zetten, maar besefte toen dat dat niet meer hoefde. Haar relatie was mislukt. Alex was weg. Terwijl ze de hoofdstraat af liep overwoog ze haar opties. Ze kon de pijn uitstellen door nog even te doen alsof het niet zo was, maar daar was ze te praktisch voor. Gelukkig waaide het bij de haven. De suizende wind om haar oren die plukken blond haar in haar gezicht sloeg, gaf de situatie de dramatiek waar die om vroeg.

Met haar armen om zichzelf heen geslagen liep ze de idyllische houten steiger af, ging aan het einde zitten en liet haar benen boven het water bungelen. Voor het beeld zou er nu een langzame traan over haar wang naar beneden moeten rollen, maar ze voelde te veel de opluchting en het gevoel van vrijheid die deze nieuwe situatie haar had gebracht om te kunnen huilen. Ze zou nu het huis voor haarzelf hebben. Bij die gedachte klaarde ze vreemd genoeg op. Vanuit haar vest hoorde ze het alarm op haar telefoon. Als huisarts had ze hem altijd bij zich.

'Neeee!' riep ze vol afschuw uit toen het woord 'SoulCollage' op haar schermpje knipperde. Ze keek een tijdje naar het oplichtende scherm en overwoog haar telefoon met meldingen en al in de kabbelende zee te gooien. Daarna probeerde ze zich voor te stellen hoe ze tegenover Christel net zou kunnen doen alsof ze wel was gegaan. Meteen wist ze dat zoiets onmogelijk was in dit dorp. Het zou uitkomen. Zuchtend stond ze op en sleepte zichzelf naar het dorpshuis.

17

'Je laatste avond, ik heb net een heerlijke lasagne in de oven geschoven. We eten vroeg, want Elea geeft vanavond cursus.' Zach plofte naast Merle op het gammele houten bankje voor het huis dat uitzicht bood over het dorp.

'Pas op, we zakken er bijna doorheen!'

'Dat was ik vergeten. Ik wilde er een extra poot onder zetten,' verzuchtte Zach.

'Zo fijn dat oma een klusser als jij in het huisje heeft. Wat voor cursus geeft ze? De kracht van kristallen? Of: Voel de vrijheid van het naakt boetseren?'

Zach schudde zijn hoofd. 'SoulCollage maken. Je moet echt meedoen, het is veel beter dan het klinkt.'

'Nee, dank je.'

'Je zou wat langer moeten blijven. Waarom verleng je je ticket niet gewoon tot na de bruiloft? Er is hier gratis onderdak, leuk gezelschap en Elea kan wel wat hulp gebruiken, denk ik. Bovendien is het een goede gelegenheid –' Zach stopte abrupt met praten.

'Wat?' Merle genoot van de veelbelovende voorjaarszon die door de wolken heen was gebroken en een sprankelende avondgloed over het dorp wierp.

'Nou, het zijn mijn zaken niet, maar misschien komen jullie een beetje nader tot elkaar als je hier wat langer bent.'

‘Ik heb een leven, weet je, werk, sport…’ Merle trok haar XL T-shirt dat ze normaal alleen gebruikte om in te slapen over haar opgetrokken blote benen. Het koelde af en het begon te waaien, maar ze had geen zin om naar het huisje te lopen voor een trui of een lange broek.

‘Je kunt hier werken en sporten. Als je een paar keer heen en weer naar het dorp rent heb je echt je lichaamsbeweging wel gehad, hoor.’

‘De enige plek waar hier normaal internet is, is bij Develab en daar kom ik niet graag.’

‘Dan regelen we hier goed internet.’ Zach plukte een lange grasspriet en stopte hem tussen zijn lippen.

‘Optimist.’ Merle keek naar Zach, die als een zorgeloze cowboy op de grasspriet kauwde. ‘Zoiets duurt eeuwen. Ik heb nog nooit iemand meegemaakt die niet chagrijnig werd van internet aanleggen. Dat zijn van die dingen die standaard misgaan. Altijd. Overal.’

‘Denk erover na, je oma zal het zo fijn vinden en ze wordt oud. Misschien begrijp je haar beter als je een tijdje blijft.’

‘Straks ga je nog zeggen dat dit misschien wel mijn laatste kans is.’

Zach keek haar veelbetekenend aan.

Merle negeerde het schuldgevoel dat spontaan op kwam zetten. ‘Sjeezus! Zal ik de tafel dekken?’

‘Helaas, heb ik al gedaan.’

Er reed een goudkleurige Mercedes het pad op. ‘Ook dat nog,’ steunde Merle.

‘Eleanora wil dat je ze beter leert kennen, daarom heeft ze hen uitgenodigd voor het eten.’

‘Vraagt iemand zich ooit eens af wat ik wil?’ Merle zag dat haar oma op haar blote voeten naar buiten liep en haar armen om Harry heen sloeg. James kuste Eleanora op haar wang. Daarna bestudeerde hij uitgebreid Merles blote benen.

'Merle.' Hij boog zich naar haar toe en drukte uit het niets een kus op haar wang. Van dichtbij keek ze hem aan. Hij genoot duidelijk van haar geschrokken gezicht.

'Kwal,' fluisterde ze, zodat alleen hij het hoorde.

Hij glimlachte, erg met zichzelf ingenomen.

'Harry, hallo.' Ze kon het niet opbrengen hem te kussen dus stak ze snel haar hand naar hem uit.

'Kom binnen!' riep Eleanora met haar zangerige stem alsof ze op het punt stonden iets geweldigs te gaan doen.

'Ik pak even iets warmers, ben zo terug.' Merle liep naar het gastenverblijf, waar ze zich in een spijkerbroek hees en een donkergroene lamswollen trui over haar hoofd trok. Daarna opende ze haar laptop. Nog even een paar kleine dingetjes rechtzetten voordat ze live konden morgen. Ze maakte een hotspot met haar telefoon om Basecamp te openen, het programma waarin ze communiceerde met haar ontwikkelaars. Ze was net midden in een zin toen ze opschrok.

'Dus dat noem jij even iets anders aandoen?'

'Bemoei je met je eigen zaken, James.'

'Je bent mijn zaak, aangezien mijn opa hier helemaal naartoe is gekomen om jou beter te leren kennen en jij ergens gaat zitten online shoppen of zoiets.'

In gedachten gooide Merle een van oma's beelden naar zijn hoofd. 'Ik wist niet dat hij zou komen.'

'Nee, waarom denk je dat ze jou dat niet hebben verteld?'

Ze keek op. James stond met zijn lange lijf in de ronde afgebladderde deuropening. Ze liet haar ogen over zijn grijze polo, vervaalde riem en jeans naar zijn hoge sneakers glijden en terug. Ze hoopte dat ze minachting uitstraalde, maar ze was onderweg best onder de indruk geraakt van wat ze zag, dus ze betwijfelde het.

'Kom gewoon mee en doe gezellig. Hoe moeilijk is het? Morgen ga je alweer weg en zien we je waarschijnlijk jaren niet meer. Ik neem aan dat je de bruiloft overslaat?'

'Natuurlijk sla ik de bruiloft niet over. Die wil ik voor geen goud missen.'

Hij grijnsde ineens. 'Goed zo.'

Met afkeer luisterde ze naar de triomf in zijn stem. Hij had haar erin geluisd. 'Ik zie nog wel of ik het red om op de bruiloft te komen.' Merle sloot haar laptop en bad dat ze snel konden eten zodat ze snel weer aan het werk kon. Kreunend stond ze op. Voor haar team zou het niet uitmaken, het was toch midden in de nacht in India. 'Gezellig, broertje, zo'n diner!'

'Het zou je oma gelukkig maken als ze ziet dat we het goed met elkaar kunnen vinden, dus doe je best.'

'Alsof ik de enige ben die zijn best moet doen. Als jij niet zo'n kwal zou zijn, zou ik van nature vriendelijk tegen je doen. Heb je daar wel eens over nagedacht?'

'Ik denk nooit na.'

'Ach, ja, dat is waar ook.' Merle duwde de achterdeur open en liep door naar de ouderwetse eetkamer achter de keuken waar de anderen al waren gaan zitten.

'Jongens! Daar zijn jullie. Wijntje?'

'Graag.' Merle besloot er vol in te gaan en klopte Harry op zijn schouder, voordat ze ging zitten. 'Gezellig.' Ze was echt niet alleen maar een zuurpruim.

Helaas waren er alleen nog maar twee plekken vrij aan het einde van de tafel, dus werd ze gedwongen naast James te gaan zitten. Harry was in gesprek met Zach.

'Hoe heet je bedrijf eigenlijk?' Ze schrok bijna van de overdreven vriendelijke stem die James opzette.

'Boyfriend Material. Kan ik ergens mee helpen?' Ze zag dat de rest van het gezelschap was opgestaan om iets in de keuken te gaan doen.

'Nee, blijven jullie maar lekker zitten, wij knutselen even

een salade in elkaar.' Eleanora liep naar de keuken.

'Is het iets met escorts?'

'Nee.' Merle schudde haar hoofd. 'Ik verkoop virtuele vriendjes. Je kunt een vriend samenstellen en die stuurt je dan gedurende een bepaalde tijd berichten.'

'Wat voor berichten?' James keek haar aan met een blik waar duidelijk afgrijzen in te lezen viel.

'Smerige pornografische teksten. Ik heb de enorme hang naar seks van mijn oma geërfd,' zei Merle neutraal.

James negeerde haar insinuatie. 'Ik ben benieuwd. Hoe werkt dat dan precies?'

Merle haalde haar telefoon van het kastje waar ze hem had neergelegd. 'Het is een app.'

'Mag ik het zien?'

'Vooruit.' Ze opende de app en leunde naar hem toe om hem mee te laten kijken. 'Wil je dit wel echt zien? Of was het een grapje?'

'Nee, ik wil het zien. Graag.'

Merle keek opzij. Zijn glanzende litteken stak af tegen de donkere stoppels op zijn wang. Ze keek in zijn donkerbruine ogen waar ze tot haar verrassing oprechte interesse in las.

'Oké, leuk.' Ze rook hem. Subtiel kruidig.

Hij glimlachte.

'Hoezo lach je nu weer?'

'Ik lach je toe, omdat je blijkbaar zo in je nopjes bent over je product.'

'Dit is de startpagina. Hier kun je je man kiezen. Welke wil je?'

'De houthakker, dat vind ik wel een hunk, al denk ik dat er geen houthakker is die zo zwoel kijkt als hij met een kloofbijl een blok hout van twintig kilo doormidden slaat.'

'Oké, wil je hem zelf een naam geven? Of kies je voor een naam van ons?'

'Clive vind ik wel een goede naam, Clive de klover.' Hij lachte. Verrassend leuk, concludeerde Merle.

'Zo, en dan kun je vervolgens zijn hobby's en de jouwe opgeven en nog wat extra informatie en dan krijg je bijvoorbeeld een maand lang berichten van hem.'

'Erotische berichten?'

'Nee! Ik verkoop aandacht, geen seks. Gewoon, dat hij net koffiedronk voor zijn blokhut en aan je moest denken. Aan hoe goed je eruitzag gisteren, dat soort dingen, puur aandacht.'

'En die berichten maak jij?'

'Die heb ik in het systeem gezet, ja.'

'En dit werkt?' James klonk ongelovig.

'Ik betaal er mijn huur van en ik krijg iedere maand meer gebruikers, dus ja, het werkt.' Ze vertelde hem maar niet dat ze inmiddels meer dan veertigduizend gebruikers had en er een fiks inkomen uit haalde. Dat kon hij tegen haar gebruiken als ze het huis van hem wilde kopen.

'Geinig.'

Merle zag dat er een error op haar scherm verscheen toen ze de hobby's van de houthakker wilde selecteren. Toen ze naar de homepagina wilde teruggaan deed de app niets meer. 'Alleen zie ik nu dat de app ineens niets meer doet. Dat is vreemd... Ik moet dit even oplossen.' Ze stond op en negeerde James' overduidelijke frons. Het was midden in de nacht in India. Ze hoopte dat ze hier niemand voor wakker hoefde te maken. 'Zo terug.' Ze liep naar het gastenverblijf.

'Jongens, ze is er weer!' riep James vilein toen ze weer binnenkwam. Het had twintig minuten geduurd voordat het probleem was opgelost. Gelukkig had ze Vinay er niet voor uit zijn bed hoeven halen. Harry kwam binnenlopen met een kom salade en Zach zette met een plof de enorme schaal lasagne op tafel.

'Sorry.' Merle schoof weer aan naast James.

'Er stonden zeker mensenlevens op het spel?' James keek haar niet aan.

'Het beveiligingscertificaat op de server was verlopen, dus de app lag eruit. Dit moest ik echt even oplossen. Mijn excuses.' Ze perste haar ogen tot spleetjes en zond hem een vernietigende blik.

'Aanvaard!' riep Zach. 'Hou je bord bij.'

Ze glimlachte dankbaar naar hem. Ze was blij dat ze online was geweest toen de app was gecrasht, anders had ze een berichtenbox vol boze klanten gehad na dit etentje.

James schudde bokkig zijn hoofd.

'En jij, James, wat doe jij eigenlijk? Vastgoed kopen van oude mensen?'

Omdat ze zo dicht bij hem zat zag ze zijn ogen donker worden. 'Onder andere.'

'En hij bouwt bejaardenhuizen.' Harry klonk trots.

'Aha, dan kun je die oude mensen zo doorschuiven?' Merle kromp een beetje ineen van haar eigen botheid.

James' ogen werden nog donkerder. Hij vond haar echt verschrikkelijk.

'Vertel, wat zijn dat voor huizen?' probeerde ze de schade te repareren.

'Gewoon, bejaardenhuizen.' James pakte de wijn. 'Wie kan ik inschenken?'

Merle voelde dat Eleanora vanaf de andere kant van de tafel naar haar keek en ze voelde zich weer een klein kind dat een standje kreeg. Ze gedroeg zich ook als een nukkig kind, terwijl ze een volwassen vrouw was. De rest van de maaltijd probeerde ze het goed te maken door vriendelijk en gezellig te doen.

'Lekkere wijn, hoor, lieverd.' Harry klopte op Eleanora's hand.

Zach schoot in de lach. 'Vergeleken met dat bocht dat je laatst had meegenomen naar het havenfeest, bedoel je.'

James schoot ook in de lach. 'Die doos wijn heeft ervoor gezorgd dat het halve dorp platlag tot drie dagen na het feest.'

'Dat kwam ook door de zangeres van die band,' verdedigde Eleanora zich. 'Die was zo goed dat iedereen maar bleef dansen. Het was een zalige avond. Het is bijna jammer dat we na ons huwelijk niet een feest hebben gepland.' Ze pakte Harry's hand.

Merle stond op. 'Ik doe de afwas, blijven jullie maar zitten. Ik kom zo terug met koffie en thee.' Het was raar om in die kamer te zitten met al die mensen die samen met haar oma leefden; ze voelde zich buitengesloten.

Net toen ze de pannen begon af te wassen, kwam Zach achter haar de keuken binnen en pakte de droogdoek.

'Blijf nou gewoon een tijdje, ik denk echt dat Elea het heerlijk vindt om je nog wat langer om zich heen te hebben.'

'Waarom denk je dat?'

'Omdat ze het zo vaak over jullie heeft. Over dat jullie vroeger wekenlang hier logeerden en hoe heerlijk ze dat vond. En ze wordt ouder. Ze heeft familie nodig.'

'Precies, het draait altijd om haar. Ze vraagt nooit naar mij. Of ik het wel red.' Merle smeet de schoongeschrobde lasagneschaal nog net niet op het aanrecht. 'Ik kan hier niet werken Zach, het internet is een ramp.'

'Heeft Eleanora slecht internet?' James kwam binnenlopen en pakte het koffieblik uit de kast alsof hij dat al zijn hele leven deed.

'Nou en of!' riep Zach uit alsof hij het over een natuurramp had. 'Zij vindt het niet erg, maar Merle twijfelt om een tijdje te blijven omdat het internet zo slecht is dat ze niet kan werken.'

James stond ineens naast haar met de koffieschep in zijn

hand. 'Als er hier goed internet is, blijf je dan tot na de bruiloft?'

Merle spoot een straal biologisch afbreekbaar afwasmiddel in de gootsteen. 'Dat is een maand. Dat is wel erg lang. Ik heb een leven in Nederland, ik kan toch niet zomaar –'

'Dat kan dus prima, het is een mindset,' onderbrak Zach haar. 'Mensen denken altijd dat ze vastzitten aan dingen, terwijl ze juist vrij zijn. Als jij hier wilt zijn, dan kan dat. Je bent vrij, je weet het alleen nog niet.'

Merle gluurde van opzij van Zachs blote voeten en zijn oversized short naar het gele T-shirt waar een regenboog op stond. 'Jij bent gewoon zo'n vrij type dat geen verantwoordelijkheden wilt.'

'Jij bent zo'n type dat zich laat onderdrukken door verantwoordelijkheden.'

Merle dacht na terwijl ze tevergeefs de zwartgeblakerde buitenkant van een pan schrobde. Eleanora vond het leven te kort voor de afwas en maakte alleen de binnenkant van haar pannen schoon. 'Misschien.'

'Als je tot na de bruiloft blijft zorg ik dat je morgen snel internet hebt in het gastenverblijf.' Met zijn heup duwde James haar opzij, zodat hij de koffiepot met water kon vullen.

'Heel lief, James, maar zo werkt dat nooit met internet.' Merle ging ongestoord door met afwassen, waardoor ze tegen elkaar aan stonden.

'Als ik zeg dat ik het regel, dan regel ik het, Merle. En anders maak ik een bureau vrij op mijn kantoor, zodat je daar rustig kunt zitten.'

Zach sloeg met een daverende klap twee pannendeksels tegen elkaar. 'Nu kun je niet meer terug! Je moet wel blijven.'

Merle dacht na, voor zover dat kon met James tegen haar aan geplakt. De gedachte speelde eigenlijk al drie dagen door haar hoofd. Als er goed internet was kon ze hier in principe prima werken en als ze wilde weten hoe het nu echt met haar oma was, zou dit een mooie kans zijn. Thuis hoefde ze alleen maar een paar sociale afspraken af te zeggen en haar huisgenoot te vragen haar spullen in de ijskast op te eten. 'Prima, ik blijf.'

'Yes!' Zach sprong haar om haar nek. 'Hoe gezellig! Misschien kan ik je schilderen!'

James pakte koffiemokken uit de kast. 'Even één ding helder, koningin: ik doe dit echt alleen voor Eleanora, van mij mag je op het eerste het beste vliegtuig stappen.'

'Goh, dank je, aardig dat je dat zo benadrukt. Zeg nog maar even niets tegen haar, dat doe ik liever zelf.'

'Jij wilt zeker opgeklopte melk in je koffie?' James trok de la met pannen open.

'Nee, ik drink hem zwart en sterk.'

Zach schoot in de lach. 'Ja, ze wil melk. Je gaat toch zeker geen vieze koffie drinken om James dwars te zitten? Rare vrouw.'

'Ik wil gewoon niet dat hij moeite voor me doet als hij zo'n hekel aan me heeft.'

'Dat is toch geen moeite, even een beetje melk opwarmen.' Zach pakte de laatste pan uit haar handen.

'Ik sta gewoon hier, hè?' riep James. 'Eleanora wil ook graag melk, dus ik zal extra maken. Ingewikkeld mens.'

18

Het dorpshuis was gevestigd in het oude basisschoolgebouw. De muffe geur versterkte haar spijt dat ze was meegegaan. Eleanora had het haar ten overstaan van iedereen gevraagd en ze had het James niet gegund zijn nukkige beeld van haar bevestigd te krijgen. Merle snuffelde uitgebreid in de doos oude tijdschriften die ze in haar handen had, maar die roken gewoon naar papier, een lucht waar ze erg van hield. Waarschijnlijk zat de stank in de tapijttegels in de hal die nog stamden uit de basisschooltijd.

Eleanora liep luid neuriënd voor haar uit, alsof ze de enige was in het gebouw, wat niet zo was. Blijkbaar was het cursusavond en de mensen, de meeste al wat op leeftijd, liepen af en aan. Eleanora groette iedereen met een overdreven zwaai en Merle begreep weer waarom ze vroeger niet met haar gezien wilde worden.

'Zo, hier zijn we dan!' Eleanora ging een klaslokaal binnen waar wat vrouwen aan tafels zaten te kletsen.

Merle hing haar vest aan een haakje voor in de klas en werd automatisch teruggevoerd naar de openbare basisschool in Zeist. De plasketting, de schoolmusical, meester Frans met zijn vettige snor. Ze zette de doos op een tafel en knikte naar de vrouwen. Zo, nu hadden ze handenarbeid. Het lokaal was oud, maar dat had ook wel iets gezelligs.

Achter haar hoorde ze gehijg. 'Is dit de cursus SoulCollage maken?'

Een bekende stem. Merle draaide zich om en slaakte een gilletje. 'Jessie? Nou ja!'

'Merle? Wow!'

Voor ze het wist stond ze in een omhelzing met haar jeugdvriendin. 'Ben je op bezoek?' Dat kon niet anders, want Jessie had haar hele jeugd niets anders gedaan dan in het gastenverblijf van Eleanora proberen te verzinnen hoe ze zo snel mogelijk weg kon komen uit Wetters Bay.

'Ja, nou, eigenlijk al bijna negen maanden. Ik neem tijdelijk de praktijk over van dokter Winslow.'

'O, echt? Die moet intussen ook honderddrie zijn.'

'Precies, dus vandaar.'

'Jij komt een SoulCollage maken?' Merle probeerde niet verbaasd te klinken.

'Mijn assistente heeft de les voor me geboekt. Een cadeau voor mijn verjaardag.'

'Die je nooit viert, want je houdt niet van gedoe. Of is dat veranderd?'

'Nee!' Jessie lachte en Merle dacht aan alle zomers waarin ze samen met een ijslolly door het dorp hadden geslenterd, van Jessies cottage achter de haven via de weides naar het huis van Eleanora op de heuvel, mopperend dat er nooit iets gebeurde in Wetters Bay. De eindeloze zwempartijen in de baai waar ze eigenlijk niet zonder begeleiding mochten komen, behoorden tot haar fijnste jeugdherinneringen.

'Ssssst.' Eleanora zwaaide met haar armen door de lucht. 'Het is tijd om te beginnen.'

'Zeg dat je hier een tijdje bent!' Merle en Jessie schoven met z'n tweeën aan een aparte tafel.

'Ja, dat ben ik wel van plan.' Merle kneep even in Jessies hand. Ineens was ze blij dat ze was gekomen en dat ze had besloten te blijven.

'Een SoulCollage maken geeft je toegang tot je innerlijke wijsheid.' Ter demonstratie legde Eleanora haar vingertoppen op de bovenkant van haar borsten.

Merle bestudeerde Jessie en zag dat er rode vlekken onder haar ogen zaten. Haar wangen leken gezwollen. 'Gaat het wel goed met je?' fluisterde ze.

'Prima.'

Eleanora keek waarschuwend hun kant op. 'We gaan vandaag weer contact maken met onze intuïtie door middel van inspiratie die je vindt in plaatjes. Voor de meesten is dit niet voor het eerst, dus ik stel voor dat we gewoon beginnen. Als er vragen zijn, kom gerust naar me toe. Ik zal wat voorbeelden uitstallen op de inspiratietafel. Stel je ziel open.' Ze spreidde haar handen. 'Ga je gang.'

'We gaan toch gewoon plaatjes uitscheuren en opplakken?' merkte Jessie op.

'Nee, Jessie, jij hebt niet goed geluisterd. We gaan contact maken met onze intuïtie.' Merle glimlachte.

Jessie schudde opgelucht haar hoofd. 'Je hebt geen idee hoe fijn ik het vind dat jij hier nu bent op dit moment. Ik heb je honderd jaar niet gezien en nu ben je ineens hier en voelt het alsof we weer tien zijn. Dat is precies wat ik nodig heb.'

'Wat is er aan de hand dan?'

Jessie zuchtte. 'Ik wil niet meteen mijn hele hebben en houden in je schoot werpen.'

'We doen een cursus SoulCollage maken, het is niet dat ik iets beters te doen heb. Wacht.' Merle stond op en pakte twee witte kartonnen kaarten en een stapel tijdschriften van de tafel. 'Zo, kunnen we alvast beginnen.'

Eleanora kwam bij hen staan. 'Zo'n collage helpt je jouw innerlijke diversiteit te erkennen.'

'Je plakt gewoon plaatjes op waar je een lekker gevoel van krijgt, toch?' Merle pakte een nummer van *Home & Garden* uit de stapel.

Eleanora schudde geduldig haar hoofd. 'Nee, je luistert niet, Merle. Het gaat om je innerlijke diversiteit. Dat gaat over zowel de mooie kanten als de schaduwkanten in jezelf. Je reflecteert op de externe gidsen en bondgenoten in je leven. Deze kunnen zichtbaar en onzichtbaar, menselijk en archetypisch zijn.'

'Je plakt dus ook dingen op waar je een rotgevoel van krijgt? Of waar je niets bij voelt? Dan kan ik het hele tijdschrift wel overnemen en dat wordt nogal krap.'

'Nee, je plakt dingen op die iets met je doen, dat is iets anders. Je snapt me wel, je verzet je gewoon.' Eleanora liep weg.

Merle telde tot tien en haalde toen diep adem. 'Prima.' Ze sloeg het blad open en zag een kampvuur. Ze zette meteen de schaar erin. 'Sorry hoor, mijn oma en ik zitten niet helemaal op dezelfde golflengte.'

'Dat is niets nieuws, toch?' Jessie bladerde lusteloos door een krant. 'Dat is gek aan ouder worden. Je wordt volwassen, maar zodra ik bij mijn ouders binnenstap ben ik meteen weer een kind en gedraag ik me ook zo.'

'Dat heb ik ook met Tascha, wij kunnen echt heel kinderachtig ruziemaken. Heel fijn om het achterste van je tong te laten zien, maar daarna ben ik ook altijd teleurgesteld in mezelf, dat ik me zo heb laten kennen.'

'Gaat het goed met Tascha?'

'Ja, ze is basisschoolleerkracht en zwanger. Jij bent toch geneeskunde gaan studeren? Dat mailde je me ooit.'

'Mm-mm, ik ben eerst huisarts geworden, maar daarna wilde ik toch meer diepgang en heb ik verder gestudeerd voor kinderarts. Ik werkte in het Tate.' Een moment staarde Jessie verlangend voor zich uit. 'Dat is een van de prestigieuste ziekenhuizen in Londen.'

'Plak je nou een overlijdensbericht op?'

'Ja, we moesten onze gevoelens reflecteren, dat was toch de

strekking?' Jessie plakte het ding in het midden van haar kaart.

'Sjonge. Wat is er gebeurd?'

'Eerst wil ik alles over jou weten.'

'Oké.' Merle vertelde kort en krachtig over haar leven, haar app, haar studie Media en Cultuur en Utrecht.

'Je hebt het goed voor elkaar, maar dat had ik niet anders verwacht,' mompelde Jessie terwijl ze een gezellig gezin voor een tipi uitknipte.

'Dat voelt niet zo, maar misschien komt dat gevoel wel nooit. Dat kan. Waarom werk je niet meer in Londen?'

'Ach, ik probeerde perfect te zijn, maar dat was uitputtend. Ik dacht altijd: als ik nóg beter word, dan word ik gelukkig. Mijn hele leven stond in het teken van perfect worden en toen brak ik door een ongelukkige val op een gladde tegelvloer allebei mijn polsen en kon ik niet meer werken. Ineens was ik alleen thuis en realiseerde ik me dat ik geen hobby's had. Ik sportte drie keer per week, omdat ik een perfect lichaam wilde, maar ik vond er niets aan. Jarenlang had ik nooit tijd om erbij stil te staan of ik dingen leuk vond, maar toen ineens wel, en ik kwam erachter dat ik misschien wel een ander leven wilde. Dat ik door het park zou willen wandelen met een hond, die ik nooit zou kunnen hebben met mijn baan in het ziekenhuis. Vrije tijd was zo kostbaar geworden dat ik er nerveus van werd. Ik maakte nog net geen Excelsheet van wat ik elke tien minuten moest doen om het zo efficiënt mogelijk in te vullen. Als ik op afspraakjes ging met mannen en ik wist halverwege mijn biertje dat het niets ging worden, dan stond ik op en bedankte ik de man voor zijn tijd.'

'Goh, dat is pas lekker efficiënt.'

'Ja, maar het is ook vreemd om na drie slokken bier te vertrekken. En onbeleefd. Dat soort dingen kon me gewoon niets schelen. Toen ik gedwongen thuiszat, realiseerde ik me dat ik te lang te hard had gewerkt. Mijn vader heeft me opgehaald en ineens was ik hier en toen was ik bij dokter Winslow voor die polsen, nou ja, zo is het gekomen. Er stond een leuke cottage te huur in het rijtje bij het weiland op de weg naar jouw oma...'

'Jeetje, nu ben je een Wetters Bayer.'

'Zo zou ik mezelf niet willen noemen.'

In gedachten zag Merle Jessie achter het statige bureau van dokter Winslow zitten. 'Was dit je hele hebben en houden? Dat viel wel mee.'

Jessie keek op van de tandarts die ze uitknipte en glimlachte.

Merle vroeg zich af waar haar levenslust van vroeger was gebleven. 'Echt? Een tandarts?'

'Ja, ik hou van dat medische, mijn hart gaat sneller kloppen van die steriele kamer, dat mondkapje, dat stalen bakje...'

'Hmm, ik denk alleen maar: wat zielig voor die man dat hij de hele dag in de stinkmond van vieze mensen moet gluren.'

Twee uur later bekeek Merle haar collage. 'Weet je wat ik zo irritant vind aan mijn oma?'

'Nou?'

'Dat ik hier binnenkom met de grootste weerzin en dat ik me dan na een tijdje realiseer dat ik het heerlijk vind om hier met jou te zitten en suffe plaatjes uit te knippen. Dat zij voorziet dat ik dit leuk vind en ik niet.'

'Dat ze je beter kent dan je denkt en dat ze gelijk krijgt?'

'Zoiets.'

'Ach, ik had hier ook weinig trek in. Ik vind dit soort dingen zinloos. Eigenlijk vind ik alles altijd onbelangrijk. De patiënten in mijn praktijk willen altijd kletsen over hun kind, man of kanarie en dat interesseert me eerlijk gezegd geen zier. Ik wil gewoon efficiënt mijn werk doen, maar zo werkt dat kennelijk niet in een plattelandspraktijk.'

'Je moet een assistente nemen die dat gedeelte voor je doet.'

'Geloof me, die heb ik, maar dat helpt niet.'

'Misschien moet je een zandloper op je bureau zetten voor elk consult of een wekker. Zo'n agressieve, die na tien minuten rood gaat knipperen met een loeiende sirene.'

'Of ik moet gewoon een wat flexibeler en geïnteresseerder mens worden.' Jessie staarde naar de grauwe collage voor haar op tafel.

'Ach hou toch op. Je bent prima zoals je bent.'

'Daarom ben ik hier, om dat uit te zoeken, want daar twijfel ik dus aan. Shit, Christel wil natuurlijk mijn collage zien, daar heb ik geen seconde over nagedacht.'

'Ruilen?' Merle schoof de hare naar Jessie toe.

'Graag, dank je.'

19

'Eleanora?' Thuis waren Merle en Eleanora in de woonkamer gaan zitten. Eleanora zat op de roodfluwelen bank voor de haard, die Merle nu aan het aansteken was.

'Mmm?'

'Wat zou je ervan vinden...' Merle stopte midden in haar zin om de lange lucifer aan te steken en die tegen de proppen krant aan te houden. Toen die vlam vatten rangschikte ze de houtblokken nog wat en deed ze een poging om de kattenharen van de bank te vegen voordat ze naast haar oma ging zitten. '... als ik een tijdje zou blijven?'

'Je bent altijd welkom, lieverd, maar je moet het voor jou doen, niet voor mij.' Eleanora boog voorover om het stokje wierook dat in de houder op het salontafeltje stond aan te steken.

'Hoe bedoel je?'

'Ik wil dat je hier vrijwillig bent, omdat je het leuk vindt. Niet omdat je het gevoel hebt dat je mij in de gaten moet houden of voor mij moet zorgen, want dat regel ik zelf wel.'

'Dat weet ik, maar ik vind het wel fijn om te weten hoe het hier is. Hoe het echt is, bedoel ik, en ik kan vanuit hier werken en je misschien helpen met de bruiloft.'

'Waar je op tegen bent.'

Merle wuifde met haar hand de walm wierook weg. 'Ik

snap niet waarom je nu nog zo nodig moet gaan trouwen. Waarom zou je dat doen? Alles is toch prima zoals het is?'

'Voor mij niet. Ik ben verliefd op Harry en ik wil dat nu eenmaal van de daken schreeuwen. Ik wil dat hij mijn man wordt.'

In gedachten zag ze haar oma hand in hand met Harry bloot door de branding rennen. In slow motion. 'Prima, dan moet je lekker trouwen.'

'Je hoeft niet te komen.'

'Ik kom wel. Dat doe je voor familie.'

Eleanora zuchtte theatraal. 'Je voelt het niet, Merle, je staat zo ver van je gevoel af. Dat heb ik je altijd al gezegd. Ik heb het je nooit verteld, maar het beeld dat in de hal bij de voordeur staat, weet je welk ik bedoel?'

Merle knikte een beetje schuin.

'Dat ben jij.'

Merle fronste en probeerde zich het beeld voor de geest te halen. Uiteindelijk stond ze op om naar de hal te lopen. Ze deed haar best om zichzelf te zien in de donkere bol met tentakels op de sokkel.

'Het is abstract, maar je kunt de terughoudendheid voelen. Dat ben jij toen je veertien was.'

Merle plofte weer op de bank. 'Jij voelt weer te veel, daarom neem je rare impulsieve beslissingen die je nergens brengen. Je verkoopt je huis waarin je woont omdat je geld nodig hebt. Weet je niet wat voor risico je loopt? Straks slaap je op straat op je tachtigste.'

'Ach, dan koop ik zo'n leuke bus als Zach heeft en gaan we van het vrije leven genieten.' Eleanora maakte een vlecht in haar loshangende grijze haar.

'Ik hoop dat je erin komt met je kunstheup.'

'Dat zien we dan wel weer.'

'Precies, dat bedoel ik. Je denkt niet van tevoren na. Maar

ik heb zo'n gevoel dat ik het straks allemaal kan gaan oplossen en daar heb ik geen zin in.'

'Je hoeft niets op te lossen. Laat mij gewoon mijn eigen leven leiden en mijn eigen beslissingen nemen. Heb wat meer vertrouwen, Merle. Heb vertrouwen.'

'Dat vind ik altijd zo makkelijk gezegd. Ik ben tenminste realistisch. Iemand moet dat zijn in een familie waar iedereen zich de hele tijd in hogere sferen lijkt te bevinden.' Merle stond op. 'Hoe dan ook. Ik ga naar bed. Ik word misselijk van die wierooklucht.'

20

'Oef, wat lelijk!' Jessie stond met open mond in de wachtruimte.

'Goedemorgen, schoonheid.'

Door de deuropening achter de balie zag Jessie twee blote voeten op een ladder vol verfspatten staan. 'Pfff, jij hebt echt een ontzettend slechte smaak, dat blijkt wel uit de kleur van deze muren, dus denk maar niet dat ik me gevleid voel als jij mij schoonheid noemt.'

Uit de keuken klonk vrolijk gelach, gevolgd door het kraken van de ladder waar Zach af kwam.

'Terwijl ik het echt even heel erg kon gebruiken.' Jessie liep over het afdekkarton naar haar spreekkamer. Zach kwam achter haar aan. 'Deze kleur is ronduit smerig en het maakt de ruimtes nog kleiner. Dat zie jij toch ook?'

'Ho ho, ik voer alleen uit wat mij is opgedragen.'

'Dit is toch geen battleship grey? Dat is een stoer grijs, met een blauwtint erdoorheen. Dit is mokka. Weet je waar ik aan denk als ik dit zie?'

Zach stond nu voor haar bureau en haakte zijn armen over elkaar terwijl hij in alle rust haar gezicht bestudeerde.

'Koffie?'

'Nee! Aan ontlasting!'

'Ik vroeg of je koffie wilde. Je ziet er nogal...' Hij kneep zijn ogen een beetje dicht. '... afgepeigerd uit. Wacht, ik weet het! Je relatie is uit.'

Jessies ogen werden groot. 'Hoezo zie jij dat?' Met haar vingertoppen betastte ze haar gezicht. 'Als de eerste de beste schilder dat ziet, dan ziet iedereen dat. O, god! Ik moet mijn spreekuur afzeggen.'

'Deze eerste de beste schilder is gespecialiseerd in portretten en dat is zo omdat ik mensen zie. Ik zie voorbij hun uiterlijk, snap je?'

'Dat klinkt allemaal heel spiritueel en interessant, Zach, maar ik heb wat anders aan mijn hoofd. Ik moet koffie maken.' Jessie stond op en liep naar de keuken. 'Ooo god! Wat is dit lelijk!' riep ze uit. 'Hoe kan iemand zo'n kleur uitkiezen? Christel heeft vast het verkeerde nummertje opgeschreven. Dat moet wel.'

'Ik hoop het niet, want het is een zeer exclusieve mengkleur.'

'Natuurlijk is het dat. Niemand wil dit! Als ze dit in potten in het schap hadden staan, zou er in geen honderd jaar iemand langskomen die denkt: ik ga mijn huis opknappen, laat ik het DIARREEBRUIN SCHILDEREN!' Jessie realiseerde zich dat ze heel hard had gegild en sloeg een hand voor haar mond. 'Sorry, dit was heel onprofessioneel. Dit overkomt mij normaal nooit en ik heb echt de ergste stresssituaties meegemaakt die je je maar kunt voorstellen. Ik weet niet of je wel eens een peuter met een spaak in zijn hoofd hebt gezien die helemaal door zijn hersenpan is gestoken? Of een tiener die zijn hand langs de vleessnijmachine in de supermarkt heeft gehaald?' Jessie ademde diep in. 'Alex is bij me weg.'

'Ga zitten.' Zach klonk rustig. Hij was bijna een goede vervanger van dokter Geiger. Bijna. 'Ik zet koffie voor je.' Hij pakte zijn telefoon.

'Koffiezetten doe je met dat andere apparaat op het aanrecht.'

'Hoe laat begint je spreekuur?' Zach hield zijn telefoon tegen zijn oor. 'Je moet het verzetten. Ik bel Christel.'

'Nee, dat hoeft niet!' riep Jessie. 'Ik doe nu even een beetje gek, maar over vijf minuten ben ik weer normaal.'

'Christel? Jessie moet even een wandelingetje maken. Ze is om half tien weer terug.' Zach deed een cupje in het koffieapparaat en drukte op de knop. 'Ja, graag... Dat vertel ik je later... Dank je wel.' Hij haalde het kopje eronder vandaan en gaf het aan Jessie. 'Drink op en trek je jas aan. Ik sluit even de verfpotten af.'

Jessie zuchtte. 'Wat ben jij ineens heerlijk bazig, ik zou je bijna overwegen als rebound.'

'Dat vind ik niet echt een compliment, maar ik vergeef het je omdat je niet toerekeningsvatbaar bent. Drink je koffie op.'

Buiten zoog Jessie de frisse buitenlucht diep naar binnen. Zonder iets te zeggen liep ze naast Zach de heuvels in.

'Kan jij niet gewoon schoenen aandoen?' verbrak ze na zeker tien minuten de stilte. 'Dat aanstellerige gedoe op die blote voeten...'

'Ik had last van mijn knie. Vroeger liep ik altijd op sportschoenen en die hebben een verhoogde hak. Die veroorzaken een scheefstand in de knie waardoor het kraakbeen scheef afslijt. Je zou het eens moeten proberen, geen schoenen meer aan.'

'Goh.' Er kwam meteen een lijst van medische argumenten in haar hoofd op om schoenen te adviseren, maar Jessie zweeg. 'Ik denk niet dat mijn patiënten me dan nog serieus nemen. Je loopt wel lekker door, je hebt vast een goede eeltlaag opgebouwd.'

'Mijn voeten zijn zoals voeten bedoeld zijn, zoals je ze ook ziet bij de Aboriginals of andere primitieve volken. Mensen zeggen wel eens: ik heb een smalle voet. Maar eigenlijk hebben ze dan een onderontwikkelde voet.'

'O, jij bent zo iemand met wie ik ruzie zou krijgen in de pub. Wat een onzin kraam jij uit. Kunnen we misschien wat langzamer lopen?'

'Nee, zo raak je je stress kwijt. Ik maak over het algemeen geen ruzie. Voor jou wil ik misschien een uitzondering maken. Daar denk ik nog over na.' Hij gaf haar een duwtje. 'Wil je erover praten?'

'Nee... Nou, even dan. Ik snap het niet. Ik zag het niet aankomen. Daar schrok ik vooral van, dat iemand met wie je denkt heel close te zijn ineens een doordacht plan heeft waar je niets van weet. Nou ja, close... Zo was het ook weer niet. Het is ook fijn dat hij weg is, want ik ergerde me kapot aan hem, maar ik had gewoon nooit gedacht dat hij mij zo ineens zou verlaten. We hebben het er niet eens echt over gehad. Geen voors en tegens overwogen... Dat stoort me, terwijl ik mijn best deed om de relatie te redden.'

'Met die podcast met die man die klonk alsof hij een thriller aan het voorlezen was? Wist je vriend dat?'

'Nee! Maar ik had een leuke pyjama aangeschaft en ik heb hem wakker gekust en gevraagd wat ik die dag voor hem kon doen...'

'Nou ja! Dan is het toch onbegrijpelijk dat het niet goed afgelopen is?' Zach moest lachen.

'Neem je me nou in de maling?'

'Ja.' Ze stonden voor een halfronde tunnel van beton die dwars door een heuvel ging.

'Wat doen we hier? Dit is echt een deprimerende plek. Zeker in deze motregen. En het is verboden toegang voor voetgangers. Het doet me denken aan een langzame cultfilm met een slecht einde. Een zelfmoord of zo...'

Zach liep de tunnel in. 'Ach, er komt hier bijna nooit iemand en je kunt makkelijk aan de kant als er een auto komt.

Niemand hoort je hier.' Zach pakte watjes uit de zak van zijn spijkerbroek. 'Die heb ik van de praktijk meegenomen. Ik hoop niet dat je het erg vindt.' Hij stopte ze in zijn oren. 'Zo, nu kun je gillen. Het echoot heel mooi. Misschien lucht dat op.'

'Zo'n type ben ik niet.' Jessie liep een stuk de tunnel in. Haar voetstappen galmden tegen de betonnen muren. 'Daar ben ik te beschaafd voor.'

'Nee, dat ben je niet. Je moet echt gillen nu. We zijn hier helemaal naartoe gelopen. Gil gewoon. Zeg tegen Alex wat je te zeggen hebt.'

'Jeetje.'

'Niet nadenken.'

'Oké.' Ze schudde haar handen uit, alsof ze zich klaarmaakte voor een wedstrijdje boksen of vrij worstelen.

'Doe het.'

Ze nam een hap lucht. 'Ik ben er klaar voor.'

'Laat het gaan.'

'Alex!' riep Jessie.

'Ach, meisje toch. Dit hoort hij heus niet. Misschien moet je je schoenen even uitdoen, dan ben je wat meer geaard.'

'Het lukt zo ook wel.'

'Nou, hup dan, doe net alsof je hier alleen bent.'

Jessie nam een hap lucht. 'Aleeeeex!' gilde ze en ze gaf alles. Het was niet eens moeilijk. 'Je bent een rotzaaaaak! En ik ben niet boos dat je bij me weg bent! Ik ben opgelucht, want ik ergerde me kapot aan jou!' Ze maaide met haar armen door de lucht. 'Ik baal gewoon dat jij de knoop hebt doorgehakt, want jij verdient helemaal niet beter! Ik ben te goed voor jou! Jij bent een zeven min en ik ben een achtenhalf! Dat weet iedereen. En je bent te dik, daarom staat dat fietspak je voor geen meter! En dat snurkende geluid als je klaarkomt vind ik ook smerig!' Hijgend wendde ze zich tot Zach. 'Sorry voor dit vieze detail.' Daarna zette ze haar keel weer open. 'Ik hoop dat je een hele domme vriendin krijgt! Je zei dat je bij me wegging omdat je beter verdiende, maar ik ben te goed voor jou, ja! Ik ben blij dat ik de moeder van je kinderen niet word, want dan had ik hele lelijke kinderen gekregen! Van die dikke bleke kinderen met dun haar. Hoor je me! Aaaaahhhhhhh!' Jessie stampte de tunnel uit, waar ze hijgend bleef staan.

'Beter?'

Jessie liet haar hoofd even in haar handen vallen. 'Iets.'

'Staat je goed, dat rood aangelopen hoofd met die kloppende aderen in je slaap.'

'Ach, dan ben ik tijdelijk een acht. Ook prima.'

Hij lachte om haar grapje. 'Gelukkig heb je je zelfspot nog. Kom, we gaan.' Een poosje liepen ze zwijgend achter elkaar de weg af naar het voetpad.

'Het zit me dwars dat hij niet wilde dat ik de moeder van zijn kinderen werd.' Zodra het pad breder werd ging Jessie naast hem lopen. 'Niet dat ik per se kinderen wil, maar het zegt iets over mij. Dat ik koud ben, afstandelijk.'

'Ben je dat?'

'Niemand vindt dat van zichzelf. Maar ik ben inderdaad niet het type bij wie alle kinderen spontaan op schoot gaan zitten op een verjaardag. Daar ben ik te ongeduldig voor. En dat soort verjaardagen vermijd ik ook, want ik hou daar niet van. Sorry, we kennen elkaar niet eens. Je zal wel denken... Nou ja, jij bent natuurlijk wel zo'n type dat op blote voeten loopt en te lang haar heeft, die zijn vaak onwijs tolerant en niet veroordelend.'

'O, ik wel, hoor. Het notitieboekje in mijn hoofd zit ramvol. Ik hoop dat ik het allemaal onthoud tot ik Betty spreek.'

'Ga vooral je gang. Ik ben de dorpsdokter. Iedereen zal extra smullen van dit verhaal en zoiets gun je al die mensen toch? Waarom heb jij eigenlijk geen vriendin? Tenminste, ik ga ervan uit dat je die niet hebt, omdat je me mee uit vroeg, maar misschien ben je polygaam, dat zou perfect bij die voeten passen natuurlijk.' Jessie wist zeker dat hij niet meer met haar uit wilde nu hij haar in deze staat had gezien.

'Hou nou eens op over die voeten. Ik loop graag op blote voeten. Wat is je probleem?'

'Ik ben gedumpt en woest, dat is mijn probleem.' Ze liepen het dorp weer in. 'Dank je wel voor dit uitje. Ik heb het gevoel dat ik er weer fris tegenaan kan.' Jessie stak haar handen in de zakken van haar spijkerbroek. 'Wat vond je trouwens van *Het zoutpad*?'

'Ik las het omdat het zich hier afspeelde. Ik had een avonturenboek over oude mensen verwacht, maar dat viel tegen, jij?' Zach stootte zacht met zijn schouder tegen die van haar.

'Iemand had het in de praktijk laten liggen. Ik vond het een beetje saai eigenlijk en het einde was ook een open deur. Ik had gehoopt dat ze iets heel slims zouden bedenken, maar dat gebeurde niet.'

'Waarom hou jij eigenlijk van Dubuffet?' vroeg Zach.

'Ik hou niet echt van zijn werk, het is me te manisch. Ik heb alleen dat schilderij met dat blote mens omdat het allemaal net niet lijkt te passen. Zo is mijn leven ook.' Jessie lachte. 'Maar jij houdt er echt van, toch?'

'Ja, hij laat je recht bij hem naar binnen kijken. Ik voel altijd zo veel als ik naar zijn schilderijen kijk.'

'Dat komt door –'

'Waag het niet mijn voeten erbij te halen.'

Ze grinnikte. 'Ik snap wel wat je bedoelt. Je zei dat je schilderde. Ik ga straks meteen je werk opzoeken op internet.' Jessie duwde de deur van de praktijk open. 'Pfff, het ruikt wel erg naar verf.'

'O, jongens!' Christel klapte verheugd in haar handen. 'Het wordt zo mooi! Precies zoals ik het had bedacht: intiem en stijlvol!'

‘Fijn dat je het mooi vindt, Christel, en bedankt dat je het spreekuur een half uur kon verschuiven.’ Jessie knikte naar Zach en zonder iets te zeggen liep ze daarna haar spreekkamer in en sloot de deur. Eenmaal alleen herpakte ze zich. Over een kwartier kwam haar eerste patiënt.

21

'Hoe laat ben je eigenlijk vrij vanmiddag?' Merle zat op de chesterfield bij Develab de laatste details te controleren voordat ze de nieuwe versie van haar website en app live ging zetten.

'Over een half uurtje, hoezo?' Maddie was TikTok-filmpjes aan het kijken en als ze hilarisch waren draaide ze het scherm van haar tablet om Merle mee te laten genieten.

'Ik ben klaar voor vandaag, en omdat ik heb besloten een tijdje in Wetters Bay te blijven, wilde ik even naar Castlemouth om wat kleren en toiletspullen te kopen. Misschien wil je wel mee, dan kunnen we voor een jurk kijken, of was dat al gelukt?'

'Nee, nog niet.'

'Denk je dat je vader dat goed zou vinden? Ik kan even met je mee naar huis om mezelf voor te stellen, als je denkt dat dat nodig is.'

'Wat een fantastisch plan! Ik ga het meteen aan mijn vader vragen.' Maddie pakte haar telefoon en sprong met reuzenpassen het pand uit. Na een halve minuut kwam ze weer terug. 'Geregeld.'

'Wacht even, je hebt je vader gesproken?'

'Ja, en hij vindt het goed. Ik mag thuis geld komen halen.'

'Zal ik even met je meelopen?'

'Nee hoor, hij weet wie je bent, en het is voor de bruiloft van je oma; natuurlijk vindt hij dat goed.'

Natuurlijk! Dat ze daar niet aan had gedacht. Ineens ging er een lampje branden. 'Maddie, James is toch niet jouw vader?'

'James? Nee, die heeft geen kinderen.'

'O, nou, dat dacht ik even. We gaan met de Volkswagenbus van Zach, die bij mijn oma –'

'Ik ken Zach, en die bus is mijn lievelingsauto, daarmee duurt het lekker lang. Het wordt een roadtrip. Misschien kunnen we dan snoep kopen voor onderweg?'

'Prima, maar jij moet wel opletten dat ik links blijf rijden, goed? Want dat ben ik niet gewend en met zo'n bus heb ik ook nog nooit gereden. Misschien is het helemaal niet verstandig dat ik je heb meegevraagd, nu ik er zo over nadenk.'

'Juist wel! Ik ben de perfecte bijrijder. Ik kan je helpen met de route. Pleeeease!' Maddie keek haar smekend aan.

'Nou ja, het komt vast goed.' Ze had het meer tegen zichzelf dan tegen Maddie. Zach had haar verzekerd dat het niets voorstelde, rijden in de bus, en het was hier niet zo druk op de weg.

'Wat denk jij?' Maddie bleek een onuitputtelijk winkelbeest te zijn met de energie van een bordercollie. Ze kwam met een neutraal gezicht de paskamer uit gelopen.

Merle bekeek de chaos van tule die alle kanten op stak. 'Dit zou leuk zijn voor een bruiloft met het thema "Na de ramp".'

Maddie schoot in de lach. 'Sorry, het lukt niet echt. Moet je al naar huis?'

'Nee, gekkie, we blijven hier tot je een jurk vindt waarin je je prachtig voelt en anders komen we nog een keer terug.' Merle realiseerde zich dat Maddie eerst moest wennen aan het idee van een jurk, en daarbij bleek het nog een heel gedoe om de juiste winkel te vinden in een stad waar ze in geen jaren was geweest. Zelfs Maddie wist niet echt waar ze moesten zijn. Na wat rondvragen waren ze in een klein boetiekje terechtgekomen met een rek vol avondjurken. Merle had snel een sportoutfit gekocht bij de sportwinkel en wat basics bij Zara, zodat ze niet de hele tijd dezelfde kleren aanhad. Aan een jurk voor de bruiloft kon ze nog even niet denken.

'Dit is hem, denk ik.' Voor de twintigste keer kwam Maddie een pashokje uit, maar dit keer straalde ze.

'Yes! Dit is hem zeker, hij is prachtig.' Merle keek naar het simpele donkerblauwe jurkje met een lijfje vol glitters. Het was de perfecte kruising tussen een jurk voor een kind en een chique volwassen avondjurk.

'Maar hij is wel duur.'

Merle keek op het prijskaartje.

'Ik koop nooit zoiets duurs. Zou papa dat goedvinden? Hij heeft me wel zijn pinpas meegegeven. Ik denk dat ik hem even moet bellen.'

'Weet je wat? Ik betaal de helft en dan doe je net alsof hij maar de helft was.'

'Echt? Wil je dat doen? Is dat niet gek?'

'Nee, want je ziet er schitterend uit en we hebben het er nooit meer over nadat we straks deze winkel uit zijn gewandeld.'

'Ben jij rijk?'

'Nou, ik verdien best wel lekker op het moment, dus ik mis het niet. Ik vergeet het letterlijk op het moment dat ik hier de winkel uit loop.'

'Dank je wel.' Maddie omhelsde haar.

'Kom, laten we wat chemisch snoep kopen voor onderweg en dan snel op pad gaan, anders zijn we niet voor het avondeten terug.' Door een straatje vol toeristische ambachtswinkeltjes liepen ze terug naar de parkeerplaats waar ze de bus hadden achtergelaten. Merle had gezien dat er een kleine supermarkt op de hoek zat.

'Jij mag kiezen, want aangezien jij alleen saaie kleren hebt gekocht kan jij wel een oppepper gebruiken.'

'Dan zijn we snel klaar. Koop jij even een zak snoepkersen?' Ze gaf Maddie haar pinpas. 'Dan draai ik de bus alvast warm.'

'Wat is het hier toch mooi,' verzuchtte Merle toen ze Castlemouth achter zich lieten en door de uitgestrekte heuvels terugreden naar Wetters Bay.

'Dan woon jij vast op een plek waar het nog eentoniger is.' Er klonk medelijden in Maddies stem.

'Nederland is best mooi, hoor, maar ik denk dat dit mijn lievelingslandschap is. Je kunt zo ver kijken, maar het is toch afwisselend met die heuvels. En stoer, ongerept...' Merle zuchtte gelukzalig. 'Hier wordt iedereen toch rustig van? Er moet hier ook ergens een oude tinmijn zijn, vertelde Harry. Tussen Castlemouth en Wetters Bay.'

Maddie kreunde. 'Ja, daar ben ik een keer met school geweest en een keer met opie.'

'En? Was het de moeite waard?'

'Als je geïnteresseerd bent in tinwinning en van kleine donkere ruimtes onder de grond houdt...'

Merle schoot in de lach. 'Je interesses veranderen als je ouder wordt, dat snap ik, maar je moet het toch met me eens zijn dat het mooi is hier. Je ziet zelfs de zee in de verte! Kijk die kleur!' Merle zwaaide met haar arm door de lucht om de weidsheid ervan aan te geven. 'En dit busje maakt het helemaal compleet.'

'Het busje is fantastisch. Die wil ik later ook, als ik in L.A. woon...'

Merle keek opzij en herkende Maddies gevoel van vroeger. Ze kon niet wachten tot iedereen haar met rust liet en ze ongestoord haar eigen leven kon leiden. Ze was vast een irritante puber geweest. Het moest niet makkelijk geweest zijn voor Eleanora dat ze met zo veel overduidelijke tegenzin de vakanties bij haar doorbracht toen ze ouder werd.

'Hoor je dat gerammel? Zou dat normaal zijn?' Merle schakelde terug om de oude bus iets meer kracht te geven terwijl ze de weg naar het dorp opreden.

'Geen idee, maar we gaan wel heuvelop. Misschien heeft hij daar moeite mee?'

'Als ik maar niet Zachs grote liefde kapot heb gemaakt.'

'Hier, extra energie.' Maddie haalde een snoepkers uit het zakje en stopte die in Merles mond. 'Misschien moet je James er even naar laten kijken, die heeft er verstand van. We moeten straks rechtsaf.'

'Nee, dat lijkt me niet nodig.' In een rustig tempo reed Merle tussen de natuurstenen muren het dorp in.

'James doet soms onaardig, maar hij is heel aardig. Echt. En hij kan ook van alles.'

'Zoals?'

Maddie dacht na. 'Dingen maken. Puzzelen, hij puzzelt!'

'Wat?' Merle fronste bij het idee van James die gebogen zat over een landschap van duizend stukjes. 'Hoe weet jij dat? En waarom vertel je me dit precies?'

'Dat hoorde ik. We moesten hier links!'

Merle trapte op de rem en begon achteruit te rijden om alsnog de afslag te nemen. Gelukkig was het toeristenseizoen nog niet begonnen en was het rustig. 'Van wie in godsnaam?'

'Nou, ehm... van Betty natuurlijk, van de kruidenierszaak. Vind je hem knap, James?'

'Nee, althans, zo zie ik hem niet echt. We hebben niet zo'n goede geschiedenis samen, maar hij is vast aardig, als je hem, tja, op een andere manier kent. Deze weg loopt dood!'

'Je ziet hem toch?' Maddie wapperde met haar handen dat

ze door moest rijden. 'Vind je het leuk wat je ziet?' drong ze aan.

'Ehm, nou... ik denk dat veel vrouwen hem wel leuk vinden.'

'Ik woon verderop, achter dit weiland,' zei Maddie met een vaag handgebaar naar buiten, 'dus je kunt me wel hier afzetten.'

Merle stopte het busje aan het einde van de doodlopende weg bij een robuust veldhek en tuurde in de richting die Maddie had aangeduid. 'Woon je daar op die boerderij?'

'Yep, maar je moet enorm omrijden om er te komen. Nou ja, enorm... Dit scheelt een paar minuten.'

Merle keek naar het kniehoge gras afgewisseld met bontgekleurde weidebloemen. Er slingerde een idyllisch paadje doorheen. 'Mooie plek.'

'Als je graag ergens woont waar nooit iets gebeurt dan is het wel mooi, ja. Mag ik je nummer? Dan kan ik je de foto's doorsturen die ik vandaag heb gemaakt.'

'Zal ik even met je meelopen?'

'Hoeft niet.'

'Oké, ik ontmoet je vader wel op het huwelijk, dan.'

'Over drieënhalve week! Dank je wel, Merle, ik ben echt zó blij met mijn jurk!'

Merle kromp ineen toen ze met een klap het portier dichtsmeet.

22

'Het gaat veel beter met me, sorry dat je me zo hysterisch hebt gezien.' Jessie liep de keuken van de praktijk binnen waar Zach aan een tweede laag verf was begonnen en zette het koffiezetapparaat aan om zich een houding te geven.

'Je hoeft je niet te schamen, hoor. Iedereen heeft wel eens een zwak moment.'

'Ik schaam me niet.' Jessie keek naar Zach, die soepel met zijn linkerhand de roller op en neer bewoog. Zijn armspieren spanden en ontspanden zich onder de korte mouwen van zijn witte T-shirt. 'Weet je? Het is bijna zonde dat je hier staat te schilderen. Ik heb je werk bekeken. Je maakt prachtige schilderijen. Vooral die landschappen in olieverf zijn prachtig. Verkoop je wel eens wat?'

'Bijna nooit.'

'Hoe kan dat nou? Vind je dat niet frustrerend?' Jessie zocht tevergeefs naar een schoon kopje en zette het apparaat maar weer uit. Christel zou zo wel komen.

'Niet echt. Ik schilder omdat ik het leuk vind. Misschien komt de verkoop ooit nog.' Hij haalde zijn schouders op en keek ineens naar het koffiezetapparaat. 'Zet je nu geen koffie omdat je te lui bent om een kopje af te wassen?'

Jessie voelde zich een beetje betrapt. 'Dat je dat doorhebt.'

'Dus je wacht nu echt op Christel, zodat zij een kopje voor

je gaat afwassen?' Met een blik vol ongeloof keek hij haar aan.

'Ja, dat doe ik inderdaad.' Ze knikte ernstig.

Hij haalde zijn roller door de grijze verf. 'Je komt er tenminste wel voor uit.'

Jessie verzamelde moed. 'Zach?'

'Mmm?'

'Heb je misschien zin om iets met mij te doen dit weekend?'

'Ehm...' Hij leek na te denken en ging ondertussen gewoon door met verven.

'Nou, wat ik net had!' schreeuwde Christel de praktijk in terwijl ze met een smak de deur achter zich dichtsmeet.

Wat een timing had deze vrouw. Jessie draaide zich enigszins gegeneerd naar haar om.

'Het grasveldje voor ons huis, weet je wel? Waar alle huisjes op uitkijken? Dat was van de week helemaal omgeploegd, dus ik zeg tegen Corny, mijn buurman: hoe kan dat nou? Hij zegt, dat zijn de merels, maar ik geloofde het al niet, dus nu had John, van twee huizen verderop, een wildcamera geplaatst, en wat denk je?'

'Het was Corny met een schep, omdat hij kinderen haat en niet wil dat die op het grasveld spelen?'

'Nou ja, Jessie, hoe kun je zoiets denken over Corny? Hij heeft zelf vier kinderen! Nee, het was een das! Dat beest gaat me toch tekeer, hij waggelt al smakkend over dat gras en woelt de hele boel om. Dat geloof je toch niet! Ik zal het straks laten zien. Hij zou me het filmpje sturen zodra hij het op zijn telefoon had gezet, want dat bleek nog een heel gedoe. John is nu eenmaal niet zo handig als het op elektronica aankomt.'

'Goh, grappig.' Jessie knikte beleefd en sloot de deur van haar spreekkamer. Aan haar bureau wreef ze langdurig over haar gezicht, maar wel zodat haar mascara intact bleef. Ze had nog nooit een man gevraagd om iets met haar te gaan doen, en dit was waarschijnlijk ook meteen de laatste keer geweest. Zach had duidelijk geen interesse meer in haar, anders was hij niet zo stoïcijns doorgegaan met schilderen. Misschien vond hij het een afknapper dat ze geen zin had om haar eigen koffie te maken... Met tegenzin zette ze haar computer aan om de patiënten die straks zouden komen door te nemen. Daarna kon ze nog precies kijken naar het verwijderen van een stuk darm bij een kind dat de ziekte van Hirschsprung had.

23

Merle plaatste opmerkingen in Basecamp en probeerde zich niet te ergeren aan het trage tempo waarin haar technici werkten aan de dingen die ze opgelost wilde hebben. Ze typte alsof haar leven ervan afhing, want ze hoopte snel bij Develab weg te zijn zodat ze James niet tegen het lijf liep. Ze tikte net haar laatste zin toen Maddie begon te schreeuwen.

'Bubbles, nee! Please! Niet weer!' Ze sprong op om naar de pup toe te rennen, maar bleef achter de oplaadkabel van haar tablet hangen. Het ding slingerde door de lucht en belandde met een klap op de grond.

'Verdorie, Maddie!' James kwam de trap af gerend.

'Sorry!' Maddie bestudeerde haar tablet. 'Gelukkig, hij is nog heel. Ik ruim het op.'

'En jij? Heb je je niet bezeerd?' vroeg Merle.

Maddie schudde haar hoofd.

'Ik heb je al zo vaak gezegd: je moet het vóór zijn!' Hij zwaaide met zijn vinger naar haar. 'Ik word gek van dat gepis van die hond overal. Als het zo doorgaat moet je hem in het vervolg thuislaten. Ik kan straks dat tapijt weggooien en hij eet de balie op.'

'Hoe kan ik hem nou thuislaten? Opie let niet op hem!' Maddie zuchtte ongelukkig.

'Voed hem dan gewoon op. Jij wilde een hond en nu zit ik

opgescheept met een terrorpup op kantoor.'

'Nou, nou.' Merle klapte haar computer dicht. De rest zou ze wel op haar telefoon doen.

'Weet je wat, ga maar naar huis, maar ik betaal je niet vandaag. En niet eerst bij Freddie vis gaan eten. Je windt hem misschien om je vinger, maar mij niet.'

'Ik ga al!' Maddie tilde de pup op.

'Doe normaal, James. Het meisje is dertien. Je hoeft niet zo tegen haar te schreeuwen.'

'Dat maak ik zelf wel uit.'

'Ze is een stagiaire van dertien, denk even na voordat je je zo laat gaan.'

'En mijn dochter! Dus bemoei je met je eigen zaken.'

'Hè?'

Maddie stampte met haar voet op de grond. 'Nu heb je alles verpest, James! Sorry, Merle, ik deed net of James geen kind had, want daar zou je misschien op afknappen. Mannen met kinderen zijn nu eenmaal niet aantrekkelijk voor leuke vrouwen en ik wilde hem een kans geven.'

'O, god.' Merle keek van James naar Maddie en terug op zoek naar gelijkenis.

'Maar als hij zo als een debiel tekeergaat vind je hem natuurlijk sowieso niet meer aantrekkelijk. Dat snap ik. Nou, ik heb gedaan wat ik kon. Nu blijf jij gewoon eeuwig alleen en dat is niet mijn schuld!' Met een dramatisch gebaar, wat een beetje klunzig ging met de pup in haar armen, gooide Maddie de glazen deur open. James en Merle keken hoe ze Bubbles neerzette en vervolgens verbazingwekkend vrolijk weghuppelde.

James maakte wurggebaren met zijn handen. 'De puberteit. Zo jammer dat we die niet kunnen doorspoelen.'

'Sjonge, je bent dus vader.' Merle bestudeerde nog steeds zijn gezicht. Misschien hadden ze dezelfde neus?

'Ja.'

Merle was ondertussen aan het rekenen in haar hoofd.

'Ik hoor je hersenen kraken. Ja, ik was jong. Werk ze nog.'

Merle stond op. 'Ik ga maar weer eens.'

'Doe dat.' Het klonk bijna smekend.

'Nou ja! Jij had gezegd dat je internet zou regelen, hè. Als dat niet zou lukken mocht ik hier werken!'

'Ik ben ineens enorm gemotiveerd om het nog sneller te regelen.'

'Het is toch niet helemaal gelukt in één dag. Opschepper,' mompelde Merle.

James snoof hoorbaar. 'Nee, er was kortsluiting in de keuken in een van mijn verzorgingshuizen, dus dat moest de elektricien eerst oplossen. Dat leek me iets belangrijker dan jouw internet, maar ik ga nu meteen weer bellen, want het werkt me op mijn zenuwen als je hier bent.' Hij viste zijn telefoon uit zijn achterzak.

'O, James, dat je een dochter hebt is zó niet de reden dat jij alleen bent.' Merle propte haar laptop in haar tas en liep langs hem naar buiten.

'Ben je op kantoor?' Tascha klonk vermoeid.

'Nee, ik ben nog in Wetters Bay bij oma.' Merle had drie oproepen van haar zus gemist, dus belde ze haar terug terwijl ze naar de hoofdstraat liep.

'Hoezo ben je daar nog? Het gaat niet goed met haar. Ik wist het. Waarom bel je me niet uit jezelf? Al die vage berichten van jou...'

'Ze gaat trouwen.' Merle bleef staan en zette zich schrap.

Tascha was even stil. 'Echt waar? Nou, wat leuk! Dat is nog eens goed nieuws. Wie is de gelukkige?'

Verbaasd slenterde Merle verder. 'Een achtentwintigjarige zigeuner uit Macedonië.'

'Echt? Is hij aardig? Waar hebben ze elkaar leren kennen?'

'Op straat. Hij is een zwerver. Hij speelde accordeon bij de haven voor geld.'

'Dat klinkt als een vrijbuiter, net als oma! En nu het echte verhaal graag, ik zit in de wachtruimte bij de verloskundige en ik moet zo naar binnen.'

'Tsss, jij verwijt mij altijd dat ik geen tijd heb!'

'Maar ik heb wel opgenomen, zo graag wilde ik je spreken. Vertel nou!'

'Ze gaat met de opa van James Miller trouwen.'

'Ze gaat niet echt trouwen, toch?'

'Wel dus.'

'Zweer het op het graf van mama.'

Merle zuchtte zo hard mogelijk. 'Ik zweer het op het graf van mama, Tascha, sjeezus!'

'Chips! Dit is niet goed voor de baby, al die negatieve spanning.'

'Daarom belde ik je dus niet. Ik wilde het eerst opgelost hebben.' Merle knikte ondertussen zo gezellig mogelijk naar de mensen die haar pad kruisten in de hoofdstraat.

'O mijn god, en die man heeft haar natuurlijk opgestookt om haar huis te verkopen. De opa van James Miller... Ze is vast op zijn uiterlijk gevallen. Hij zal wel een vrouwenverslinder zijn, zoiets zit in de genen.'

'Maak je geen zorgen. Hij is aardig en hij is duidelijk gek op haar.'

'Hoe zit het dan met het huis?'

'James heeft het gekocht.'

'Nou, dan kan ze er in ieder geval blijven wonen als ze met zijn opa gaat trouwen.'

'Waarschijnlijk.'

'Wat doe jij daar dan nog?'

'Ik blijf tot de bruiloft.'

Tascha siste scherp. 'Jij? Hoezo? Slaap je in ons bijgebouw?' Ze legde extra drama in haar stem. 'En niemand heeft eraan gedacht om mij uit te nodigen voor een familiebruiloft?'

Merle vroeg zich af hoeveel mensen er bij Tascha in de wachtruimte zaten. Ze zou zich er weinig van aantrekken, aangezien ze geen schaamte kende. 'Zoals ik al zei: ik wilde je eerder al bellen, maar je was me voor. Zie je het zitten?'

'Nee, natuurlijk niet, maar ik kom wel.'

'Bel oma even, dat vindt ze fijn.'

'Sinds wanneer zeg jij dat soort dingen? Wat gebeurt daar, Merle?'

'Niets, Tasch, ontspan, ik moet gaan.' Merle duwde de deur van de praktijk van dokter Winslow open. 'Succes bij de dokter.'

'Verloskundige!' Abrupt hing Tascha op.

Nu had ze vergeten om naar haar zwangerschap te vragen.

'Zach?' Merle keek verbaasd naar haar huisgenoot, die op de ladder stond in de dokterspraktijk van Jessie. 'Dus dit is die schilderklus in het dorp?' Ze keek de kleine praktijk rond die er, afgezien van het onbestendige bruin op de muur, nog hetzelfde uitzag als de laatste keer dat ze er was geweest, zeker vijftien jaar geleden.

'Mm-mm.'

'Ik kom eraan!' Jessie smeerde vaseline op haar lippen terwijl ze met haar andere arm haar vest probeerde aan te trekken. 'Kennen jullie elkaar?'

'We zijn huisgenoten. Weet je zeker dat je deze kleur wilt? Het zou de ruimte kleiner kunnen maken... Niet dat ik hem lelijk vind, hoor,' voegde Merle er snel aan toe.

'Dus je vindt de kleur mooi?' Jessie keek haar met felle, priemende ogen aan.

'Nou...' Merle woog haar woorden af. De pittige Jessie van

vroeger was terug. Ze hadden elkaar destijds eerst grondig van een afstandje gehaat, totdat ze op hun negende aan elkaar werden gekoppeld om de jaarlijkse dorpsspeurtocht te lopen. Beiden bleken ze bloedfanatiek. De prijs was een messing plaatje met hun namen erin gegraveerd dat werd opgehangen in het dorpshuis. Merle bedacht dat ze dat helemaal was vergeten, de laatste keer toen ze daar was voor de SoulCollage. De rest van de zomers waren zij en Jessie onafscheidelijk geweest. Jessie zette haar op scherp. Ze dwong haar van een net iets hogere rots te springen dan ze durfde.

'Zie je haar moeilijk doen, Zach? Valt niet mee, hè, liegen?'

Zach sloot zijn blik verf af, waarschijnlijk omdat het lunchtijd was. 'Ach, Christel, de assistente, vindt het mooi.'

'Je laat haar dat bepalen? Dan zit jij straks jarenlang tegen dat vieze bruin aan te kijken.' Merle klonk ongelovig.

'Het fascineert me dat zij dit mooi vindt,' zei Jessie. 'Ik probeer het te begrijpen. Kom, we gaan, voordat mijn pauze voorbij is.'

'Zo jammer dat ik een beroepsgeheim heb.' Jessie en Merle zaten aan het einde van de steiger en deelden een portie fish-and-chips van Freddie. 'Het liefst zou ik je op de hoogte brengen van de intiemste details van alle mensen uit dit dorp.'

'Ach, ik ken niemand meer hier. Je kunt het me gerust vertellen.'

'Zeker weten van wel.'

'Ken je James?' Merle likte de saus van haar vingers.

'Miller? Natuurlijk ken ik die. Daar heb ik vroeger nog mee getongd, maar volgens mij deed hij dat alleen maar om jou jaloers te maken.'

'Mij?'

'O god, ga nou niet doen alsof je dat niet doorhad.' Jessie

imiteerde haar stem. 'Bedoel je mij?' Ze wapperde haar hand als een waaier voor haar gezicht.

Merle negeerde haar. 'Wat vind je nu van hem?'

'Hij komt wel eens met zijn opa in de praktijk, of met zijn dochter. Aardige man en het is een lekker ding. Dat weet ik omdat hij een keer last had van zijn lies. Toen heb ik hem natuurlijk meteen alles uit laten trekken.'

'Echt?'

'Natuurlijk, mag ik ook eens een lolletje hebben? Bovendien was het nodig, want hij had een strakke boxer aan en dat was nogal onhandig.'

'Kijk je dan? Of zie je zo veel piemels dat je moegekeken bent?'

'Bij de meeste mannen in dit dorp vind ik het niet interessant, maar bij James Miller heb ik uitgebreid gekeken. Ik overwoog zelfs om met een paar professionele kneepjes zijn balzak te controleren, maar dat durfde ik niet, want het had niets met het onderzoek te maken en ik wil graag mijn baan houden.'

'Je hebt bijna James Miller aangerand.' Merle floot goedkeurend.

'Mmm.'

'Goh.' Merle trok twee vastgekleefde frietjes uit elkaar. 'Vind je het niet smerig als je iemand rectaal moet bevoelen?'

'Pfff, ik krijg echt altijd dat soort vragen, vooral in de kroeg. Maar nee, ik vind het heerlijk. Dat is de hele reden dat ik arts ben geworden. Ik doe altijd extra vaseline op mijn vingers en dan glij ik zo naar binnen.' Jessie hield haar wijs- en middelvinger tegen elkaar aan en bewoog haar hand heen en weer. 'Geniet jij nog lekker van je vis?'

'Ik geniet altijd van deze vis.' Merle haalde een stukje door de saus en bracht het naar haar mond. 'Ik vraag me gewoon af of je daar ooit aan went.'

'Ach, het hoort erbij. Nee, ik sta niet te juichen als ik zoiets moet doen, maar het wordt allemaal wat plastischer. Het lichaam wordt een object, zoiets.' Jessie liet haar benen boven het water bungelen. 'Waarom vroeg je dat van James?'

'Hij heeft het huis van mijn oma gekocht, maar ik weet niet of ik hem kan vertrouwen.'

'Dat snap ik wel, hij heeft een randje.'

'Ja, precies! Ik kan het niet opbrengen om aardig tegen hem te doen.'

'Je moet hem wel een kans geven. Misschien bedoelt hij het wel goed, dat zou me ook niets verbazen. Hij is altijd heel leuk met z'n dochter en hij komt altijd met zijn opa mee...'

'Misschien.'

'Mijn relatie is trouwens net uit, daarom was ik niet helemaal mezelf tijdens die collageworkshop.'

'Zie je wel, ik dacht al dat er iets mis was.' Merle kneep even in Jessies been. 'Wil je het erover hebben?'

'Graag, heel uitgebreid. Misschien gaat het dan uit mijn systeem.'

'Kom maar op.'

Jessie nam een hap lucht en vertelde in recordtempo het hele verhaal.

'Goh,' merkte Merle op toen Jessie pauze hield om adem te halen. 'Hij klinkt niet echt als een man met wie je kinderen wilt krijgen.'

'Hij was anders wel een huiselijk type.'

'Is dat wat jij wilt voor je kinderen, een huiselijk type? Ik vind het wel een compliment dat hij in jou geen moedertype zag. Je bent een onafhankelijke vrouw die haar carrière belangrijk vindt. Hij zocht waarschijnlijk een huismus die de hele dag cupcakes bakt en een stuk drijfhout aan de muur hangt met de tekst HOME IS WHERE THE HEART IS. Iemand die naar hem opkijkt en zichzelf wegcijfert. Het is toch niet zo erg om die vrouw niet te zijn?'

Jessie nam een moment om na te denken. 'Tja, zo had ik het nog niet bekeken, maar je draait het leuk.'

'Zo jammer dat je niet iedereen tevreden kunt stellen. Je bent nu eenmaal wie je bent en het is heel vermoeiend om te doen alsof je iemand anders bent, dus maak het jezelf makkelijk en zoek mensen die bij jou horen. Dus niet Alex.' Merle zuchtte lang en hoorbaar. 'Al wenste ik soms ook dat ik iemand anders was.'

'Echt?' Jessie klonk verbaasd. 'Wie zou je willen zijn dan?'

'Zo'n ontspannen type als Zach, bijvoorbeeld. Ik dacht eerst dat dat een houding was, maar ik leer hem nu beter kennen en hij is echt een heel aimabel en relaxed persoon. Hij oordeelt niet, hij zou nooit iets onaardigs zeggen over iemand. Zo zou ik ook wel willen zijn, maar ik vind gewoon overal iets van en dat kan ik niet uitzetten. Ik oordeel de hele dag door, lijkt het wel. Zo sneu voor mij.'

'Het was allemaal heel sneu voor mij, weet je nog?' Jessie stak het laatste stuk vis in haar mond.

'Ja, dat is waar. Het zal wel heel zwaar voor je zijn.' Merle schoot in de lach.

'Onwijs. Ik heb zo'n zwáár leven...' Jessie sprong op. 'Mijn middagspreekuur begint zo. Fijn, dan kan ik weer even relativeren. Vooral als mevrouw Brown binnen komt gestrompeld met haar rijdende zuurstofautomaat. Loop je mee?'

'Dus jij hebt eigenlijk de hele dag door een soort Lourdesgevoel.' Merle wikkelde de resten van de lunch in de krant.

'Ja, ik registreer dat niet meer zo, maar misschien moet ik daar meer gebruik van maken. Ik moet opschieten.' Voor de steeg naar de praktijk stak ze haar hand op. 'Bedankt voor het klagen.'

'Geen dank.' Merle keek haar na.

24

Het was jaren geleden dat Merle naar de kleine baai was gelopen. Maddie had haar gevraagd om daar te komen picknicken als bedankje voor de jurk. Merle had voorgesteld om Zach ook mee te nemen, maar Maddie maakte meteen duidelijk dat ze dat niet zag zitten. Met lichte tegenzin begon ze aan de flinke klim de heuvel op naar de klif waarvan ze vervolgens steil moest afdalen. Door deze work-out om er te komen, waren er altijd maar weinig mensen beneden. Boven op de klif herinnerde ze zich weer hoezeer het de moeite waard was. Het water glinsterde in de zon en spoelde met kleine golfjes het strand op.

Eenmaal beneden spreidde ze het kleedje uit dat ze van haar oma had geleend en zag dat ze geen bereik had. Maddie was er nog niet. Er kwam wel iemand het pad af, maar zo te zien was het niet Maddie. Jammer, ze had gehoopt dat ze het strandje voor zichzelf zouden hebben. Met samengeknepen ogen bekeek ze de man die behendig het rotsachtige pad afdaalde. Het was James. Hij droeg een linnen overhemd dat om zijn lijf fladderde en een rieten picknickmand. Het had iets weg van een oude Engelse film. Alleen zijn hoge afgetrapte gympen klopten niet helemaal.

'Merle, wat doe jij hier?'

'Van het uitzicht genieten.' Merle strekte haar benen en keek uit over zee.

'Heb je Maddie gesproken?'

'Ja, die komt eraan. We gaan picknicken. Ik wist niet dat jij er ook zou zijn.'

'Ja hoor. Ik wíst dat er iets was. Ik wist het!' riep James.

'Wat?'

'Maddie komt niet. Ze heeft ons erin geluisd.'

'Hoezo?'

'We zouden samen gaan picknicken, daar zit ze al twee dagen over te zeuren, maar toen we boven kwamen zei ze dat ze toch niet mee kon, omdat er iets dringends was met een vriendin. Ze stond erop dat ik ging, want ze zei dat jouw oma er ook zou zijn en dat we die onmogelijk alleen konden laten...'

'O, nou, ik ben er. Niet te geloven,' zuchtte Merle.

'Sorry, ik geloof dat ik me moet verontschuldigen voor mijn dochter. Zo suf, want Eleanora zou allebei haar benen breken als ze over dit pad naar beneden zou lopen. Natuurlijk is zij hier niet!'

Merle zei niets.

'Nu moet jij zoiets zeggen als: maakt niet uit, het is oké. Ze is dertien...'

'Ik viel even stil omdat jij sorry zei, dat moest even op me inwerken. Maar je mag best op mijn mooie gebatikte kleedje komen zitten, hoor. Je moet daarna alleen wel de wietgeur van je af wassen.'

'Wat moet ik nou met zo'n dochter?' James ging naast haar zitten en zette de picknickmand tussen hen in. 'Ach, laat ook maar, we doen dat kind een lol en eten deze picknick op. Ze is zo blij met haar jurk. Daar wilde ik je nog voor bedanken.'

'Geen dank.'

'Nu gaan we deze door Maddie gemaakte picknick opeten. Waarschijnlijk zijn er salt & vinegar chips en cola. Eens kijken.' James opende de mand.

‘Chemische snoepkersen! Wat een schat. Die heeft ze er voor mij in gedaan, want dat is mijn lievelingssnoep.’

‘O, en er zit een kaartje in: “Veel plezier”, met heel veel hartjes. Volgens mij worden we gekoppeld.’

‘Dat is goed bedoeld, al slaat ze de plank compleet mis.’ Merle schoof zo ver mogelijk naar de zijkant van het kleed. ‘Het is wel een goede setting, de zon schijnt en we zijn de enigen op een verlaten strandje... Ze heeft er gevoel voor.’

‘Zeker. Wil jij misschien een plastic glaasje van deze veel te warme en waarschijnlijk mierzoete witte wijn, waar je morgen zeker een kater aan overhoudt?’

Ondanks alles schoot Merle in de lach. ‘Dat klinkt hemels, absoluut wil ik dat.’

‘Ik denk dat die kersen het toetje zijn. Als voorgerecht heb ik...’ James rommelde in de mand. ‘Ooo, ze heeft uitgepakt! We hebben pretzels en voorverpakte stukjes kaas!’

‘Een echte fijnproever, die dochter van jou.’

James ging achteroverliggen en rook aan het gebatikte kleed. ‘De wiet van jouw oma is de beste die ik ooit heb gerookt. Ik krijg bijna zin in een jointje als ik dit ruik.’

‘Rook je nog veel?’ Merle probeerde geen oordeel in haar stem te leggen.

‘Sinds ik Maddie heb niet, nee.’

‘Zo gek dat niemand mij ooit heeft verteld dat jij een dochter hebt. Ik ben nog een paar keer in het dorp geweest.’

‘Jouw oma is de enige in dit dorp die nooit roddelt.’

Merle keek naar James, die naast haar op het strand lag alsof het de normaalste zaak van de wereld was, en ineens voelde dat ook een beetje zo. ‘Waar is haar moeder eigenlijk? Van Maddie bedoel ik.’

‘Ze was achttien toen we Maddie kregen. Ze trok het niet en wilde het kind afstaan. Dat wilde ik niet dus hebben we afgesproken dat ik Maddie zou opvoeden. Meteen na de geboorte is ze naar Londen verhuisd. Ik heb haar nooit meer gezien.'

'Goh. Hoe oud was jij?'

'Twintig.'

'O, James. Jij zat vroeger al aan de lopende band aan allerlei meisjes te friemelen achter de visstal van Freddie. Je voelde je zeker te cool voor een condoom?'

'Net zoals jij je te cool voelde voor ons groepje en altijd met je neus omhoog voorbijliep.'

'Dat was niet zo.' Merle dacht aan James, zo jong met een baby.

'Echt wel, koningin.'

'Maar even terug naar die baby, voordat dit escaleert en een van ons de ander knock-out slaat met een stuk wrakhout.' Ze lachte vrolijk. 'Jij trok het wel?'

'Opa heeft veel voor haar gezorgd.'

'Harry?'

'Ja, en mijn ouders kwamen vaak over. Die waren inmiddels naar Bath verhuisd, omdat ze voor mijn oma van vaderskant wilden zorgen, maar ze deden wat ze konden, vooral mijn moeder. Het was een gekke tijd, maar ook wel gezellig. Als je vader wordt hou je gewoon van je kind, of je nu twintig of vijftig bent. En ik had genoeg ruimte om mijn bedrijf op te zetten, omdat Harry er was.'

'Daarom zorg je zo goed voor hem.'

James kwam omhoog en leunde op zijn ellebogen. 'Pfff, suggereer je nu dat ik voor hem zorg vanuit een soort schuldgevoel? Om een oude rekening te vereffenen? Nee, ik zorg voor hem omdat dat als vanzelfsprekend voelt. Het is een hele vrijgevige, gezellige man, mijn opa. Het kost geen moeite om dingen voor hem te doen.'

'Ach, ik ben een harteloos kreng, vandaar dat ik zo denk.'

Hij keek haar van opzij aan. 'Je hebt ook een te perfect uiterlijk meegekregen van het universum.'

'Ja, echt heel lastig is dat.' Ze schoot in de lach. 'Was dat de zin waarmee je al die meisjes overhaalde om je aan hen te laten friemelen?'

'Nee, ik meen het. Het is niet goed voor een mens. Zeker niet voor een meisje als jij. Je was vroeger al arrogant en harteloos.'

'Zegt de jongen die net zo lang achter me aan rende tot ik hyperventileerde, waarna je een kwal in mijn zwembroek duwde en me aan mijn lot overliet, terwijl mijn onderrug onder de brandwonden zat. Jij was echt een gevoelige, meelevende tiener.' Merle sloeg een vliegje van haar been. 'Maar bedankt dat je zei dat je me knap vindt, of vond.'

'Iedereen vond je knap, op een verfijnde, koninginachtige manier. Ik weet nog dat Simon je probeerde te zoenen op het havenfeest. We hadden een weddenschap. Je gaf hem een klap in zijn gezicht en zei: "Je denkt toch serieus niet dat je goed genoeg voor mij bent?"'

'Dat heb ik nooit gezegd, maar ik weet het nog wel, dat hij zich ineens boven op me wierp in de feesttent met alle volwassenen als getuige. Zo gênant!'

'We zijn bij het hoofdgerecht aanbeland. Broodje ham?' James gaf haar een stokbroodje aan.

Ze duwde het broodje tegen dat van hem als een soort toost. 'Je hebt het fantastisch gedaan met haar. Het is echt een leuk meisje geworden.'

'Dank je. Al vraag ik me af of dat nou echt zo is. Dat ik het goed doe, bedoel ik, want leuk is ze zeker. Ze vroeg laatst ineens geld voor een beha en toen raakte ik totaal in paniek, want we hadden allebei geen idee wat ze dan moest hebben. Uiteindelijk is ze met Betty mee naar de stad gegaan.'

'Betty van de minimarkt? Serieus?'

'Zo veel keus is er niet in het dorp. Ze kwam terug met een

vleeskleurig ding van Marks & Spencer, want Betty had gezegd dat dat het handigst was. Ik heb toen maar van alles bij de H&M besteld en haar gezegd dat ze kon terugsturen wat niet goed was. Toen ze net alles had teruggestuurd, kwam ze erachter dat haar vriendinnen beha's met padding hadden, omdat het anders zo doorscheen, dus hebben we weer een nieuwe lading laten komen. Zo onhandig.' James nam een hap van zijn broodje en staarde naar de zee. 'Aan de andere kant is het ook superhandig, wonen met twee mannen. We doen nooit moeilijk over rotzooi en Maddie kan schieten als de beste.'

'Dat zal inderdaad goed van pas komen in haar toekomstige leven.' Merle keek naar de meeuwen die op veilige afstand van hen rondscharrelden; waarschijnlijk hoopten ze op een hapje van de picknick. 'Is er echt geen vrouw in je leven? Ik bedoel, ik kan me voorstellen dat je Maddie niet alles vertelt.'

'Nee.'

'Waarom niet? Het lijkt me niets voor jou om single te zijn.'

'Niemand wil me. Ik zit avonden achter elkaar op Tinder, maar niemand swipet mij naar rechts.'

'Echt? Zoiets is moeilijk te begrijpen voor mij. Ik zou natuurlijk alleen maar naar rechts geswipet worden met mijn verfijnde, koninginachtige schoonheid.' Ze schaterlachte. 'Misschien moet je je profiel wat interessanter maken. Je hebt je suf gefriemeld vroeger, dus daar heb je vast wel wat van opgestoken. Misschien kan je dat erop zetten. "Zeer ervaren met het vrouwelijk lichaam."'

'Ik zal het onthouden. En jij? Hoe zit bij jou met de liefde?'

'Ik ben arrogant en harteloos, dus natuurlijk ben ik single! Dat je dat nog moet vragen.'

'Het wordt te ingewikkeld bij ons als er nog een vrouw bij komt, denk ik. We hebben een bepaald evenwicht samen. Ik heb het twee keer met iemand geprobeerd en dat ging beide keren mis. Vrouwen willen niet met hun schoonopa in een huis wonen, en ook niet met het kind van een ander. Het was altijd stressvol als er een vrouw bij kwam. Ik had het gevoel dat ik tekortschoot. Dat wil ik niet meer, dus ik ben ermee gestopt.'

'Mmm, dat snap ik wel.'

'Ik zie je wel naar die kersen loeren, Merle.' Hij maakte de zak open en bood haar er een aan.

Ze stopte een snoepkers in haar mond en schopte haar gympies uit. 'Zullen we met onze voeten in het water?'

James begon zijn hoge Nike Jordans los te maken.

'Ik had moeten weten dat jullie vader en dochter waren. Jullie dragen dezelfde sneakers.'

'Die heeft Maddie voor me uitgezocht, toen we samen een weekend in Parijs waren.'

Merle liep voor hem uit naar het water en stelde zich James en Maddie voor boven op de Eiffeltoren.

'Waarom ben jij eigenlijk nog single?' James bleef in de branding staan.

Merle keek hoe het water omhoog zijn spijkerbroek in trok. 'Dat vraag ik me ook af. Ik zou heel graag een leuke vriend willen, maar ik kom hem maar niet tegen. Ik was begonnen met online daten en ik dacht dat ik iemand had ontmoet die de moeite waard was...'

'Jaaa, en?'

'Hij bleek een vreemd accent te hebben toen ik tweeënveertig mailtjes later met hem afsprak.'

'Dus?'

'Hij had ook een extra vinger, maar dat maakt me natuurlijk niet uit. Dat accent stoorde me wel. Onze afspraak was ontzettend ongemakkelijk. Ach, hij was gewoon niet mijn type en ik niet het zijne. We waren allebei teleurgesteld. Ik had hem zo leuk gemaakt in mijn hoofd... Ik heb meteen mijn account verwijderd. Ik hoop dat ik gewoon tegen iemand aanloop, maar dat lukt tot nu toe niet echt.'

'Wacht even, sorry.' James stak zijn hand op. 'Zei je nu dat hij een extra vinger had? Hoe dan?'

'Gewoon, een extra pink, maar daar ging het dus niet om.'

'Echt wel! Dat is verre van gewoon! Ga je nu doen alsof dat niets uitmaakt? Heel politiek correct van je, hoor, maar ik geloof het niet. Als ik een afspraakje zou hebben met een vrouw die een oor blijkt te missen, zou ik ook even moeten slikken. Nee, eerlijk is eerlijk, ik zou me rot schrikken.'

'Precies, maar daarna begin je een gesprek en als ze leuk is, maakt het niet uit.' Merle liep een stukje de branding in en voelde haar voeten langzaam wegzakken in het zand.

'Goh, ik zit te bedenken wat je allemaal voor handige dingen kunt met een extra vinger. Razendsnel typen bijvoorbeeld. Hebben jullie het daarover gehad?' Gefascineerd keek James haar aan.

'Nee, ben je gek! Ik deed net of ik het niet doorhad en dat was al moeilijk genoeg, want het was zijn rechterhand en hij had een heel groot bierglas vast dat hij de hele tijd tussen ons in liet zweven.'

'Wat een gemiste kans. Hij had het misschien onder het kopje "bijzonderheden" op zijn datingprofiel moeten zetten. Was je dan nog met hem uitgegaan?'

'Natuurlijk, we hadden heel leuk mailcontact.'

'Ik geloof je niet.'

'Je weet dat dat iets over jou zegt, hè?'

Hij haalde zijn schouders op. 'Misschien.'

'Waar hadden we het ook alweer over?'

'Dat jij geen man kan vinden.'

'O ja. Misschien vinden mannen mij te direct? Daar kan ik me wel iets bij voorstellen. Misschien ben ik te mannelijk of zo?' Ze keek met een schuin hoofd naar James.

Hij schoot in de lach. 'Nee, sorry, dat is echt niet zo.'

'Ik ben ook wel eigenwijs, natuurlijk, maar als je dat negeert ben ik best te doen. Ach, het komt vast wel een keer.' Ze stapte het water uit en keek naar James, die het heel grappig scheen te vinden. 'Lach je me nou uit?'

'Nee, maar sorry, dit neem ik ook niet echt serieus. Je bent bloedmooi en dat weet je best. Elke man wil naast jou over straat lopen. Je bent gewoon een beetje angstaanjagend en niet erg benaderbaar.'

'Vind je? Wat kan ik daaraan doen dan?'

'Vraag je dat serieus aan mij? Een rare snuiter uit een klein dorp?'

'Ja, James de friemelaar, ik vraag liefdesadvies aan jou, dus hou op met me belachelijk te maken en geef me tips.' Merle boog zich voorover om een roze schelpje op te pakken.

'Je moet gewoon op een man afstappen en brutaal zijn. Dat moet voor jou geen probleem zijn.'

'Ik ga toch niet zomaar naar iemand toe om die persoon mee uit te vragen? Ik moet er niet aan denken!' Ze pakte nog een paar schelpen en ging een stukje van hem vandaan op het zand zitten.

'Waarom niet?'

'Omdat ik er niet de voorkeur aan geef om wanhopig over te komen! Waarom hebben we het hier eigenlijk over? Ander onderwerp. Wat vind je ervan dat je opa met mijn oma gaat trouwen?' Merle groef met haar handen in het zand en maakte een berg.

'Je doet nonchalant, maar je hebt waarschijnlijk heel veel eisen. Je hebt vast honderden berichten gekregen van mannen die je hebt afgekeurd.'

'Natuurlijk, want ik ben op zoek naar die ene!'

'Je wilt zo'n man uit je app, die je 's ochtends berichten stuurt dat hij maar niet kan stoppen met nadenken over gisteravond, of dat hij gek wordt bij de gedachte om je weer te zien.' James kwam op zijn knieën bij haar zitten en begon naast haar zandberg een toren te maken.

'Heb je mijn app gedownload?'

Betrapt keek hij op.

'Haha, ja, je hebt echt mijn app gedownload! Wie heb je gekozen?' Merle vormde haar zandberg ook tot een soort toren en drukte de schelpen die ze had gevonden erin.

'Ik was gewoon benieuwd naar hoe dat in zijn werk ging. Ik zat te twijfelen tussen die Griek met dat oliebedrijf en de houthakker, maar ben toch voor de houthakker gegaan.'

'Superleuk. Dank je!' Ze zat nu op haar knieën voorovergebogen en maakte een verbinding tussen haar toren en die van James.

Hij keek opzij en bestudeerde haar gezicht, dat standaard straalde als ze het over haar werk had.

'En? Wat vind je ervan?'

'Ik vind het geniaal. Het zit goed in elkaar, het is grappig, en die berichtjes zijn echt leuk, ook al zijn ze bedoeld voor een vrouw en voelde dat een beetje gek in het begin. Het voelt alsof je iemand leert kennen. Ik kreeg net een foto van zijn bordercollie. Dat heb je goed opgebouwd, maar het is natuurlijk ook bizar, zo'n perfecte computervriend. Ik denk dat er echt vrouwen zijn die ervan in de war raken. Commercieel is het briljant. Het design is ook strak en gelikt. Ik was een beetje jaloers toen ik het eerste berichtje kreeg. Ik wou dat ik het had bedacht.'

'Echt?' Ze was bijna bij zijn toren en keek naar hem op. 'Dank je wel.'

'Word je nou rood? Omdat ik je een compliment over je werk geef?'

'Blijkbaar. Ik heb er heel hard aan gewerkt. Maandenlang, nachtenlang zelfs, omdat er een tijdverschil is met India, waar mijn technische team zit. Ik sliep overdag en werkte 's nachts. Ik zag niemand meer, al mijn geld zit erin, dus het is voor mij niet zomaar werk. Dit is mijn eerste vakantie sinds twee jaar. Mijn relatie is erop stukgelopen.' Ze keek naar de toren van James, die veel steviger was dan de hare.

'Aha, je had dus wel een relatie?'

'Ja, we woonden twee jaar samen, maar hij snapte niet dat ik dit goed moest doen. We leefden langs elkaar heen.'

'Wat was hij voor type?'

Merle was op haar handen en voeten schelpen aan het zoeken. 'Hij was een bekende Nederlandse presentator. Dat was achteraf ook niet echt iets voor mij. We werden altijd overal aangekeken door mensen. Heel vreemd. Ik had op een gegeven moment geen zin meer om uit eten te gaan met hem, ik had altijd het gevoel dat er iemand stiekem aan het filmen was of zo.'

'Mmm.' Zwijgend begon James aan nog twee torens en Merle werkte aan de tussenstukken die er een fort van zouden maken.

'Nu is hij met een fotomodel. Zij vindt het heerlijk als er foto's van hen worden gemaakt. Ze post zelfs op Instagram waar ze zitten te lunchen. Dat hoorde ik van een vriendin. Niet dat je denkt dat ik haar volg of zo...'

Hij keek op. 'Dat lijkt me niets voor jou. Spijt?'

'Totaal niet, ze mag hem hebben.'

James schepte extra zand op en legde het bij haar neer. 'Die toren van jou moet wel versterkt worden. Dat is de zwakke schakel van ons fort.'

Merle schoof het zand terug zijn kant op. 'Het is de mooiste toren, lang en elegant.'

'En onpraktisch, maar vooruit, laat maar staan dan. Je zou de achterkant wat kunnen verstevigen.'

'Geen sprake van, bemoeial.'

'Dan niet. Alle soldaten zijn bij de eerste de beste lullige golf morsdood, maar als jij dat op je geweten wilt hebben...'

'Heel graag, helemaal als er veel kinderen en dieren zijn in dat fort.' Merle stond op en liep terug naar het kleed waar ze op hadden gezeten. 'Zullen we gaan?'

'Merle? Wil je even met mij mee naar huis?'

'Met jou mee naar huis?'

'Ja, ik heb iets bedacht en ik heb je hulp nodig.'

'Oké... Hangt ervan af, van wat je hebt bedacht, bedoel ik, of ik dat een goed plan vind.' Merle keek toe hoe James zijn vieze voeten in zijn schoenen stak en vervolgens alles in de mand propte. Hij zette de mand weg, vouwde het kleedje rommelig in elkaar en gaf het aan haar.

'Wat doe je dat elegant.'

Hij grijnsde. 'En supersnel!'

Merle moest lachen. 'Zeker.' Ze keek naar de steile klim die ze tegemoet gingen. 'Dit pad omhoog is echt de reden dat hier nooit feestjes werden gegeven vroeger.'

'Als je hier dronken naar boven klimt is de kans dat je ergens naar beneden valt vijftig procent, denk ik.'

'Misschien moet je je veters dan even vastmaken.'

'Wie is hier nu de bemoeial?'

'Dan niet.' Merle klopte de doek uit en bond hem om haar middel. 'Weet je wat ik me nog afvroeg?'

'Nou?' James stopte om zijn veters te strikken.

'Hoe dat nou zit met die bejaardenhuizen van jou. Heb je die echt gebouwd met het idee om oude mensen door te schuiven?'

James schudde ongelovig zijn hoofd. 'Wat denk je nou? Er zijn in deze streek geen bejaardenhuizen waar ik mijn opa zou laten wonen. Zo is het ontstaan. Ik kom veel bij oude mensen thuis en die willen best wel verhuizen, maar er zijn weinig aantrekkelijke plekken voor die doelgroep. Die ben ik gaan bouwen. Nou, ja, verbouwen.'

'Slim.'

'Jij doet alsof ik een commerciële engerd ben, maar zo is het niet. Ja, ik geloof in dat plan, maar ik geloof ook dat de wereld er beter van wordt, anders zou ik het niet doen.'

'Je bent een charitatieve instelling, dat is duidelijk.' Merle hijgde. Ze had gedacht dat haar conditie beter was door het fitnessprogramma dat ze twee keer per week braaf afdraaide in de sportschool naast haar werk.

James draaide zich om en liep achteruit het pad op. 'Meer dan jij, met je gelikte app, waarmee je eenzame vrouwen 6,95 per maand aftroggelt.'

'Draai je om, James, straks val je nog.'

'Ah, ben je nu bezorgd?'

'Als jij valt, moet ik je redden en daar heb ik gewoon even geen zin in.'

'Je hijgt trouwens wel erg hard. Misschien moeten we even rusten voordat je erbij neervalt.' James draaide zich weer om.

'Nee hoor, dat hoeft niet.'

'Dan niet.' James zette de pas erin.

Boven op de klif probeerde Merle net te doen alsof ze niet buiten adem was. 'Ga je nou nog vertellen waar ik je mee moet helpen?'

25

Het schemerde toen James het hek naar het bloemenveld voor zijn huis voor haar opende. 'Kom.'

'Je woont hier zo idyllisch. Ik wist niet dat hier een huis stond.' Merle liep achter hem aan over het paadje door de weide.

'Mijn opa heeft deze boerderij gekocht na Maddies geboorte. Hier kon ze naar hartenlust huilen en schreeuwen, zei hij, en had iedereen genoeg ruimte om er af en toe voor weg te lopen. Uiteindelijk heeft nooit iemand dat gedaan. Ze was een engeltje vroeger. Waarschijnlijk heeft ze zich jarenlang ingehouden en komt het er nu dubbel uit in de puberteit.' James opende het hek en naast elkaar liepen ze het erf op.

'Wees blij dat ze niet stil in een hoekje boos zit te zijn en ineens gothic wordt of zo.'

'Dat kan nog komen.'

De boerderij was opgetrokken uit dezelfde natuurstenen als het huis van Eleanora. Het dak was gedekt met een dikke laag riet en de schoorsteen die erop stond rookte uitnodigend. Merle liep achter James aan om het huis heen naar de achterdeur.

'Kom binnen.' Hij liet haar voorgaan.

'Dank je.' Merle stapte een hal in die vol hing met jassen waar laarzen in verschillende maten onder stonden.

'Maddie?' brulde James beneden aan de trap. 'Kun je even beneden komen? Merle is hier.' Hij draaide zich om naar Merle. 'Sorry, maar dit is echt de beste manier als ik zeker wil weten dat ze meteen komt.'

'Door als een holbewoner te schreeuwen?' Merle stond voorovergebogen de scherpe nagels van Bubbles weg te houden bij haar blote benen.

'Merle? Hoi!' Maddie denderde de trap af. 'Wat een verrassing!'

'Ja, zo toevallig! Ik was op het strand en toen kwam ik ineens je vader tegen en daarna is er zo veel gebeurd in een avond. Laten we even gaan zitten. Dan kunnen we alles rustig vertellen.'

'Thee? Bubbles, laat haar met rust.' James tilde de pup in een vloeiende beweging op en hing hem over zijn schouders. Het beest begon enthousiast zijn nek te likken.

'Heerlijk.'

'De thee bedoel je, hè? Niet dat gelik in mijn nek.' James liep over de ouderwets zwart-wit geblokte tegelvloer voor haar uit naar de grote boerenkeuken, waar een rustiek AGA-fornuis stond. Merle bleef staan bij een prikbord waar foto's van Maddie, James en Harry op waren geprikt, afgewisseld met tekeningen en post-its vol spelfouten die Maddie ooit had achtergelaten.

Maddie ging aan de ronde keukentafel zitten.

'De picknick was heerlijk, Maddie, dank je wel.' Merle schoof naast Maddie.

'Geen dank.' Maddie straalde.

'Tja, Mads, Merle en ik moeten je wat vertellen.'

Merle zag hoe Maddie van stralen naar glunderen ging.

'We zagen elkaar op het strand en ineens sloeg de vonk over.' Ze voelde hoe James achter haar kwam staan en zijn handen op haar schouders legde.

'Echt?' Maddie hapte naar adem.

'Absoluut.' James zuchtte gelukzalig. 'Soms kom je iemand tegen en weet je het gewoon en dat hadden wij dus... Nu hebben we besloten om meteen te gaan trouwen. We zijn echt zo blij!'

'Echt?' Maddie klonk verbaasd.

'Ik woon natuurlijk wel in Nederland...' Merle zweeg even. 'Maar we kunnen nu echt niet meer zonder elkaar, dus we hebben besloten dat James en ik in Nederland gaan wonen. Natuurlijk hebben we ook aan jou gedacht...'

'Aangezien opa en Eleanora gaan trouwen en dan ook bij elkaar zullen wonen, hebben we een nieuw thuis voor jou gezocht. En dat is gelukt, allemaal in zo'n korte tijd! Jij gaat vanaf volgende week bij Betty wonen, boven de minimarkt.' James liep terug naar het aanrecht om het gekookte water in de theepot te schenken.

'Yes!' Maddie sprong op. 'Superleuk! Dat wilde ik altijd al! Bedankt, pap! Dat was mijn grootste wens! Ik ga alvast mijn spullen pakken. O nee, eerst wil ik jullie zien tongen, om te zien of het wel echt is.' Maddie stak haar handen in haar zij en keek uitdagend naar haar vader.

James keek haar strak aan. 'Tongen doe je pas als je een paar jaar verkering hebt, Maddie.'

Maddie begon te lachen.

James gaf haar een vriendschappelijke klap tegen haar achterhoofd. 'Waarom trap jij nooit ergens in, zo irritant. En waarom stuur je ons op een afspraakje dat we allebei niet willen?'

'Omdat je alleen bent en opa straks weggaat en ik verhuis uiteindelijk ook...' Ze dacht even na. '... naar New York of L.A. of zo. En nu wandelt er eindelijk eens een knappe vrouw je leven binnen en ik mag haar ook. Kunnen jullie niet gewoon verkering nemen? Hoe moeilijk is het?'

'Inderdaad, laten we het maar gewoon doen, James, ik kan je niet uitstaan, maar voor Maddie doe ik wel net alsof.'

'We vinden elkaar niet leuk, Mads. Niet op die manier.'

'Pap, je zat haar te googelen laatst. En je ging de foto helemaal uitvergroten. Waarom deed je dat dan?'

James sloeg gegeneerd zijn handen voor zijn gezicht.

'Ja, James, waarom deed je dat dan?' Merle schoot in de lach.

'Omdat ik... ik... weet ik veel, ik verveelde me.'

'Echt niet, je hebt het hartstikke druk. Ik wilde je gewoon een handje helpen.' Maddie stak dramatisch haar armen in de lucht.

Merle stond snel op. 'Ik geloof dat ik maar eens opstap. Ik drink thuis wel thee.'

Maddie kreunde luid. 'Pap brengt je wel even naar de deur.'

'En Maddie gaat zich wel even boven zitten schamen. In haar kamer.' James liep de gang in. 'Sorry.' Hij zwiepte de voordeur open.

'Waarom zeg je sorry? Ik had echt een topavond, ik wilde je net bedanken.'

'Je bent niet goed snik. Even over dat googelen...'

'Laat mij lekker in de waan, ja. Geen hond die interesse heeft, weet je nog?'

Hij lachte. 'Sjongejonge, dat wij gewoon zo gezellig met elkaar aan het picknicken waren, hè?'

'Op het strand nota bene, en je hebt niet eens een kwal in mijn broek geduwd.'

'Dag, Merle.'

Ze stak haar hand op en liep naar het weiland om de korte route naar huis te nemen.

26

Normaal gesproken bracht Jessie haar vrije woensdag door met operaties kijken, de was doen en vis eten bij Freddie, en voelde dat goed. Nadat Alex haar had verweten dat ze nooit haar huis uit kwam kon ze er ineens minder van genieten. Misschien moest ze nieuwe dingen proberen, een hobby vinden. Ze schraapte het laatste beetje cookie dough-ijs uit de bak en zette de video, waarin een donorklep werd geplaatst in een kinderhart, stop. In het fotomapje op haar telefoon zocht ze de advertentie voor schilderles in de openlucht op. Ze kon er op zijn minst een kijkje nemen. Als het niets voor haar was kon ze weer weggaan. Misschien deed het haar goed. SoulCollage maken had haar ook onverwacht veel goedgedaan.

Het Volkswagenbusje van Zach stond naast de kerk. Met lood in haar schoenen liep Jessie erheen. Hij was niet meer teruggekomen op haar voorstel om samen wat leuks te doen en dat was pijnlijk, maar ze was nu eenmaal op zoek naar een hobby en zo veel aanbod was er niet in Wetters Bay. Zeker niet op woensdagochtend. En hij had gezegd dat hij graag mensen van zijn eigen leeftijd wilde ontmoeten. Maar dat was voor dat gênante geschreeuw in die tunnel, waar ze met gekromde tenen aan terugdacht.

'Hallo.'

'Jessie?' Zach fronste even toen hij haar zag.

'Ik kom voor de schildercursus?' Jessie keek om zich heen en besefte dat ze de eerste was.

'Leuk.'

Ze knikte. 'Waar zijn de anderen?'

Zach haalde zijn schouders op. 'Je bent de enige.'

Jessie voelde dat ze rood aanliep. Nu dacht hij vast dat ze voor hem kwam. 'Dat had ik niet verwacht. Woensdag is mijn vrije dag en ik ben op zoek naar hobby's.' Ze durfde er niet aan te denken hoe dit overkwam.

'Nou, laten we dan gewoon beginnen.' Hij schoof de deur van het busje open en haalde er een kruk en een schildersezel uit. 'We hebben het weer mee.'

'Zeker.' Jessie schuifelde ongemakkelijk heen en weer over het grindpad.

'We staan hier nu bij deze kerk, dat leek me een goed begin, maar je kunt natuurlijk ook iets anders schilderen.'

'Nee hoor. Ik ga voor de kerk.' Jessie haalde een blikje vaseline uit haar zak en smeerde wat op haar lippen.

'Dan stel ik voor dat je hem eerst goed bekijkt. Misschien wil je er een rondje omheen lopen of er een kijkje in nemen om de sfeer op te snuiven. Dan kun je daarna je positie bepalen. En onthoud goed dat het niet natuurgetrouw hoeft te worden.'

Jessie wreef haar lippen een paar keer over elkaar. 'Geloof me, de kans is klein dat het dat wordt. Al zou ik het best willen.'

'Ga je gang, dan beginnen we daarna met schetsen.'

Jessie begon aan haar rondje om de kerk en vroeg zich af waarom ze de enige was. Ze vond het rot voor Zach en ook voor haarzelf, want ze kon nu niet anders dan blijven. Ach, het leidde af en hield haar bezig, zodat ze niet aan Alex hoefde te denken. Ongeduldig stapte ze om de kerk heen en opende uiteindelijk de zware houten deur. Binnen rook het naar vocht. Rijen sobere houten kerkbanken vulden de ruimte tot aan een kleine verhoging met een altaar waar een afgebladderde gouden jezus boven hing. De stilte in een kerk had voor haar altijd iets magisch. Het was een van de laatste openbare plekken waar mensen heen gingen om hun gedachten de vrije loop te laten, zonder dat er laptops werden opengeklapt en op toetsenborden werd gerateld. Jessie nam plaats op de achterste bank. Het zou fijn zijn als ze in God had geloofd. Dat ze er zeker van zou zijn dat er iemand met haar meekeek en haar leven dirigeerde op de manier die juist voor haar was. Dat ze wist dat ze hier nu op deze plek was omdat God het zo wilde. Er gleden heel wat minuten voorbij voordat ze opstond en buiten achter de schildersezel plaatsnam die Zach voor haar had klaargezet. Over het canvas heen staarde ze schuin tegen het kerkje aan. Ze stond op en sleepte alles vijftien meter naar rechts zodat ze er precies voor zat.

'Vind je dit een mooier beeld?' Zach kwam achter haar staan en bracht zijn hoofd naast het hare zodat hij precies zag wat zij zag.

Jessie voelde zijn adem langs haar wang strijken. 'Nee, ik ga er recht voor zitten, dan hoef ik minder perspectief te schilderen.'

'Je maakt je er gemakkelijk van af?'

'Nee, ik begin laagdrempelig.'

'Begin vooral, dan help ik je gaandeweg.'

'Dank je.' Jessie begon met tekenen en ging er uiteindelijk zo in op dat ze ontspande.

'Het is nu echt tijd voor een pauze.' Zach stond bij de bus. 'Ik heb thee voor je gemaakt, daar ben je dol op, toch? Dat iemand anders jouw warme drankjes verzorgt?' Hij gaf haar een knipoog.

'Dat is toch ook fijn?' Vanaf het klapkrukje keek Jessie van haar schets op de ezel naar het kerkje en terug. 'Het lijkt best.' Ze stond op en rekte zich uit. 'Mag ik die van jou zien?' Ze liep naar Zach, die schuin achter haar stond, en keek naar zijn schetsblok. 'Had je niet wat minder je best kunnen doen, zodat mijn kunst wat voordeliger uit zou komen?' Jessie nam de mokken aan die Zach haar aangaf en hield ze vast zodat hij ze vol kon schenken met thee.

Zach ging in kleermakerszit in het gras voor de kerk zitten. Zijn krullen zaten warrig door elkaar, zijn grote lippen grijnsden en zijn ogen stonden vol levenslust.

Op enige afstand ging ze naast hem zitten. Ze zou hem geen enkele aanleiding geven om te denken dat ze hier om een andere reden was dan om te leren schilderen. 'Ik ben hier omdat ik nieuwe dingen wil proberen. Ik zag het briefje bij Betty in de winkel.'

'Altijd goed. Misschien heb je wel een groot talent waarvan je het bestaan nog niet had ontdekt.'

'Dat betwijfel ik, maar ik vind het leuk en ik heb tijd. Heb je vaker schilderlessen gegeven?'

'Ja, daar heb ik jaren van geleefd. Ik heb ook een lerarenopleiding gedaan, daar stonden mijn ouders op toen ik kunstacademie ging doen.'

'Echt?'

'Ja, ze vonden dat ik ook iets moest leren waar ik mijn brood mee kon verdienen.'

'Misschien had je dat ook op dat briefje moeten zetten. "Schilderles van gediplomeerd docent."'

'Ach, ik vind het niet zo erg dat het niet meteen stampvol is. Zoiets gaat vanzelf lopen. Dat gaat mond tot mond. Het komt wel.'

'Hoelang ben je al bezig?'

'Vandaag is de eerste keer.'

'En als er nou niemand was gekomen?'

Zach haalde zijn schouders op. 'Er kwam iemand en anders was ik gewoon zelf gaan schilderen. Ik wilde dit kerkje al heel lang vastleggen.'

'Het is een mooi kerkje.'

'Ja, dat is het zeker.'

Zach liet een stilte vallen. Jessie wilde haar opvullen, maar wist even niet wat ze moest zeggen, dus nam ze te grote slokken van haar thee en keek ze de andere kant op, zodat hun blikken elkaar niet konden kruisen. Misschien was dit de reden dat ze van haar werk hield. Daar voelde ze zich veilig. Ze had een duidelijke taak en ze wist precies hoe ze die in moest vullen. Het was een wereld die ze begreep. Gedwongen gesprekken gaande houden met vreemden was buiten haar comfortzone.

'Hoe was je spreekuur gisteren?'

Verbaasd keek ze op. 'Nou...' Ze dacht na. 'Ik had een interessant geval. Een meisje. Volgens haar moeder was ze heel snel buiten adem. Toen ik luisterde hoorde ik een duidelijke ruis in haar hart en dat zou van alles kunnen zijn. Misschien dat ze een klep heeft die niet goed –' Ze stopte abrupt met praten. 'Sorry, dit is totaal niet boeiend voor jou. Hoe is het eigenlijk met je pols, heb je last met schilderen?'

'Als ik het niet boeiend zou vinden, zou ik er niet naar vragen. Maar wat mijn pols betreft...' Zach hield zijn hand omhoog. 'De fysio heeft deze tape aangebracht ter ondersteuning en ik doe braaf mijn oefeningen. Mis je je oude werk?'

'Nee, nee, helemaal niet. Ik geniet erg van alle vrije tijd die ik hier heb. Ik werk maar vier dagen, ik verdien goed en ik kan spontaan koffie gaan drinken bij mijn ouders.'

'Doe je dat vaak?'

Jessie dacht na. 'Nee, maar het idee is fijn. En jij? Wat doe jij hier eigenlijk? Ik bedoel, ik weet dat je schildert, maar hoezo hier?'

'Ach, ik was op doorreis en toen ontmoette ik Eleanora. Je kent het wel.'

Jessie schudde haar hoofd. 'Nee, ik ken zoiets niet. Mijn hele carrière had ik tot in de puntjes uitgedacht. Ik heb me precies aan alle stappen gehouden, maar toen zette ik ineens een stap opzij en nu ben ik hier. Ik ben er nog van aan het bijkomen. Wat is je plan?'

'Een paar maanden blijven, denk ik. Ik zie het wel.'

'Pfff, daar zou ik nou echt zo gestrest van worden.'

'Dat weet ik wel zeker, want jij probeert je relatie te redden met een stappenplan.'

'Ja! Hoe zou jij dat dan aanpakken.'

'Ik voel.'

'O.' Jessie zuchtte. 'Ik niet.'

'Zo bedoel ik het niet. Ik ga gewoon op mijn intuïtie af.'

'Goh, je zou SoulCollages moeten gaan maken met Eleanora.'

'Dat doen we ook soms. Ik heb die van jou gezien.'

'In mijn praktijk? Die is niet van mij. Ik heb geruild met Merle omdat ik Christel geen rotgevoel wilde geven.'

'Omdat je die rouwadvertentie had opgeplakt? Of om die familie voor die tipi met dat zwarte kruis erdoor? Ik woon samen met Merle, weet je nog? Ik zag meteen dat dat niet haar kaart was.'

'Dat voelde je zeker, intuïtief?'

'Maak me maar belachelijk, hoor. Ik kan het prima hebben. Eerlijk gezegd vond ik het een mooie collage. Ze gaf weer hoe je je voelde, dat was de essentie. Je zou het over een paar maanden nog eens kunnen doen, misschien wordt ze dan anders.'

'Misschien. Ik vind dat de pauze wel over is.' Jessie stond op. 'Mijn kerk moet af.'

'Onzin. Neem je tijd.'

Jessie ging weer voor de schildersezel zitten en vergat al snel de wereld om zich heen. Het was net alsof ze weer aan het opereren was. Ze had het gemist, dit gevoel, en ze schrok dan ook op toen haar telefoon ging. De afspraak was dat ze vrij was op woensdag, maar mensen haar konden bellen voor noodgevallen. Als ze ver weg was kon ze ze altijd doorsturen naar het ziekenhuis in Castlemouth, maar dat deed ze nooit. Jessie klaarde op toen ze hoorde dat er een jongetje met glasscherven in zijn been en een schouder uit de kom op weg was naar de praktijk. 'Ik kom er meteen aan!'

Zach had meegeluisterd. 'Ga maar snel, ik ruim wel op. Volgende week weer?'

'Graag, dank je.' Jessie huppelde nog net niet de heuvel af.

27

'Denk je dat James model wil staan voor mijn boetseerclubje?'

Merle visualiseerde James naakt voor een clubje boetserende bejaarden. 'Nee.'

'Hij heeft echt zo'n heerlijk atletisch lijf. Vorige zomer hielp hij me met de tuin. Het was warm en broeierig weer en ineens ging dat T-shirt uit. Ik had gewoon zin om in hem te bijten.'

'Ik denk niet dat dat wederzijds is, oma.' Merle keek naar Eleanora's blote lichaam en zag haar een hapje uit James' borst nemen.

'Geef mij die loep eens aan.'

Merle liep naar het plankje boven de gootsteen, waar het ding na al die jaren nog steeds op bleek te liggen. Het was zo vreemd om op een plek te zijn waar ze de weg zo goed kende en waar ze zich tegelijkertijd een vreemde voelde. Ze overhandigde het ding aan haar oma, die over een van haar wietplanten gebogen stond in het atelier.

'Kan ik iets doen voor de bruiloft?'

Eleanora bekeek door de loep nauwkeurig de top van de plant. 'Wil je dat graag?'

'Ik ben er toch, dus ik kan prima iets bijdragen.'

'Dat is lief, maar alles is al geregeld. We houden het simpel.'

'Wat ben je eigenlijk precies aan het doen?' Merle ging naast haar staan. Ze had haar oma dit al honderd keer zien doen, maar zich nooit het nut ervan afgevraagd.

'Ik kijk of de harskliertjes al troebel zijn, want dan zit er veel THC in en dan is de wiet lekker zwaar.' Eleanora gaf haar de loep aan. 'Kijk jij maar, dan pak ik even wat bakpapier, want hij is perfect.'

Merle keek door de loep en zag een soort druppels op stokjes.

Eleanora spreidde een vel bakpapier uit en begon de grote bladeren van de plant te verwijderen. 'Zo, daar kunnen we mooi thee van maken, of cake.'

'Leuk voor de bruiloft.'

'Dat zou wat zijn!' Eleanora lachte luid.

'Zal ik een bruidstaart maken? Of had je al wat bedacht?'

Verrast keek Eleanora op.

'Ik kan Maddie vragen of ze me wil helpen.' Merle legde de loep terug waar ze hem vandaan had.

Eleanora was intussen alle blaadjes tussen de toppen weg aan het knippen met een routine die verried dat ze dit haar hele leven al deed. 'Dat lijkt me fijn, maar alleen als je het echt wilt.'

'Ik wil iets doen. Je gaat trouwen, dat doe je niet elke dag.'

'Kun je deze even ophangen?' Eleanora gaf haar een top aan.

'Ga je die planten hier ophangen? Je hele atelier stinkt dan naar wiet.'

'Ach, wat maakt dat uit?'

Braaf bond Merle de tak met de top naar beneden aan het touw dat daarvoor gespannen was. Vroeger vond ze dit soort dingen heerlijk, dat gerommel met haar oma, tot ze erachter kwam dat het vreemd was om wiet te drogen of spacecake te bakken met je oma.

'Fijn dat je een taart wilt maken, maar doe het alleen als het vanuit je hart komt,' benadrukte Eleanora nogmaals.

Merle slikte haar irritatie weg. 'Goed, ik maak een taart. Voor je bruiloft. Het gebaar komt vanuit mijn hart.' Ze sloot even haar ogen toen ze haar eigen woorden hoorde. 'Je legt me woorden in de mond, oma. Ik maak gewoon de taart, sjeezus.' Merle liep weg.

Halverwege het gastenverblijf bedacht ze zich en draaide ze weer om. 'Daar ben ik weer. Ik heb geen zin om te ruziën. Misschien wil ik te graag dat alles normaal is. Dat we een normale familie zijn. Waarom kun je niet gewoon kleren aanhebben als je werkt, zoals iedereen?' Ze keek naar het naakte lijf van haar oma. 'Ik snap het gewoon niet.'

'Je bent altijd zo bezig met wat de mensen van je denken, dat je voorbijgaat aan wie je zelf bent.'

'Is dat nou echt zo?'

'Misschien zou het bevrijdend voor jou zijn om bloot te boetseren, heb je daar wel eens aan gedacht? Kan je eindelijk alle remmen eens losgooien, je puur voelen. Probeer het eens, dan weet je waarover je het hebt, in plaats van kritiek te hebben op het onbekende.'

Merle kneep haar ogen dicht. 'Oké, geef me een plak klei.' Ze begon haar bloesje open te knopen.

'Héél goed, Merle. Verlos je van die kleding.'

Merle stapte uit haar korte broek en deed haar ondergoed ook maar meteen uit. 'Zo, nou, wat zal ik eens gaan maken?' Ze wreef in haar handen terwijl ze wachtte tot Eleanora een blok klei voor haar neerlegde.

'Je moet gewoon beginnen en de klei zijn werk laten doen.'

Merle begon verwoed in de keiharde klei te knijpen.

'Gebruik het gereedschap.'

'Juist, gereedschap.' Merle krabde onder haar borst. Ze kreeg spontaan overal kriebel. 'Wie had dit nou ooit gedacht, oma, dat wij met z'n tweeën in ons blootje aan het boetseren zouden zijn?' Merle probeerde de vorm van een hond uit het

langwerpige blok te halen. 'Mag er een muziekje aan?'
'Tuurlijk.'
Merle hoorde zachte muziek het atelier binnenstromen. Waarschijnlijk was de titel 'Helende muziek voor een ontspannen geest' of zoiets. Ze moest toegeven dat ze er rustig van werd.
Er ging bijna een half uur voorbij waarin ze niets zeiden. Merle was net geconcentreerd met de oren bezig toen ze opschrok van een beweging in de deuropening.
'O! Sorry, ik kom later wel terug.'
Alle ontspanning was op slag uit Merles systeem. Ze kon alleen maar naar James kijken, die vol ongeloof naar haar blote lijf staarde.
'Dat is helemaal niet nodig, James. Kom gerust binnen,' zei Eleanora.
'Wat?' Merle sperde haar ogen open. 'Nee! Sodemieter op, James, nu! Ik meen het.' James draaide zich meteen om en verdween. Merle stond op en pakte haar kleding. 'Oma, ik heb het echt geprobeerd, maar het is niets voor mij, dit.' Ze stapte bruusk in haar onderbroek. 'Mijn vel plakt aan alle kanten aan elkaar en ik hou er niet van als er willekeurig mensen binnen komen vallen die mij naakt zien.' Ze trok snel alles aan. 'Ik haat het zelfs, ik hou niet van die aandacht. Ik hoef niet excentriek te zijn en dwars... en dat boetseren, ik voel het niet. Alles aan deze hond is lelijk. Terwijl ik hem maakte dacht ik alleen maar aan wat voor marketing ik zou moeten doen om mijn app in Engeland tot een succes te maken en hoe onhandig het was dat mijn handen vies waren en ik de dingen die ik bedacht niet meteen in mijn notities kon zetten.'
'Geef het de tijd. Je voelt het misschien niet meteen. Probeer het morgen nog eens.'
'Nee, niet dus. Sjeezus! Het is niets voor mij!' Merle stamp-

te het atelier uit en sloeg daarna kinderachtig hard de keukendeur achter zich dicht. Buiten stond James tegen zijn Mercedes geleund op zijn telefoon te typen.

'Hé! Mooie koe was je aan het maken.' Hij grijnsde breed en zette zich tegen de auto af om naar haar toe te lopen.

'Bemoei je met je eigen zaken.' Merle negeerde hem en liep naar het gastenverblijf.

Hij grinnikte. 'Goeie muziek had je er ook bij. Zo inspirerend, ik had bijna mijn kleren uitgedaan om erbij te komen zitten en ook iets te creëren. Bijna.' Hij liep achter haar aan.

'Jammer dat je dat niet hebt gedaan. Superjammer, echt,' beet ze hem toe.

'Wacht, ik kwam voor jou.'

Merle stond stil. 'Wat wil je, James?'

'Dat je me helpt met de bruiloft.'

Merle draaide zich naar hem om en deed net alsof ze heel hard nadacht. 'Ik zou niet weten waarom.'

'Egoïst.'

Alleen Tascha kon haar zo kwaad krijgen. 'Wát zeg jij?' Woest stormde ze op hem af. 'Jij weet er niets van, James, je kent me niet eens. Als ik een egoïst zou zijn, zou ik niet in mijn nakie een hond gaan boetseren in de wietstank met slaapverwekkende muziek op om me in te leven in mijn oma! Ik doe mijn best, maar er is een grens. ER IS EEN GRENS!' Haar gekrijs luchtte heerlijk op.

James leek erg geamuseerd. 'Was dat een hond? Mmm, ik twijfelde al, maar ik wilde niet dichterbij komen om hem van dichtbij te observeren. Het was nogal warm in het atelier, dus ik dacht dat je misschien naar zweet zou stinken.'

Voor ze doorhad wat ze deed gaf ze hem een klap tegen zijn borstkas.

'Je bent echt woest zie ik.' Hij glimlachte voldaan.

Merle sloot even haar ogen. Het was lang geleden dat ze zich zo had laten gaan.

'Sorry dat ik zei dat je egoïstisch was. Dat lijkt je nogal te raken. Laten we opnieuw beginnen.'

'Ach.' Merle had zich herpakt. 'Wat jij wilt.' Ze keek langs hem heen naar het dorp.

'Doe jij weer even je kleren uit en ga achter de tafel in het atelier zitten...'

'Ha ha ha. Jij hebt echt de humor van een kleuter.'

'Alles is geregeld voor de bruiloft, alleen de versiering niet en ik weet niet zo goed hoe ik de sfeer moet krijgen die ik wil. Nou ja, hoe ik überhaupt sfeer moet krijgen...'

'Vervelend voor je. Ik hoop echt dat je een oplossing vindt.' Merle legde de laatste meters naar het bijgebouw af en legde haar hand op de deurklink.

'Jij bent mijn oplossing.'

'Hoezo denk je dat ik goed ben in het aankleden van bruiloften? Omdat ik een vrouw ben? Ik weet dat je niet zo veel over vrouwen weet, maar niet iedere vrouw vindt het leuk om te fröbelen. Dus ga maar lekker zelf lampionnen uitzoeken en ophangen.' Ze opende de deur en zette een stap naar binnen. Ze hoopte dat hij de hint zou begrijpen.

'Lampionnen? Ik had iets stijlvollers in gedachten, dus ik kan het inderdaad beter zelf doen, merk ik. Voor iemand die niet van fröbelen houdt zat je trouwens net toch erg tevreden een koe te kleien. Dag, Merle. Bedankt dat je me niet wilt helpen. Echt sympathiek.'

Ineens schoot haar iets te binnen. Snel draaide ze zich om. 'Misschien doe ik het wel!'

'Fijn.' James trok sarcastisch een wenkbrauw op.

'In ruil voor een gunst. Kun je morgen naar me toe komen?'

28

'Hoi lieverd, ik heb net gesport en fiets nu naar huis, moest aan je denken.' James keek naar Merle, die tegenover hem zat aan de kleine tafel in het gastenverblijf. 'Ik moet veel te vaak aan je denken, merk ik... Het leidt af.' Hij gaf haar een knipoog.

Merle stak vrolijk haar middelvinger naar hem op.

'Zo jammer dat ik je niet meer kan zien voordat ik naar Boedapest vlieg vanavond.' James schoot in de lach. 'Serieus, Merle? Wie zegt nou zoiets?'

Merle zette de voicerecorder op haar telefoon stop. 'Waarom stop je nou! De succesvolle zakenman die sport in zijn vrije tijd, die zegt dat.'

'Wat gaat hij doen in Boedapest?'

'Hij heeft daar een bespreking over zijn nieuwe product.'

'Wat voor product maakt hij, goulashpannen?' James schoot weer in de lach.

'Wat maakt jou dat nou uit! Doe gewoon even je best, ja, anders maak ik me er ook makkelijk van af door voor de bruiloft een paar lullige slingers op te hangen in jouw schuur. Ik voel het niet, James. Je moet het wel menen. Even opnieuw, klaar?'

'Nee, sorry, ik kan me niet inleven in deze man. Wat heeft hij gedaan in die sportschool, kundalini yoga? Zo klinkt hij.'

‘We hoeven hier geen inhoudelijk gesprek over te voeren. Er zijn duizenden vrouwen die dit horen en die deze man vijf sterren geven, dus spreek gewoon die berichtjes even in, dan kan de volgende Engelse versie live.’

‘Vijf sterren uit twintig zeker.’

‘Ben je nou klaar, zeiksnor? Ik zet de opname weer aan, drie, twee...’

‘Hoi lieverd...’

Merle keek naar James terwijl hij de berichtjes op een ontspannen manier opnieuw insprak. Met zijn vinger gleed hij langs het litteken op zijn wang. Dat had ze hem vaker zien doen. ‘Ik hou van je, tot snel, kus.’

Hij keek haar aan. Zijn ogen lichtten op en hij glimlachte ineens zo leuk dat Merles buik aanvoelde als een overbevolkt aquarium.

James wees naar haar telefoon.

O! De voicerecorder! Ze drukte op de rode knop en voelde dat ze kleurde.

‘Was dat het? Of wil je dat ik nog wat meer vertel over de heerlijke goulash die ik net heb gegeten? Ik kan ook dronken zijn van de palinka, stikken in de paprikapoeder... O! Misschien kan ik nog een berichtje sturen vanaf mijn paard op de poesta...’

‘Dit was het, dank je. Je hebt een mooie stem.’

James zette een zware stem op. ‘Geen dank, lieverd.’

‘Gelukkig kennen mijn abonnees de rest niet.’

‘Wie spreekt die andere mannen eigenlijk in?’

‘Weet ik nog niet. Ik probeer iedere man door een passende stem te laten doen, want sommige vrouwen wisselen elke maand van man en daar hoort dan ook een nieuwe stem bij, anders is het zo nep.’

‘Het is hartstikke nep, Merle. Ik ben wel beledigd dat je mij voor de enige metroman hebt gevraagd. Zo’n sul in pak die zijn haar achterover stylet met te veel gel. De houthakker of de brandweerman was mij meer op het lijf geschreven.'

'Blijf jij vooral in die waan.' Merle zette haar telefoon uit en legde hem weg. 'Oké!' Ze klapte in haar handen. 'Het feest. Je hebt dit eigenlijk veel te snel gedaan, het versieren van die schuur is veel meer werk.'

'Natuurlijk, dat had ik meteen door, daarom ging ik ook op je aanbod in.'

'Wil je thee? Of hele vieze oploskoffie? Of veel te zure zelfgemaakte limonade van Eleanora met zandsporen?'

'Thee, graag.'

'Goeie keus.' Merle sprong op om de waterkoker aan te doen. 'Wat zijn de kleuren? Ik heb geen pen en papier dus ik zet het wel in mijn telefoon.'

'Kleuren? Gewoon, kleuren.' James ging met zijn handen door zijn haar en staarde aandachtig naar de beelden in de kamer.

'Je had nog niets bedacht?'

'Gewoon simpel, had ik bedacht.'

'Prima, laten we wit doen. Hoe ziet die schuur eruit, heb je foto's?'

'Nee.'

'Hoe kan ik dan wat bedenken?'

'Weet je wat?' James stond op. 'Kom mee, dan rijden we er even heen. Drinken we thee bij mij. Wit past alleen niet zo bij Eleanora.'

'Dan wordt het paars, de lelijkste kleur op aarde, maar daar stap ik wel overheen.'

James hield de deur voor haar open. 'Je kunt toch lavendelblauw nemen als uitgangskleur? Dat combineert goed en is een mooie kleur. Zeker tegen het gebleekte hout van de schuur.'

'Serieus, James? Jij vindt jezelf geen metroman?' Merle

schudde ongelovig haar hoofd. 'Ik ren even naar binnen om te zeggen dat ik weg ben.'

James kwam achter haar aan.

Merle versperde hem de weg. 'Mijn oma, ehm...'

'Wat?' James trok zijn wenkbrauwen vragend op.

'Wacht maar gewoon in de auto, goed? Ik kom eraan.'

'Aha, ze staat nog in haar blootje te kleien?' Hij moest lachen.

Even later sloeg Merle het portier van de Mercedes dicht.

'Schaam jij je voor je oma?' James reed de auto het hobbelige onverharde pad af naar de weg.

'Nou...'

'Schattig, maar dat hoeft echt niet. Het hele dorp weet dat ze zo haar kunst maakt. Ik heb haar al honderd keer naakt gezien. Ik zoek het liever niet op,' hij grijnsde, 'maar je hoeft er verder ook niet ingewikkeld over te doen. Als zij dat nou fijn vindt...'

Merle keek naar de groene weides waar de schapen zich tegoed deden aan het gras. 'Het is bespottelijk, James. Ik schaam me nog steeds kapot en ik ben bijna dertig!'

'Gisteren deed je het zelf!'

'Ja, om haar een plezier te doen. Ze vraagt me haar hele leven al om het te proberen en daar wilde ik vanaf zijn.'

'En toen kwam ik ook nog binnen.'

'Ja! Het werd me meteen duidelijk waarom zoiets niets voor mij is. Terwijl ik me niet schaam voor mijn lichaam of zo, maar ik hoef het ook niet zo nodig aan iedereen te laten zien. Dat voelt niet comfortabel. Ik snap niet waarom dat bij haar wel zo is. Zou ze dat nou doen om te choqueren of omdat ze het echt fijn vindt?'

'Ach.' James haalde zijn schouders op.

'Ja, ik schaam me ervoor. Ik wil liever een oma die normaal

doet, in plaats van de dorpsgek. Dat snap je toch wel?'

James stak zijn hand uit het raam om naar een boer in het veld te zwaaien. 'Weet je, als je een meisje van zeventien zwanger hebt gemaakt en iedereen je jarenlang aanstaart als je met een kinderwagen door het dorp loopt, dan leer je het wel af om je iets aan te trekken van wat anderen van je vinden. Als zij dat nou fijn vindt om zo in haar blootje door haar eigen huis te bewegen...'

'Dus als je bij haar aan tafel schuift denk je nooit: mmm, op deze stoel heeft net een blote bejaarde overmatig zitten zweten? Of als je op de bank zit? Het is toch gewoon best een beetje smerig? En het ziet er ook niet meer echt gezellig uit, toch? Of ben ik degene die niet helemaal normaal is, want dat kan natuurlijk ook!'

James minderde vaart toen ze het dorp in reden. 'Het is niet erg hygiënisch, maar dat negeer ik, want ze is een lief mens. Het is best raar dat mensen blote mensen vies vinden. Het is gewoon de natuur. Blote lijven zijn heel normaal. Dat iedereen zichzelf bedekt, dat is pas raar, als je erover nadenkt.'

'Misschien.'

'Hoe was het voor jou?' James zwaaide naar Betty.

Merle bleef voor zich uit kijken. 'Bloot boetseren? Dat doe ik nooit meer. Kleien vind ik stom en ik heb liever wat aan. Omdat ik dat gewend ben waarschijnlijk, maar ik ga nu niet drie weken bloot lopen om te kijken hoe ik het vind als ik daaraan gewend ben, als je het niet erg vindt.'

'Dat vind ik wel erg, want ik schrok zo toen ik je naakt zag dat ik helemaal niet heb gekeken. Later baalde ik daar behoorlijk van.'

'Dat snap ik, maar ik denk ook dat je nooit meer genoegen had kunnen nemen met een andere vrouw als je goed had gekeken, dus het is echt beter zo.' Ze grijnsde.

Hij schudde langzaam zijn hoofd. 'Zo fijn voor jou, dat zelfvertrouwen.'

Ze waren stil totdat James de auto voor de boerderij parkeerde. 'Ga jij maar alvast. Ik maak thee en kom naar je toe.'

Merle liep naar de verweerde houten schuur achter het huis en opende een helft van de hoge openslaande deuren. Het vuil op de boerderijramen filterde het licht en maakte het sprookjesachtig. Ze liet haar vingers over de oude John Deere-tractor glijden die midden in de ruimte stond en bestudeerde daarna de gele heftruck. Achter in de ruimte lagen strobalen opgestapeld tot aan het plafond. Merle liep naar achter en ging op de schommel zitten die met lange touwen aan de hoofdbalken was vastgemaakt. De ruimte eromheen was vrij. Hij was perfect. Ze zweefde door de lucht tot James eraan kwam met een pot thee, twee kopjes en een chocoladereep met de wikkel er nog omheen in zijn mond.

'Goeie schommel, hè?'

'Onwijs!' Merle sprong van de schommel in het stro. 'Ik ben alleen wel misselijk nu. Dat is toch gek? Vroeger kon ik dit uren doen.'

James zette alles op een strobaal en trok er een extra bij om op te zitten. 'Je wordt een dagje ouder. Er stond eerst een trampoline onder, maar toen ik het tweede vriendinnetje van Maddie met een hersenschudding naar huis moest brengen, heb ik die maar in de tuin ingegraven. Wat vind je van de locatie?'

'Niets meer aan doen.' Merle ging naast hem zitten. 'Ik zou een paar karaffen kraanwater op de motorkap van die tractor zetten. Misschien de radio aan.'

'Precies mijn gedachte.'

'Het wordt een pokkenklus. Ik snap dat je hulp inschakelt.' Merle stopte een strootje tussen haar lippen en probeerde te bedenken hoe het zou moeten worden.

'Ik weet het, sorry dat ik jou hierbij betrek, maar ik hoopte dat je misschien een idee zou hebben. Anders gaan de strobalen aan de kant en zetten we een paar lange tafels neer, maar misschien moet het iets meer zijn dan dat. Het hele dorp komt. Ik dacht aan een bandje...'

'Ik neem aan dat je dat al geregeld hebt? Anders is het daar echt te laat voor!' Merle keek naar James, die stoïcijns zijn schouders ophaalde.

'Gisteravond heb ik wat rondgebeld, en volgens mij komt het wel goed. Maroon 5 was al geboekt, dus het wordt wel iets lokaals.'

Merle knikte. 'Robbie Williams of zo...'

'Precies, zoiets, maar wat doen we met de aankleding?'

'Natuurlijk heb ik een idee.' Merle ging staan. 'Je hebt weinig budget, neem ik aan?'

'Nee, hoezo ga je daarvan uit? Je mag uitgeven wat je wilt. Ik betaal het feest.'

'Fijn, dan kan ik dat Beierse *bierfest*-thema tot in de details doorvoeren. De schlagerband kan daar in die hoek, of... Ik twijfel nog, Beiers bierfest of ex-pornstar, ik weet het nog niet zeker.'

'Smaakvol. Je doet maar. Ik ben vooral heel blij dat ik ervan af ben.'

'Dus nu doe ik ineens de hele aankleding en maak ik de bruidstaart.' Merle praatte meer tegen zichzelf. 'Ik wilde Maddie vragen om me te helpen.'

'Dat vindt ze vast leuk.' Hij was even stil. 'Dank je dat je haar erbij betrekt.'

'Het is altijd leuk met haar. Ze is zo vrolijk en spontaan. Dat wordt echt minder als je volwassen wordt. Ik snap nu die stiefmoeder van Sneeuwwitje ineens, die de sprankelende levendigheid van maagdelijke jonge meisjes stal om zelf een beetje fris te blijven.'

‘Mmm, je kunt niet meer op de schommel zonder duizelig te worden, je wordt een chagrijn, je benijdt jonge meisjes... Misschien heb je een vroege midlifecrisis?’

‘O nee, zo klinkt het, maar het is ook heel fijn om ouder te worden, hoor. De wijsheid, het zelfvertrouwen, de fantastische organisatieskills, wat me meteen weer terugbrengt bij waarom we hier zijn. Sorry voor de omweg. We moeten een lijstje maken en de taken verdelen.’

‘Hè, ja, lekker praktisch.’ James schonk de thee in. ‘Ik heb jou ingeschat als een type dat zwarte thee met een wolkje melk, zonder suiker drinkt.’

‘Ik ga Zach er ook bij betrekken, die is handig. Wel honing, toch?’

‘Nee!’ Hij schudde zijn hoofd. ‘Jij let op je lijn. Je neemt geen honing.’

‘Juist wel, want mijn lijn is perfect, James, en ik vind thee zonder honing echt heel ongezellig. Net alsof je film kijkt zonder popcorn, een Schot zonder kilt...’

‘Een Hongaar zonder poesta, ik ga al, koningin.’

Merle maakte alvast een lijst op haar telefoon tot hij terugkwam met de honing.

‘Hier, zeurpiet,’ zei hij met een knipoog. ‘Nu terug naar je takenlijst.’

‘Zeker, want het zou toch irritant zijn als er ineens twee bars zijn en geen stoelen? We moeten het toch verdelen?’

‘Prima. Kom maar op.’

‘Of niet? Want dat vind ik ook best. Dan gaan al die bejaarden gewoon meteen de dansvloer op. Als die er is, want dat weten we dan niet.’

‘Ja ja, je hebt je punt nu wel gemaakt.’ James gaf haar haar thee aan.

‘Ah, jullie hebben een afspraakje in de schuur omdat jullie denken dat jullie hier niet gestoord worden!’ Maddie kwam binnenrennen met een touw in haar handen dat Bubbles probeerde af te pakken.

'Precies, dus liever niet storen, ja! We stonden net op het punt om te gaan tongen.' James gaf Merle een knipoog.

'Ieuw!'

'We organiseren de bruiloft van opie. Merle doet de aankleding en ze heeft zichzelf ook hoofd planning gemaakt.'

Merle keek op en realiseerde zich ineens dat ze dat had gedaan.

'Haha, papa heeft je erin geluisd en dat besef je nu pas! Dat doet hij bij iedereen. Het voelt zeker net alsof het je eigen idee was?'

'Ja! Dat doe je echt heel knap, James, maar inderdaad. Jij regelt alles en ik zorg dat het er leuk uitziet. We hoeven niets te plannen. Ik hoef alleen een paar witte slingers te kopen.'

'Pfff,' zuchtte James. 'Wat ben je toch een spelbreker, Maddie.'

'Heb je ook thee voor mij?'

James schudde zijn hoofd. 'Nee, jij bederft de romantiek.'

29

Gelukkig was het droog. Jessie liep het onverharde pad op naar de kerk en tot haar genoegen zag ze vier mensen met de rug naar haar toe naar de kerk kijken.

'Morgen.' Ze kende de drie vrouwen en de man uit het dorp. Ze groetten haar vriendelijk terug. Aangezien ze geen zin had in een praatje knikte ze naar Zach, die bij de bus stond en haar een stralende glimlach schonk. 'Het wordt nog druk op deze cursus,' zei ze toen ze bij hem stond.

'Ik heb je spullen alvast neergezet, precies zoals ze vorige week stonden.'

'Dank je.' Jessie glimlachte zo leuk mogelijk. Het duurde altijd even voordat ze zich bij hem op haar gemak voelde, wat ze maar weet aan zijn knappe uiterlijk en zijn zelfverzekerde manier van doen. Haar eigen gedrag fascineerde haar op een eigenaardige manier, omdat ze die gereserveerdheid niet gewend was van zichzelf.

'Je schets ziet er goed uit. Misschien kun je vandaag beginnen met schilderen. Als je zover bent zal ik je laten zien hoe je de verf mengt. Was het nog goed gekomen vorige week met die jongen met de schouder uit de kom en dat glas?'

'Zeker, maar het kostte me wel anderhalf uur voordat ik met hem klaar was. Hij was in een bak glas gevallen. Die had hij zelf gemaakt om indringers buiten de deur te houden. Het duurde eeuwen voordat ik alle splinters uit zijn huid had gehaald.'

'Hoezo had hij dan ook zijn schouder uit de kom?'

'Hij wilde eroverheen springen vanaf het dak van het schuurtje.'

'Aha.' Zach liep naar de anderen en legde geduldig uit wat de bedoeling was. Jessie concentreerde zich op haar schets. Het duurde even, maar daarna vergat ze haar omgeving weer en ging ze op in haar werk.

'Wil je thee?' Zach stond ineens naast haar.

'Nee, dank je, ik hoef geen pauze.'

'Jammer.'

'Je mist niet veel, zo'n gezelligerd ben ik niet.' Ze had geen zin om kletspraatjes te moeten maken. Zach had haar laten zien hoe ze de verf moest mengen en ze ging er zo in op dat ze het gesprek van de anderen niet eens hoorde.

'Sorry, ik ben zo klaar, ik krijg dat bruin van die deur niet goed.' Zach kwam weer bij haar staan. De anderen hadden afscheid genomen en ze waren met z'n tweeën over. 'Het moet kastanjebruin zijn en ik wil die glans erin zien, snap je?'

'Je bent te ambitieus, Jes, ik ben al verbaasd hoe snel je dit mengen oppikt. Leren schilderen is een proces. Je moet er de tijd voor nemen. Wat je wel kan doen...' Zach pakte het palet van haar over en doopte een kwast in de dot rode verf en daarna in de bruine. 'Kijk, als je zo een beetje naar beneden gaat met kleine en grote halen...' Hij bekeek het van een afstand en zette nog wat piepkleine streepjes.

'Dit is precies wat ik bedoelde. Hoe Bob Rosserig van je.' Ze zuchtte. 'Het ziet er zo simpel uit.'

'Volgende keer verder. Het helpt om afstand te nemen. Ik had niet gedacht dat je het zo serieus zou nemen.'

Ze stond op. 'Ik neem altijd alles serieus.'

Zach stond vlak naast haar en bestudeerde ongegeneerd haar gezicht. 'Dat is een mooie eigenschap.' Hij pakte het schilderij van de ezel.

'Niet altijd.' Ze dacht aan Alex. Ze had hem veel te serieus genomen, terwijl ze nu ze meer afstand had steeds meer ging inzien wat een onmogelijke combinatie ze waren geweest. 'Ik zal alles opruimen.' Ze klapte het krukje op en bracht het naar de bus.

'Wil je meerijden naar het dorp?'

'Nee, dat hoeft niet.' Jessie had meteen spijt van haar snelle antwoord.

Ze stonden tegenover elkaar. 'Zoals je wilt.' Zach knikte vriendelijk.

'Oké, nou tot volgende week dan.' Snel draaide ze zich om.

30

Alleen eten is eigenlijk veel fijner dan met andere mensen, omdat je er dan zonder afleiding van kunt genieten, bedacht Merle terwijl ze het eerste stukje vis van Freddie in haar mond stopte. Het was perfect, knapperig vanbuiten en zacht vanbinnen. Gelukzalig haalde ze het eerste goudgele frietje door de extra grote bak saus en keek naar de meeuwen die voor haar over het water scheerden.

'Merle, gelukkig! Ik had Eleanora gebeld en die gokte dat je hier zou zijn. Ik moet je om een gunst vragen.'

Merle stak net haar tweede stukje vis in haar mond. 'Als je nu gaat vragen of ik even een buffet voor honderd man in elkaar ga flansen is het antwoord nee.' Ze kon niet meer zo van de maaltijd genieten nu hij tegenover haar stond. Voor haar uitzicht.

'Heb jij nou een XL portie besteld? Die heb ik nog nooit gezien. Ik wist niet dat er daadwerkelijk mensen waren –'

'Je hebt je punt gemaakt.'

Ongevraagd ging hij tegenover haar aan de lange picknicktafel zitten voor Freddies visstal. De zon scheen op zijn donkere haar. 'Het is perfect weer om te varen vandaag.' Hij draaide zich spijtig om naar de haven, waar de boten in rijen aan de steigers lagen.

'Wat wil je, James?'

'Nu ik dit ruik wil ik ook een portie.'

Ze schoof haar vis en friet naar het midden van de tafel. 'Ga je gang.'

'Het is iets persoonlijks...' Hij stak een stuk vis in zijn mond.

'Dan moet je niet bij mij zijn, James. Of heb je geen vrienden?'

'Niet iemand die ik kan vragen om maandverband te halen voor Maddie. Ze wil niet dat heel Wetters Bay weet dat ze ongesteld is geworden, dus als ik maandverband ga kopen bij Betty's...'

'Nee, dat kan echt niet. Dat snap ik.'

'Ik heb straks een afspraak met de gemeente en ik heb geen tijd om naar Castlemouth te rijden om daar anoniem een supermarkt in te duiken en ze wil dit al helemaal niet met mijn opa delen. Ik was hier niet op voorbereid.'

'Het heeft zeker haast?'

'Nou, je kunt wel even je vis opeten, hoor.'

'Gelukkig help je me.'

'Hoe is het?' James keek haar afwachtend aan.

'Goed, hoor.' Ze moest lachen.

'Ja, het voelt gek hè, dat wij een normaal gesprek voeren, maar ik geloof niet dat we er echt onderuit kunnen nu onze grootouders gaan trouwen. Ik zou natuurlijk het liefst in zwembroek achter je aan rennen, maar helaas zijn we geen dertien meer en moeten we een bruiloft regelen.'

'En maandverband kopen voor je dochter.'

'Ja, ik zal vanavond wel even uitgebreid googelen over beginnende ongesteldheid.'

'Is ze thuis?'

'Ja.'

'Ik ga het wel even brengen en doe ook het gesprekje dat erbij hoort, goed? Jij moet gewoon af en toe maandverband kopen. Ik stuur je wel een plaatje van wat je moet hebben.'

'Prima. Jij eet als een slak, trouwens.'

'Ik geniet gewoon van mijn eten. Bemoei je met je eigen zaken.' Gelukkig stond James op en liep naar Freddie om een praatje met hem te maken, dus kon ze op haar gemak haar lunch eten. Licht opgejaagd rolde ze even later de krant op en gooide hem in de oude olieton die als vuilnisbak diende naast de container, waar ze werd aangekeken door een stel teleurgestelde meeuwen. Ten afscheid stak Merle haar hand op naar de mannen.

'Ik loop met je mee.' James kwam naast haar lopen.

Merle slenterde met haar handen in haar zakken over de kinderkopjes de kade af en genoot van de warmte van de zon op haar gezicht.

'Ik heb een XL portie voor je afgerekend bij Freddie, dan kun je nog een keer terugkomen deze week en ongestoord je lunch eten.'

'Wat ontzettend attent van je.' Ze stootte hem vriendschappelijk aan met haar schouder.

Hij keek haar van opzij aan. 'Ik moet toegeven dat ik toch een beetje opgelucht ben dat jij het ongesteldheidspraatje gaat doen. Ik weet niet waarom, maar ik zag daar een beetje tegen op. Het was al ongemakkelijk aan de telefoon net, terwijl we echt heel close zijn.'

'Moet je nagaan als je het over seks moet gaan hebben. Of heb je het daar al over gehad?'

'Seks?' James bukte om een plastic flesje op te rapen en gooide het van een afstand in een vuilnisbak langs de kade. 'Nee, joh, dat duurt nog zeker zeven jaar en dan is ze al volwassen en het huis uit, dus dan kan ze dat mooi met haar kamergenoot bespreken.'

'Absoluut, net als jij. Hoe oud was jij?'

'Nou, eens even denken... veertien of zo? O, god, daar heb

ik nog helemaal niet bij stilgestaan. Maddie is natuurlijk niet zoals ik, gelukkig niet. Kun jij dat er niet meteen achteraan plakken?'

'Leuk geprobeerd.'

James stond stil en viste een briefje van tien uit zijn zak. 'Voor de inkopen. Als ik een keer iets voor jou kan doen...'

'Mijn oma zoekt nog een model voor haar boetseerclubje op dinsdagavond!'

James gooide zijn hoofd in zijn nek en begon heel hard te lachen. 'Nee, dat is geen eerlijke ruil.'

'Als ik dat andere praatje ook op me neem?'

'Dan zal ik erover nadenken.'

'Echt?' zei Merle verbaasd over haar schouder terwijl ze in de richting van Betty's liep en James terug naar Develab. 'Afgesproken.'

'Niet stiekem je aansluiten bij de boetseerclub, hè, met dit vooruitzicht?' riep James haar na.

'Haal je maar niets in je hoofd, James Miller.'

'Zooo, James hè?' Betty keek haar gretig aan alsof ze midden in een soap zat en Merle de hoofdpersoon was.

'Ja, we zijn gisteren voor het eerst met elkaar naar bed geweest, het was echt zo speciaal.' Merle stalde het maandverband uit op de toonbank.

Betty deed net alsof ze niet geschokt was en duwde haar bril hoger op haar rood bebloste wangen. Toen keek ze van het maandverband naar Merle en terug.

Merle wist wat ze dacht en propte toch ineens een beetje gegeneerd de pakken maandverband in haar canvas schoudertas. Met een kort 'Tot ziens!' verliet ze de kruidenierswinkel.

Door het weiland liep ze naar het huis van James. Harry deed open. 'Kijk nou eens! James is er helaas niet.'

'Ik kom voor Maddie.'

'Aha. Zal ik thee maken? Mads!' gilde hij onder aan de trap.

'Nee hoor, ik wilde haar even snel iets vragen voor de bruiloft, een verrassing.'

'Is dat Merle? Kom maar even boven!' hoorde ze Maddie roepen vanaf de bovenverdieping.

'Vind je dat goed?' Ze keek vragend naar Harry. Misschien lag de hele gang wel vol met vieze onderbroeken.

Harry stapte opzij en gebaarde naar boven. 'Tuurlijk, kindje. Ga maar snel.'

Merle voelde zich ineens vijftien en bij een klasgenootje op bezoek. Boven aan de trap stond Maddie haar met een doodongelukkig gezicht op te wachten. Ze liep voor Merle uit haar kamer in en sloot de deur achter hen.

'In het begin is het niet zo heftig, dus ik heb van alles meegenomen, dan moet jij maar even kijken wat je fijn vindt.'

'O, maar dit is niet het begin. Ik ben al een tijdje ongesteld, alleen redde ik het eerst nog met wc-papier. Nu niet meer.'

'Aha, nou, dan moet je deze maar nemen, die heb ik zelf altijd. Deze extra lange zijn voor 's nachts...'

'Ik zat er eigenlijk aan te denken om aan de pil te gaan, maar ik wil niet dat papa dat weet.'

'Hoezo? Heb je een vriendje?'

'Nee, maar dan kan ik die gewoon doorslikken en ben ik ervan af, dat doet Eva ook. Die is bang voor bloed dus heeft haar moeder de pil voor haar gehaald.'

'Ik weet het niet, hoor, Maddie. Misschien moet je het daar eerst even met je vader over hebben.'

'Nee, alsjeblieft niet.' Maddie propte de pakken maandverband in het onderste laatje van haar roze meisjesbureau.

'Hij is je vader en hij snapt het echt wel.'

'Nee, echt niet, ik moet er niet aan denken,' hield Maddie vol.

‘Misschien moeten we dan een afspraak maken bij de huisarts. Die kan je er meer over vertellen. Ik weet nou niet of het handig is om je lijf vol te pompen met hormonen op jouw leeftijd als het niet echt noodzakelijk is, maar ik denk dat zij je beter kan uitleggen wat de pil precies doet en wanneer je daar het beste mee kunt beginnen.’

‘Ik kan niet meer altijd zomaar zwemmen! Het is heel smerig allemaal en het wordt steeds erger. Waarom moet ik het daar met mensen over hebben?’

‘Je moet toch naar de dokter als je aan de pil wilt?’

‘Dan moet jij met me mee.’

‘Ik?’

‘Ja, wie anders?’

‘Oké, maar alleen als je vader dat goedvindt.’

‘Ik heb geen zin om het daar met papa over te hebben.’

‘Zal ik het er met hem over hebben? Kort en krachtig? Hij moet wel ongeveer weten waarover het gaat.’

‘Whatever.’

‘Prima, dan heb ik het er kort met hem over. Moet je luisteren, Maddie. Er zijn zeven miljard mensen op de wereld, en de helft daarvan is vrouw, dus die zijn of worden allemaal wel een keer ongesteld. Het is echt iets heel saais en gewoons. Betty van de minimarkt wordt ook ongesteld.’

‘Ieuw!’

‘Je snapt mijn punt. Maak het niet ingewikkelder dan het is. Heb je trouwens zin om mij te helpen met de bruidstaart?’

‘Wat?’ Maddies ogen lichtten op. ‘Ja, graag!’ Ze was even stil voordat ze verderging. ‘Misschien kunnen we een taart in de vorm van maandverband maken, aangezien het allemaal zo normaal is.’

‘Goed plan. Wit marsepein met donkerrode kersen. Ik denk dat iedereen daar echt veel eetlust van krijgt.’

‘Zullen we het er nu, please, niet meer over hebben?’

Merle liep het pad op naar haar oma's huis en vroeg zich af hoe ze ineens in de ongesteldheidsperikelen van een dertienjarig meisje verzeild was geraakt. Misschien omdat ze meevoelde met het meisje uit het atypische gezin? Deed het haar aan vroeger denken? Haar ouders hadden een open relatie gehad en dat had ze verafschuwd. Niet eens omdat er vaak vreemde figuren bij hen op de stoep stonden. Vooral omdat veel mensen haar erover probeerden uit te horen. Die vonden het blijkbaar intrigerend, terwijl zij het alleen maar gênant vond. Tascha had daar geen last van, die beantwoordde altijd vrolijk de impertinentste vragen. De rillingen liepen over haar rug als ze eraan terugdacht.

Misschien was ze overgevoelig. Wat maakte het liefdesleven van haar ouders haar eigenlijk uit? Ze had er nooit een vriendin minder om gehad. Na het overlijden van haar moeder had ze dat leven zo weer terug gewild. Zo moest ze ook met Eleanora omgaan. Haar accepteren om wie ze was en stoppen met zich te ergeren. Het was tijdverspilling en het zei alleen maar iets over haar. Dat ze bekrompen was.

Merle zwaaide naar Betty en voelde zich meteen schijnheilig. Maar ja, ze kon toch moeilijk haar middelvinger opsteken naar dat mens? Ze kreunde hardop. Het viel gewoon niet mee om alles precies goed te doen.

31

Het bankje voor het huis stond nog steeds op instorten, dus Merle en Zach zaten tegen elkaar aan op de middelste poot, die Zach er provisorisch onder had gezet, en bewogen zo min mogelijk.

'Sjonge, dat deze beelden echt verkocht worden.' Merle keek naar de twee mannen die zeker vijftien beelden van Eleanora in kratten verpakten en in een busje laadden.

'Dat vind ik zo heerlijk voor Elea. Wie had dat nou gedacht? Dat ze op haar leeftijd ineens nog een galerie zou vinden die haar beelden koopt?' Zach zuchtte gelukzalig. 'Dat is mijn grootste wens, dat iemand mijn schilderijen professioneel inpakt en in een busje laadt.'

'Bij jouw kunst zie ik dat nog voor me. Het klinkt misschien een beetje onaardig, maar ik kan me gewoon niet voorstellen dat iemand die uit de kluiten gewassen uil daar ziet en dan denkt: dit pronkstuk zet ik midden in de woonkamer.'

'Iedereen heeft een andere smaak en volgens mij is het geen uil, maar een boeddha, dus alleen dat al levert leuke situaties op. Hij komt vast bij een verlegen, veel te rijke Aziaat te staan die het gesprek niet zo goed gaande kan houden.'

'Ik heb een foto gemaakt van de pakbon die ik moest tekenen. Als ik dan een keer in Londen ben, ga ik naar die galerie en stuur ik oma foto's. Ze zal vast trots zijn.'

Ze keken allebei om naar een quad die luidruchtig het voetpad op kwam scheuren.

'Is dat James?' Zach leunde iets naar voren om het goed te kunnen zien.

'Ja, helaas. Mijn lievelingspersoon.' Merle siste scherp. 'Zo aanstellerig, die quad.'

'Het staat hem anders wel goed. Dat wilde, dat ruige, dat vind ik altijd zo leuk aan hem. Misschien vraag ik wel of ik hem mag schilderen. Bij een vissersboot. In een oude schipperstrui vol gaten,' peinsde Zach. 'Als hij maar niet bij ons op het bankje komt zitten, want dan zakken we erdoorheen, denk ik.'

Merle zag hoe James het ding parkeerde, zijn helm afdeed, eraf sprong en op haar afbeende. Uit zijn ogen leken bliksemflitsen te schieten. 'O god, hij is boos.'

'Merle, heb je even? Zach.' James knikte hem toe.

'Nee, ik heb het superdruk.' Ze keek hoe hij met zijn handen door zijn, door de helm platgedrukte, kapsel ging.

'Hoezo ga je achter mijn rug om met mijn dochter naar de huisarts?' ontplofte hij.

Gealarmeerd stond ze op. 'Kom.' Ze liep in een streep naar het bijgebouw en ging naar binnen. Door de klap van de deur achter haar wist ze dat hij haar was gevolgd. Ze draaide zich naar hem om. 'Sorry, ik wilde je bellen, maar ik wist dat je bij de gemeente zat en toen kwam ik erachter dat er weer iets mis was met de betaalfunctie in mijn app. Dat moest ik eerst oplossen en daarna ben ik het vergeten.'

'Leg uit.'

'Sjonge, nou... Omdat je het zo vriendelijk vraagt.'

'Als er iemand met mijn dochter naar de huisarts gaat ben ik het.'

'Biertje?'

'Nee, antwoord graag.' Hij beet op zijn onderlip. Merle zag hoe zijn tanden erin bleven staan.

'Ben je nou boos op mij?' Merle was trots dat ze zo rustig klonk. 'Er is niets aan de hand, James. Maddie begon over de pil, ze is blijkbaar al een tijdje ongesteld en een vriendin van haar is aan de pil. Dat leek haar ook wel wat.'

'Wat?' riep James uit. 'Eva zeker?'

'Ja, Eva, en voordat je je van alles in het hoofd haalt, ze denkt dat ze van haar menstruatie af is met de pil, het heeft verder niets met jongens of seks te maken.' Merle keek hoe James intussen fanatiek over zijn litteken wreef. 'Ik dacht dat het misschien een goed idee was om naar de huisarts te gaan. Jessie kan haar vast beter uitleggen waarom dat een slecht idee is.'

'Dat had jij toch ook kunnen doen? Of ik, waarom komt ze niet gewoon bij mij?'

'Zo werkt dat toch niet bij pubers? Tenminste, weet ik veel, dat dacht ik. Ik wilde niet meteen de deur in haar gezicht dichtgooien. Ik heb gezegd dat het mij niet zo'n goed idee leek, maar dat we er misschien met een specialist over moesten praten.' Merle pakte twee flesjes bier uit de ijskast. 'Nou ja, dat ze dat met haar vader moest doen, maar dat wilde ze niet en dat snap ik ook. Sommige dingen bespreek je liever met iemand die verder van je af staat.' Ze duwde een flesje in zijn handen. 'Sorry als ik me te veel met jullie zaken bemoei, dat was niet mijn bedoeling, maar ik was daar met dat maandverband toen ze er ineens over begon.'

'Het irriteert me vooral dat je precies schijnt te weten hoe je het aan moet pakken en ik niet, terwijl ik al bijna veertien jaar met haar bezig ben, en jij in die jaren lekker je eigen vrije losbollige leven aan het leiden was.'

'Dat snap ik.' Sjonge, ze was hier echt goed in.

'Al slaat dat natuurlijk nergens op.' Gefrustreerd woelde hij met zijn hand door zijn haar.

'Dat je jaloers bent op mijn losbollige leven? Zou je het terug willen draaien?'

'Maddie? Ben je gek geworden, wat is dat nou voor domme vraag? Ze is het leukste wat er is.'

'Nou, dan moet je ook niet zeuren. En hou op met dat gefriemel aan je litteken, want dat werkt me op mijn zenuwen.'

James deed dreigend een stap naar haar toe en bleef vlak voor haar staan. Merle moest omhoogkijken. Ze rook hem. Zo onverschrokken mogelijk probeerde ze hem aan te kijken. Het leek alsof hij dichterbij kwam. Haar blik rustte op zijn lippen. Ineens wilde ze niets liever dan dat hij dichterbij kwam. Verwachtingsvolle seconden tikten voorbij. Tot James naar achteren stapte. 'Zorg gewoon dat mijn dochter niet te veel aan je gewend raakt. We weten allemaal dat je ineens weer vertrekt en je dan jarenlang niet meer laat zien.'

Merle bestudeerde zijn gezicht. Zijn donkere ogen met de zwarte spikkels, het grove litteken, zijn onverwacht zacht uitziende lippen die hij gespannen op elkaar perste. Ze snapte al die meisjes van vroeger wel, hij had iets onbeholpens en woests tegelijk. 'Kom, we gaan buiten zitten.' Ze tikte haar flesje tegen het zijne als proost, voordat ze het aan haar mond zette.

'Ach, waarom ook niet.' James opende de dubbele deur naar de tuin, waar twee strandstoelen met een schapenvacht stonden, en trok ze wat verder uit elkaar voordat hij ging zitten.

'Het wordt mooi, dat portret dat Zach van je schildert. Het lijkt sprekend op je.'

'Vind je? Zach is er ook al zo enthousiast over. Het valt niet mee, hoor, twee uur stilzitten en kijken alsof er niets aan de hand is.' Merle had de neiging haar stoel juist weer dichter naar die van hem te schuiven. 'Vind je me zo afstotelijk dat je twee meter bij me vandaan gaat zitten?'

Het duurde even voordat hij antwoord gaf. 'Ik weet het eigenlijk niet.'

'Wat niet?'

'Of ik je nu irritant vind of leuk. Je bent zo volwassen, zo iemand die altijd rationele beslissingen neemt. Daar ben ik eigenlijk allergisch voor.'

'Ach James, jij hebt natuurlijk altijd vrouwen die half in de goot liggen, zodat je je daaraan op kunt trekken.'

'Ik heb nooit vrouwen.'

'Maak dat een ander wijs.'

Hij keek haar van opzij aan met een blik waaruit bleek dat hij de waarheid sprak.

'Ook geen seks?'

Hij haalde zijn schouders op. 'Al een tijdje niet, nee. Ik vroeg me al af of dat misschien de reden is dat ik me net op je wilde werpen.'

Zijn opmerking kwam binnen als een slok allesreiniger. 'Serieus? Omdat je *desperate* bent?' Voordat ze wist wat ze deed stond ze op en hield ze haar bierflesje ondersteboven boven zijn kruis.

James sprong op. 'Sjeezus Merle, dit is minder volwassen.'

Merle staarde naar zijn natte kruis. 'Je komt hier binnen, verwijt me van alles en ik blijf kalm en bied je een biertje aan. Ik blijf rustig en doe heel "dokter Phil". Ik heb het beste met je dochter voor en probeer te helpen en nu zeg je zoiets naars.' Merle voelde een traan langs haar wang naar beneden kronkelen.

'Huil je nou?'

'Ja! Misschien wil je daar een foto van maken om met de hele wereld te delen?'

'Kom hier.' James liep naar haar toe en trok haar in zijn armen. Merle verstijfde. 'Sorry.'

'Je hoeft me niet vast te houden als je me irritant vindt,' zei

Merle met haar neus tegen zijn poloshirt.

'Ik vind je niet irritant. Je lijkt altijd zo sterk. Huil nou maar gewoon.' James trok haar steviger tegen zich aan.

Merle liet zich tegen zijn poloshirt aan vallen en sloeg haar armen om hem heen. Het voelde warm en aangenaam, totdat ze zich realiseerde dat ze met James stond te knuffelen. Ze maakte zich los en keek hem aan.

'O, je had zeker ineens een momentje van bezinning?' Hij grijnsde.

'Precies dat, al heb je een hele fijne schouder, hard met een zacht laagje.' Ze wreef met haar handen over haar gezicht. 'Sorry.' Ze keek naar zijn natte kruis.

James volgde haar blik. 'We maken er wel een rommeltje van met z'n tweeën. Sorry dat ik zo tegen je tekeerging over Maddie. Fijn als je met haar naar de huisarts wilt gaan.'

Merle schraapte haar keel. 'Dan zal ik dat regelen. En even zodat je het weet: ik huil nooit. Dit was een uitzondering.'

'Oké...' Er viel een stilte. 'Ik moet even wat te eten gaan maken thuis.'

'Doe dat.' Nog een beetje gegeneerd liep Merle voor hem uit naar zijn quad.

Hij viste de sleutel uit zijn zak en keek haar aan. 'Zelfs met al die rode vlekken in je gezicht ben je mooi.'

'Mmm, dat is de reden dat je je op me wilde werpen, James, omdat ik zo bloedmooi ben!'

'Absoluut.' Hij gaf haar een knipoog, die haar het gevoel gaf dat ze even loskwam van de grond.

'Al is dat natuurlijk niet echt een compliment, want volgens mij neem je het niet zo nauw met op wie jij je werpt.'

'Ik ben geen zestien meer, Merle.' Hij schoof de helm over zijn hoofd.

'Dat zie ik, James.' Ze keek naar zijn natte kruis en daarna naar zijn quad en schoot in de lach.

Hij volgde haar blik en startte hoofdschuddend de motor. 'Dag.'

Merle zwaaide en keek hoe hij roekeloos over het voetpad vol keien de heuvel af scheurde.

32

Jessie schrok zich dood toen ze iemand voor haar voordeur zag staan. Ze liep erheen en loerde door het glas in lood.

'Zach?' Ze trok de deur open. 'Alles goed? Waarom bel je niet aan?' Hij schrok en leek zich betrapt te voelen. Toen werd het haar duidelijk. 'Heb je een gênante klacht? Vertel het me maar gewoon want ik heb echt nog raardere dingen gehoord, dat beloof ik je.'

'Sorry, ik stond moed te verzamelen...' Hij verplaatste zijn gewicht van zijn ene been naar zijn andere.

'O god, nou, ik heb echt al honderden schimmels, bulten, piemels en extreme vormen van eczeem gezien, hoor, dus maak je geen zorgen.'

Hij schraapte zijn keel. 'Ik wilde vragen of je zin had om te komen eten.'

'O.'

'Om je te bedanken. Ik vond het zo aardig dat je cursisten voor me had geregeld...'

'Ik?'

'Ja, je had blijkbaar een poster opgehangen in de praktijk. Alle cursisten vandaag kwamen via jou. Betty heeft mijn briefje maar een uurtje laten hangen. Ze vond het rommelig staan.' Hij lachte zijn leuke lach.

'Ik deed het omdat ik er zo tegen opzag alleen met jou te

zijn op die berg bij die kerk. Dat leek me zo'n doodsaai vooruitzicht.'

'Dus daarom heb je Leo overgehaald om eens wat nieuws te doen, in plaats van hele dagen bij zijn duiven te slijten.'

'Precies, en omdat ik je wilde bedanken voor die keer bij die tunnel, toen ik heel even in de war was.'

'Oké.' Zach wreef in zijn handen. 'Kom je eten? Gewoon als vrienden, voor de gezelligheid?'

'Graag. Jij kunt vast heel goed tofoe bereiden.' Ze glimlachte.

'Absoluut, en ik pluk mijn kruiden zelf. Op mijn blote voeten.'

'Dan kom ik helemaal graag.'

'Tot zo dan? In het bijhuis van Eleanora?'

'Tot zo.'

'O, Zach? Wijn of bier?'

'Kruidenthee.'

'O ja, natuurlijk!' Jessie leunde met haar rug tegen de dichte deur en wachtte tot haar hart minder enthousiast tekeerging in haar borst.

Jessie schoof haar knieën schuin tegen het houten kastje onder het campingtafeltje zodat ze die van Zach niet raakten.

'Zit je wel goed?' Zach pakte de soepkom voor haar neus weg en zette hem achter zich in de gootsteen. Hij hoefde er niet eens voor op te staan.

'Ja hoor.'

'Het spijt me dat ik alle vooroordelen die je over me hebt meteen waar moest maken, maar Merle moest werken. Het bureau in haar slaapkamer is zo klein en de beste wifi is nu eenmaal in de woonkamer.'

'Hoezo? Ik heb altijd al eens in een Volkswagenbusje willen eten. Het is goed te doen.'

'Superknus bedoel je.'

'Absoluut, en de soep was heerlijk.'

'Dank je. Dat was de beste optie met één gaspit. Ik heb niet echt een toetje, maar als je wilt kan ik je masseren?'

'Sorry?' Hoe kon hij drie uur geleden nog ongemakkelijk voor haar deur staan en nu zoiets aanbieden?

Zach haalde zijn schouders op. 'Dat kan ik goed en je komt een beetje gespannen over.'

Jessie was er stil van. Dit was echt mijlenver buiten haar comfortzone, zichzelf laten masseren in een busje door een schilder op blote voeten.

'Ik klap die tafel in en dan kan ik hier een bed van maken.'

Ze vond hem aantrekkelijk, daar kon ze niet omheen, en ze had er een paar keer aan gedacht sinds ze hem voor het eerst had gezien in de wachtruimte.

'Volgens mij heb ik nog olie met een combinatie van bergamot, lavendel en majoraan. Dat werkt ontspannend.'

Normaal zou ze nu heel hard zijn gaan lachen, maar ze hoorde zichzelf zeggen: 'Dat lijkt me fijn, graag.'

'Oké, ik maak even het busje in orde.' Hij trok een kastje boven de bank open en haalde er een druk versierde sarong uit. 'Hier, je kunt je binnen in de badkamer even uitkleden.'

Verbluft pakte Jessie de sarong aan. 'Dank je.'

Binnen in het bijhuis keek Merle op van haar computer. 'Ha Jes, sorry dat ik zo ongezellig ben, hoor, maar ik moet echt even wat dingen afmaken. Er blijven maar bugs in mijn systeem zitten, zo irritant!'

'Niet erg.' Haar stem klonk hoog. Jessie verdween snel in de kleine badkamer, waar ze bleef staan. En nu? Wat trok ze uit? Ze wilde niet preuts overkomen, maar misschien zat hij er ook niet op te wachten als ze alles uittrok. Ze keek in de spiegel en bond haar haar in een strakke knot boven op haar hoofd. Dit was dus de reden dat ze altijd precies tegen patiënten zei wat ze uit moesten doen en aan konden houden.

Even later kwam ze in haar onderbroek met de sarong over haar blote lijf geknoopt de badkamer uit en wilde naar buiten glippen.

'Ehm, sorry? Mis ik iets?'

Jessie beet op haar lip. 'Zach geeft mij even een massage, ik zit nogal vast.' Ze deed haar uiterste best dit zo normaal mogelijk te laten klinken.

'O ja, dat doet hij bij mij ook elke avond.'

'Echt?' Abrupt bleef Jessie staan en draaide zich om.

'Nee, natuurlijk niet!' Merle lachte.

Jessie sloot de deur, liep naar de bus en deed alsof dit de normaalste zaak van de wereld was. Zach had alle gordijnen gesloten en de bus rook naar lavendel. Uit zijn telefoon klonk rustgevende muziek. Iets met panfluiten.

'Ga je gang.' Hij wees op het bed.

Jessie beet op haar trillende onderlip en ging op haar buik liggen. Dit was onverstandig en een beetje gek. Ze was de huisarts van het dorp. Zach trok de sarong naar beneden zodat haar rug vrij was. Met gesloten ogen probeerde ze zich op haar ademhaling te concentreren. Achter haar hoorde ze hem een flesje olie openen, tenminste, ze hoopte dat het dat was en geen terpentine of behanglijm. De smakkende geluiden daarna wezen erop dat hij zijn handen tegen elkaar wreef. Warm en stevig landden die vervolgens op haar schouderbladen. Haar bloed begon met een noodvaart door haar aderen te gieren. Het drong nog vaag tot haar door dat hij dit eigenlijk helemaal niet moest doen met zijn pols, maar daarna gaf ze zich over.

'Dat was het.' Zach trok de sarong weer op tot haar oksels.

Het duurde even voordat Jessie 'Wow, dat was fantastisch' kon fluisteren en langzaam haar ogen opende.

'Dank je. Kom rustig bij.'

Jessie draaide zich op haar rug en keek hem door haar wimpers heen aan. Hij had geen hand verkeerd gezet. Misschien wilde hij geen seks met haar?

'Kruidenthee? Dat is het beste na zo'n massage.'

'Graag.' Ze bestudeerde zijn gezicht. 'Ik zal me weer even aankleden.'

'Doe dat.'

Een beetje gekrenkt stapte Jessie het bijhuis in.

Merle keek op. 'Ik hoef het niet te weten.'

'Er valt niets te weten.'

'Klink je nou teleurgesteld?' Merle fronste en nam haar aandachtig op. 'En je ziet er eerder slaperig uit dan ontspannen-na-de-sekserig. Goh.'

Jessie liep langs haar naar de badkamer.

'Weet hij dat je teleurgesteld bent?'

'Wil je ook kruidenthee? Zach is aan het maken.'

'En me een beetje in jullie onbevredigde erotische spanningsveld begeven. Nee, maar bedankt voor dat fantastische aanbod.'

'Als dat er was geweest, was het wel gebeurd.'

'Misschien kun je voorstellen om doktertje te spelen? Dan doe je alsof de bus een praktijk is voor alternatieve geneeskunde.' Merle giechelde.

'Wat ben je toch een zuiger, Merle, je bent echt niets veranderd.'

Merle vroeg zich af of het wat voor haar app zou zijn, een surfer met een Volkswagenbus die schilderde en massages gaf.

33

Na twee keer fout te zijn gereden kwam Merle aan op de plaats van bestemming. Ze parkeerde de Volkswagenbus van Zach, liep de kronkelende oprijlaan af naar het charmante victoriaanse huis en benijdde de bejaarde bewoners. Ze had met James afgesproken om naar de groothandel te gaan aan de rand van Castlemouth. Aangezien hij die ochtend iets moest regelen in een van zijn bejaardenhuizen, dat halverwege de route lag, had ze aangeboden hem tegemoet te komen. De voordeur opende automatisch toen ze ervoor stond. Binnen rook het naar verse bloemen.

'Merle!' James kwam net de statige trap in de hal af. Hij droeg een spijkerbroek en een wit T-shirt met V-hals waar een zonnebril in hing. Vlak voor haar bleef hij staan.

'Hé.' Merle wilde voorover leunen om een kus op James' wang te drukken, maar bedacht zich halverwege.

James keek haar geamuseerd aan. 'Wat schattig, ze wilde me kussen.'

'Ik was even vergeten dat je een zak was.'

'Hoe is het, huilebalk?' Hij trok haar ineens tegen zich aan en drukte alsnog een kus op haar wang. 'Kom, we gaan meteen.' Hij zette zijn zonnebril op.

Merle voelde dat ze nerveus was en riep zichzelf tot de orde. Dit was James, verdorie! Een boerenpummel die zijn hele leven al in een boerengat woonde en een tienerdochter had. 'Mag ik het huis niet even zien?'

'Wil je dat?'

'Ja, dit is je bedrijf, toch? Graag.'

'Oké, kom.' Hij liep voor haar uit. 'Dit is de woonkamer. Er wonen vijfentwintig mensen hier.'

'Met uitzicht op zee, wow.' Merle groette een man en een vrouw die op een van de zitjes zaten met uitzicht over zee en ging voor het raam staan. James kwam achter haar staan.

'Het is een oud hotel.'

'Er zijn vast veel mensen die hier willen wonen...'

'Er staan drieëntachtig mensen op de wachtlijst, dus ja.'

Merle keek naar twee mannen die in de tuin bezig waren. 'Helpt iedereen mee?'

'Ja, dat had ik helemaal niet bedacht van tevoren, maar dat is vanzelf zo gegaan. Soms overzien mensen het niet meer om voor zichzelf te koken, maar een pan aardappels schillen lukt wel, of samen met iemand een border wieden. Mensen hoeven hier niets, dus ze hebben er verder geen stress over. Dat werkt blijkbaar. Mensen worden uitgenodigd om deel te nemen aan wat er gedaan moet worden.'

'Maar als er gekookt moet worden en er helpt ineens niemand mee, dan is er geen eten.'

'Jawel, want er is genoeg personeel. Die hebben meer tijd voor persoonlijke aandacht als bewoners meehelpen. Het werkt gewoon. Ik run de huizen niet meer zelf, daar heb ik Gregory voor. Ik kom alleen kijken als er groot onderhoud moet gebeuren of voor de gezelligheid, als ik zin heb.' James liep door de hal naar een grote statige keuken.

'Heb je vaak zin?' Merle keek de huiselijke keuken rond.

'Vroeger ging ik hier veel met Maddie heen. Nu kom ik er minder. Ik probeer wel de namen van de bewoners te onthouden.'

'Hoeveel huizen zijn er?'

'Vijf, de plannen voor de zesde liggen voor goedkeuring bij de gemeente.'

'Goh, en je lijkt altijd zo ontspannen.'

'Dat ben ik ook, ik doe dit al twaalf jaar. Het loopt.'

'En die huizen die je opkoopt?'

'Dat loopt ook.' Hij liep voor haar uit naar een kleine hoge kamer vol boeken en comfortabel uitziende geruite fauteuils.

'Een bibliotheek!'

'Mensen kunnen ook boeken luisteren met uitzicht op de tuin. Hier is de lift en boven zijn de appartementen.'

'Ik snap wel dat je hier trots op bent.'

'Ik heb nooit gezegd dat ik er trots op ben.'

'Dat ben je toch wel?'

James haalde zijn schouders op. 'Het is mijn werk. Zullen we gaan? Ik zag dat je met die onhandige bus van Zach bent, dus rij maar met mij mee, dan zet ik je straks hier weer af. Ik had je ook thuis kunnen oppikken.'

'Dan waren we vast meteen doorgereden, en ik vind het juist leuk om hier even te zijn.' Merle snoof de geur op. 'Het ruikt hier heerlijk, helemaal niet bejaardenhuisachtig, meer vijfsterrenhotellerig.' Ze wachtte tot James wat mensen gedag had gezegd.

Samen liepen ze de oprijlaan af naar de parkeerplaats, die verstopt zat achter een hoge taxushaag. 'En die huizen die je koopt? Hoe zit dat?'

'Hoezo vraag je dat? Ik koop gewoon huizen van mensen die oud zijn en hun huis alvast willen verkopen, zodat ze kunnen beschikken over het geld.'

'Hoe ben je op dat idee gekomen?'

'Ik wilde een huis kopen voor Maddie en mij, alvast voor later, maar ik was twintig en had weinig geld. Het huis dat ik wilde kon ik niet betalen. Uiteindelijk heb ik het huis van Dorothea gekocht, aan de haven. Ik wist dat ze geld nodig had om het dak te renoveren en ik wist ook dat ze er uiteindelijk een keer weg zou gaan. Ondertussen ben ik bij opa gaan wonen en dat was eigenlijk heel gezellig. Dorothea stierf een half jaar later. Dat had ik niet verwacht, dus toen zat ik ineens met dat huis. Opa heeft me geld geleend om het op te knappen en te verhuren. Mensen hoorden hoe Dorothea en ik het hadden geregeld en wilden ook alvast hun huis verkopen. Zo is het gaan lopen. Een paar panden heb ik na het overlijden van de bewoners uiteindelijk doorverkocht, om mijn lening bij opa en de bank af te kunnen betalen. Ik heb een paar keer geluk gehad, als je dat zo mag zeggen. Mensen kunnen ook honderdvier worden.' James hield het portier voor haar open.

'Heb je ze een handje geholpen?' vroeg ze toen hij naast haar instapte.

'Natuurlijk. De meesten heb ik laten stikken in een kussen. Heel *old school*.'

Ze lachte.

'Oké, wat moeten we hebben?' James zette de radio aan.

'Verse kruiden. Heel veel. Die wilde ik boven de tafels hangen aan touw. Dat doet me zo aan oma denken. Als ik ergens ben en ik ruik verse kruiden, ben ik altijd meteen weer even in haar keuken hier in Engeland. Nou ja, en het ruikt heerlijk, gasten kunnen een bosje meenemen, en het staat mooi, hoop ik. Tafelkleden moeten we ook kopen. Ik wilde eerst per se damast, maar volgens mij is dat te hoog gegrepen voor een schuurhuwelijk dus laten we gewoon maar van die papieren rollen kopen. Denk je dat ze die hebben bij de groothandel?'

'Geen idee, anders vraag ik wel of Gregory ze ergens bestelt.'

'Bloemen heb jij geregeld, toch?'

'Die heb ik uitbesteed aan Peggy.'

'Ah, nee. Is dat de bloemist bij de haven?'

'Ja.'

'Zij maakt echt heel lelijke boeketten. Ik wilde gisteren bloemen meenemen voor oma, maar –'

'Ze heeft twee kleine kinderen en een man die net is ontslagen. Je kunt niet trouwen in een dorp zonder de plaatselijke bloemist te vragen, zo werkt dat hier niet.'

'Pfff, vraag dan of ze het simpel houdt. Alles in één kleur of zo.'

'Ik stuur je haar telefoonnummer.'

'Dat hoeft niet.'

'Hou je mond dan.'

Merle keek de rest van de rit, die zeker nog tien minuten duurde, zwijgend naar de groene heuvels, de stenen cottages en alles wat anders was dan thuis.

'Je bent stil.' James pakte een karretje uit de rij.

'Je vroeg me mijn mond te houden, James.'

'Alsof jij ooit naar mij zou luisteren, koningin.'

'Natuurlijk, je bent echt supercharismatisch.'

James grijnsde naar haar en liet het karretje even los om in haar nek te knijpen. 'Ik haat winkelen.'

'Oké, we gaan dit snel en efficiënt doen. Ik heb een lijst gemaakt. Ik lees alles voor, dan zit het in je hoofd en dan kan jij bepalen hoe we moeten, want jij weet waar alles staat. Klaar?' Merle las snel het lijstje voor. Toen ze klaar was keek ze op naar James, die haar met een verrassend intense blik aankeek.

'Je zou een goede juf zijn.'

'Alsjeblieft niet! Het lijkt me vreselijk om juf te zijn, mijn zus is juf. Ik heb het gevoel dat ze niet meer kan filteren. Ze behandelt haar hele omgeving als zevenjarigen.'

'Tascha? Echt?'

Merle had er niet bij stilgestaan dat hij haar zus natuurlijk kende. 'Ze legt alles zo overdreven duidelijk uit. Heel irritant.

Ze is zwanger, trouwens.' Merle pakte een blauw geblokte theedoek uit het rek. 'Ik heb ineens een fantastisch idee! Laten we deze nemen als servetten, dan kun je ze daarna gebruiken in je bejaardenhuizen. Je hebt nooit genoeg theedoeken. Ik vind het zo zonde om dingen weg te gooien en het staat mooi op de witte tafels bij de bruiloft.' Merle begon te tellen.

'Stuur me maar een foto, dan bestelt Gregory die wel op horecaonline, dat is makkelijker en daar krijgen we veel korting.'

Merle maakte een foto. 'Mag ik je nummer even?'

James glimlachte breed. 'Kom maar hier met je telefoon.'

'Zeker lang geleden, hè, dat een meisje je nummer vroeg?'

Hij keek haar zo lang en aandachtig aan dat ze verlegen wegkeek.

'Hier.' Nadat hij uitgebreid haar achtergrondfoto had bekeken, waar ze samen met Tascha met haar dikke buik op stond, gaf hij haar telefoon terug. Merle stak hem in de achterzak van haar spijkerbroek.

'Is dat niet gek voor jou? Dat je kleine zusje eerder kinderen krijgt dan jij?'

'Omdat ik nog vrijgezel ben?'

'En het niet lukt met daten?' Hij grijnsde.

'Daar geniet je van, hè, om dat er even in te wrijven?'

'Omdat ik het totaal niet serieus neem, ja.'

'Ik negeer dit maar even en beantwoord je vraag. Ja, dat vind ik best moeilijk, maar dat is echt mijn probleem. Daar kan zij moeilijk rekening mee gaan houden.'

'Weet je wat zo gek is? Ik verwacht nooit dat je zo eerlijk reageert op mijn vragen. Ik had nooit gedacht dat jij je zo kwetsbaar op zou stellen.'

'Dat ik zou gaan snotteren in je poloshirt, bedoel je?'

'Die vlek kreeg ik er trouwens niet meer uit in de was. Jij hebt heel speciaal snot.'

Merle liet haar ogen langs de schappen dwalen. 'Ja, alles is speciaal aan mij, dus daar ben ik wel aan gewend. Zijn we nu langs touw gekomen? Je rijdt nogal hard en volgens mij vergeten we de helft.'

'Touw ligt achterin. Kruiden ga ik bestellen bij een vriend van mij die die verbouwt, XL lampionnen liggen hier.'

'Zijn dit de enige?' Vol afgrijzen hield Merle twee Cars-lampionnen in primaire kleuren in de lucht. 'Wij zoeken echt wat stijlvollers. We willen eigenlijk van die papieren sterren die je kunt uitvouwen... Je weet wel, die ze met kerst hebben?'

'Zo leuk hoe je van "ik" "wij" maakt. Ik voel me er erg bij betrokken. App me maar een foto.'

'Ik begin medelijden te krijgen met Gregory.'

'Dan bestel je ze zelf.'

'Zo veel medelijden ook weer niet.' Merle voelde haar telefoon in haar broekzak trillen.

'Tafelkleden, daar rechts.'

'Sorry, James, ik moet even opnemen, het is Vinay, mijn projectmanager in India en als ik niet opneem gaat er meestal iets mis.'

'Dan stuurt de zakenman ineens berichten vanuit de blokhut?'

'Ja, zoiets.'

'Geef mij dat lijstje maar.'

Merle liep bellend met Vinay heen en weer langs het schap met pannen. Die ochtend was ze erachter gekomen dat de Engelstalige app nog op de Nederlandse tijd werkte en dat probeerden ze nu aan te passen.

'Het is de bedoeling dat klanten dat eerste bericht krijgen als ze op weg zijn naar hun werk, Vinay. Dat is vaak tussen acht en negen, dus ja, het is belangrijk, want die berichten zijn daarop ingericht. Hij stuurt een bericht vanuit de metro of in de auto, snap je?' Merle luisterde naar het technische verhaal van Vinay. Indiase IT'ers waren net Nederlandse aannemers.

Eerst moest ze standaard een half uur aanhoren hoe ingewikkeld het allemaal was en misschien zelfs onmogelijk, tot ze daarna aan de slag gingen en het gewoon voor elkaar kregen. Merle ontmoette James pas weer op de parkeerplaats, waar hij de auto aan het inladen was.

'Sorry dat het zo lang duurde.'

James gooide de achterklep dicht en glimlachte. 'Niet erg. Ik heb de themakleuren veranderd in fuchsiaroze en felgroen, want dat waren de enige kleuren waarin er nog genoeg kaarsen verkrijgbaar waren. En ik heb hele kleurrijke slingers met HULDE AAN HET BRUIDSPAAR erop en bijpassende confetti...'

Merles mond viel open. 'Lavendel en wit, zeg alsjeblieft dat je je daaraan hebt gehouden. Ik kan het niet aan, al die mensen die niet doen wat ik zeg.'

James barstte in lachen uit. 'Hoor je zelf wat je zegt?'

'Ja, dat klinkt inderdaad nogal erg, maar als jij een week met Indiase IT'ers werkt praat je ook zo.'

'Stap dan over op een Europees team, of kan dat financieel niet?'

'Het scheelt echt heel veel geld en ik ben gehecht geraakt aan Vinay, ook al moet ik alles uitspellen. Het is een cultuurverschil waar we tegenaan lopen, verder is het echt een fijne vent. Waarschijnlijk vindt hij mij ook een maf wijf, maar het lukt uiteindelijk altijd wel.' Merle stapte in de auto. 'Jouw auto ruikt naar een tweedehandskledingwinkel.'

'Ja, het is een vintage auto. Je ruikt het leer. Het is met deze auto net als met Vinay. Ik moet eigenlijk een milieubewustere auto kopen, maar ik kan er nog geen afstand van doen.'

'Ik hou wel van die geur en hij rijdt heerlijk, hij ligt lekker stabiel op de weg.'

Hij moest lachen. 'Precies.'

'James?'

'Mmm.'

'Je hebt toch niet echt kikkergroene kaarsen gekocht?'

'Daar kom je vanzelf achter.' James zette de radio aan.

Merle schopte haar schoenen uit, zette haar voeten op het dashboard en stelde zich voor hoe het zou zijn als ze nu samen door zouden rijden naar Ierland.

'Gaat het lukken?'

'Met de bus van Zach naar huis rijden, bedoel je? Ja, dat lukt. Zo ben ik hier ook gekomen.' Merle stapte in en draaide het raampje open. 'Het was heel vriendelijk van je om met me mee te lopen.' Het klonk een beetje spottend, want ze begreep niet helemaal waarom hij dat had gedaan.

'Heb jij eigenlijk iets met Zach?'

'Met Zach? Nee, hoezo?'

James haalde zijn schouders op. 'Gewoon, dat vroeg ik me af. Jullie zaten laatst zo knus dicht bij elkaar op dat bankje voor het huis.'

'Goh, dat je dat opmerkte in al je woede.'

'Blijkbaar.'

Merle keek naar James, die een beetje verloren in de berm stond. 'Waar denk je aan?'

James schudde zijn hoofd. 'Niets. Rij voorzichtig.'

'Zegt de man die als een kip zonder kop door het dorp scheurt op een quad.'

Via haar achteruitkijkspiegel keek ze hoe hij naar zijn auto liep. Hij was heel anders dan ze had gedacht. Of leek dat alleen maar zo? Hij was sowieso belachelijk veel in haar gedachten de laatste tijd.

34

Na een hele ochtend aan de telefoon te hebben gezeten, had Merle een klein pr-bureau gevonden dat haar kon helpen haar app te pluggen in Engeland. Nu zweefde haar vinger al een tijdje boven het nummer van James, omdat ze een lokaal iemand wilde vragen wat hij ervan dacht. Uiteindelijk belde ze hem niet, maar stond ze in plaats daarvan op om thee te gaan drinken bij haar oma.

In de keuken zette ze water op en liep door naar het atelier, waar ze gedempte stemmen hoorde. ‘Oma?’

‘Kom erin, lieverd.’

Binnen zat Eleanora poedelnaakt met een flink blok klei voor zich aan haar werkbank. James stond in een korte sportbroek en een strakzittend Nike-T-shirt voorovergebogen met een mes in de klei te snijden.

Merle slikte. ‘O, ik wist niet dat je bezoek had.’

‘James helpt me even met de zware stukken. Hij is bijna klaar.’

‘Ik zie het.’ Merle deed een stap naar achteren en zwaaide de deur weer achter zich dicht. In de keuken bleef ze staan. Ging ze nu weg of toch maar thee maken?

‘Hé,’ zei een zware stem achter haar.

‘Hoi, James,’ Merle draaide zich naar hem om en zag hoe zijn Nike-shirtje zijn atletische lijf omspande. Was dat nou sexy? Of zat ze te lang in dit dorp?

'Ik heb bijna het gevoel dat ik het moet uitleggen dat je me in een ruimte aantreft met je blote oma.'

'Gatver, hoezo? Ze is altijd bloot als ze werkt. Of wekt ze jouw lust op?'

'Ja, maar ze is nu eenmaal met mijn opa, dus probeer ik me in te houden. Dat kost me al mijn zelfbeheersing.' James grinnikte bij het zien van Merles afgrijzen.

'Ander onderwerp. Heb je gesport? Of show je gewoon even je lichaam in dat veel te strakke shirt?'

'Dat heeft Maddie voor me gekocht voor mijn verjaardag. Dat vond ik zo goeiig. Is het te strak?'

'Je kunt het hebben, maar het staat wel opschepperig.'

'Fijn dat je vindt dat ik wat heb om over op te scheppen.'

Merle kreunde. 'Laat ook maar.'

'Ik rende langs dus ik kwam even hallo zeggen.'

'Tegen mijn naakte oma.' Merle leunde onhandig met haar handen op een keukenstoel.

'Jij trekt dat blote gedoe niet, hè?' Hij leek het grappig te vinden.

'Nee, ik ga nooit doen alsof ik dat normaal vind. Heb je nog tijd? Ik wilde je iets vragen.'

'Als het maar niet gaat over bloot poseren, want ik heb je oma net voor de twintigste keer uitgelegd dat ik daar niet van ben.'

'Nee?' Ze keek gespeeld verbaasd. 'Waarom eigenlijk niet?'

'Ik voel me belachelijk in mijn blootje als er vijf bejaarden naar me kijken.'

'En als ik je boetseer?'

'Jij?' Hij dacht na. 'Dan ook.'

'Het was geen uitnodiging, hoor, ik vroeg me gewoon af of je wel comfortabel bent met je eigen lichaam.'

'Jawel, maar niet in die setting. Was dit je vraag?' Hij trok een wenkbrauw op.

'Nee.'

'Ik moet weer naar huis, Maddie komt zo uit school en dan probeer ik er meestal te zijn.'

'Zal ik met je meelopen naar huis? Of ga je rennen?'

'Ik loop wel. Dan kan ik beter nadenken over je vraag.'

'O, oké. Het is iets zakelijks.'

'Het klinkt op zich goed, maar ik doe weinig aan pr, dus ik heb er ook niet zo veel verstand van. Ik heb wel een vriend aan wie ik je kan koppelen. Die heeft een bureau in Londen. Dat is wel wat verder weg, maar ik weet zeker dat hij goed is. Als je zomaar een bureau van internet haalt neem je altijd een risico.' Achter elkaar liepen ze het pad af naar de schapenweide met de oude eik die tegen het dorp aan lag.

'Graag. Ik weet niet of mijn app een kans maakt hier, maar het lijkt me een uitdaging om het te proberen.'

'Natuurlijk gaat het lukken. Hier zijn ook genoeg vrouwen die zoiets leuk vinden.'

'Dat zou wel fijn zijn. Ik ga er veel geld in investeren.'

'Doe je het allemaal alleen?' James zette twee handen aan weerskanten van het voetgangershek en wipte zichzelf er soepel overheen.

'Met Vinay, mijn ontwikkelaar in India.' Merle pakte de uitgestoken hand van James vast om op de verhoging te stappen.

'Ja, maar die voert uit wat jij bedenkt. Heb je niemand die met je meedenkt?'

'Nee, maar dat vind ik wel fijn. Ik hoef met niemand te overleggen. Het past ook wel bij mij.' Merle dacht aan de warme hand van James die ze net had losgelaten.

'Onafhankelijk zijn?'

'Ja, en efficiënt vooral.'

'Maar het komt altijd op jou aan. Je kunt het nooit helemaal loslaten.'

'Nee, maar doe jij dat dan ooit, je werk helemaal loslaten?'

'Absoluut, Gregory regelt alles. Hij weet dat hij mij echt alleen maar buiten kantooruren moet bellen als er brand is of iets ergers.'

'Dan zadel je iemand anders er dus mee op.'

'Ja, maar dat vind ik iets positiefs. Ik heb er jaren hard aan gewerkt en nu heb ik dat aan iemand anders toevertrouwd. Gregory vindt het leuk, die verantwoordelijkheid, en het is de bedoeling dat hij uiteindelijk een deel van het bedrijf krijgt.'

'Nou, daar ben ik nog lang niet.' Zwijgend liepen ze de weg af naar de haven. James zwaaide naar mensen en maakte al lopend korte praatjes.

'Je bent geliefd, hier,' merkte Merle op.

'Zo zou ik het niet noemen, maar ik woon hier al wel mijn hele leven, dus ik ken veel mensen en dat geklets hoort nu eenmaal bij het leven in een klein dorp. Voor sommige dorpelingen is dat het enige wat ze nog hebben.'

'Mmm.'

'Jij moet daar niet aan denken.'

'Geen idee. Ik word gewoon verdrietig als ik me voorstel dat dat nog het enige is wat ik heb, een praatje met jou.' Merle giechelde.

'Tsss.' Hij duwde met zijn schouder tegen de hare.

'Ik kijk er sowieso niet naar uit om oud te worden, dat alles steeds langzamer gaat. Dat boodschappen doen het hoogtepunt van je dag wordt. Ik vind dat je eigenlijk zou moeten sterven op het hoogtepunt, want anders zit je altijd maar terug te kijken en dat vind ik zo treurig, van die mensen die roepen dat alles vroeger beter was.'

'Je ziet het verkeerd. Het is juist mooi dat alles vanzelf langzamer gaat en dat je niet meer zo nodig hoeft. Dat doet de natuur. Als je dat goed doet dan kijk je niet terug, maar neem je gewoon vanzelf genoegen met minder. Je geniet evenveel van de kleine dingen als je vroeger deed van grote dingen.'

'Dat weet je niet. Dat hoop je, omdat je er ook tegen opziet.'

'Nee, eigenwijs mens.' James klikte met zijn tong. 'Je bent echt vermoeiend.'

'Dan draai ik wel om. Dan kun je uitrusten. Ik snap wel waarom je op mijn oma valt. Jullie hebben hetzelfde ritme.'

'Je draait echt niet om. Je zou met me meelopen dus dan ga je niet op driekwart van de route ineens terug. Ik heb een zak van die kersen gekocht gisteren.'

'Lok je me nu met snoep naar je huis?'

'Ja.'

'Engerd! Maar dat werkt heel goed bij mij, dus ik ben om. Mooi huis is dit, hè?' Merle vertraagde bij een statig pand aan de haven. Het kolossale houten frame was zichtbaar tussen het metselwerk. 'Ik heb altijd zo'n zin om mijn handen tegen het raam te zetten en uitgebreid naar binnen te gluren. Zo jammer dat dat ongepast is. Anders zou ik dat de hele dag doen. Rondlopen en overal naar binnen gluren.'

'En jij vindt mij een engerd?'

'Het gaat om de kleine verhaaltjes die zich binnen afspelen. Je ziet hoe mensen leven. Waar ze van houden, wat voor karakter ze hebben.'

'Je kunt ook een woonblad kopen.'

'Nee, want dan is het huis opgeruimd en gestyled. Ik hou juist van alle huizen die niet in woonbladen komen, waar het rommelig is en de meubels niet bij elkaar passen, snap je?'

'Ja, want ik kom regelmatig bij oude mensen thuis en dat is inderdaad best intiem. Zeker omdat ik dan door het hele huis loop en alle hoeken en gaten wil zien. Laatst had iemand boven een altaar gemaakt met kaarsen en foto's van zijn overleden vrouw. Hij vond het vervelend dat ik die kamer wilde bezichtigen, maar ik ga ook niet een huis kopen zonder dat ik alles heb gezien. Ik voelde me er achteraf een beetje rot over.'

‘Mmm.’ Merle stond stil en bekeek de oude details van het huis.

‘Dit is de oude burgemeesterswoning. Het gebouw is uit 1853.’ James glimlachte.

‘Weet jij dat van alle huizen hier in het –’ Ze keek hem van opzij aan. ‘O, god, het is van jou.’

Zijn glimlach werd breder.

‘Er woont een arm oud vrouwtje dat je hebt uitgekocht.’

‘Jij zegt het alsof het iets verkeerds is, maar dat is niet zo. Mildred is blij dat ze er kan blijven wonen en ik heb ooit een mooi huis tot mijn beschikking.’

‘Wat ga je ermee doen als ze omvalt?’

‘Er een bejaardenhuis van maken.’

‘Midden in het dorp aan de haven?’

‘Ja, juist. Waarom zou je oude mensen wegstoppen? Er zijn vast veel oude mensen die graag in het hart van het dorp wonen en willen uitkijken over de haven, waar de hele dag van alles gebeurt.’

‘Dat is waar.’

‘En het is toch uitgewoond vanbinnen, dus het moet grondig gerenoveerd worden. Dan kan er ook meteen een lift in. De hal is enorm.’

‘Zou jij daar oud willen worden?’

‘Als dat een bejaardenhuis zou zijn? Ik denk het wel, maar ik denk dat ik meer het type ben dat alleen in een oude boerderij blijft wonen.’

‘Vind je het niet gek dat je nooit ergens anders hebt gewoond?’

James stak zijn handen in de zakken van zijn sportbroek. ‘Een beetje, maar ik vind het soms zo kortzichtig dat mensen altijd denken dat het ergens anders beter is. Dat ze denken dat ze pas gelukkig zijn als ze die oude wijngaard in Italië hebben gekocht. Je neemt uiteindelijk overal jezelf mee naartoe. Wetters Bay is een prachtig dorp. Aan zee. Het is gemoedelijk, pittoresk... Ja, ik was hier niet gebleven als Maddie niet was geboren, maar dit was de beste optie voor ons en we zijn hier heel gelukkig. Mijn bedrijf is hier. Er is geen reden waarom ik zou denken dat het ergens anders beter zou zijn.'

'Maar het is niet echt dynamisch of zo.'

'Het is geen stad, maar ik hoef ook niet in de stad te wonen. Al die mensen bij elkaar die elkaar aan het opfokken zijn over materiële zaken. De nieuwste sneakers, de hipste meubels. Ik word daar onrustig van. Misschien omdat ik er ook wel een beetje gevoelig voor ben. Hoe woon jij?'

'Nou, precies zo. Midden in de stad, Utrecht. Het is daar ook mooi en pittoresk. Er zijn grachten, goede restaurantjes, leuke boetiekjes en ja, het gaat in de stad om uiterlijk vertoon en om consumeren. Ik probeer dat af te leren, maar dat is moeilijk. Je zou me een keer kunnen opzoeken met Maddie.'

Hij keek opzij. 'Nodig je me nu uit?'

'Ja.' Er viel een stilte waarin ze nadacht over haar impulsieve uitnodiging. 'Broertje.'

Hij haalde een hand uit zijn broekzak om in haar nek te knijpen. 'Dat wil ik nooit meer horen. Ik ben je broer niet. Echt niet. Verre van zelfs.' James schudde misprijzend zijn hoofd.

Merle voelde hoe zijn vingers naar beneden gleden in haar nek.

'Ik kom graag een keer. Als vriend.' Hij stak zijn hand terug in zijn zak.

Merle haakte haar arm door de zijne. 'Wie had dat nou ooit gedacht, James, dat wij vrienden zouden worden?'

James trok zijn arm uit de hare. 'We gaan echt niet zo over straat. Je mag best een arm om me heen slaan, maar dit, nee.'

'Een arm om je heen slaan is niet echt vriendschappelijk. Dat doen stellen. Ik wil mensen hier niet het verkeerde beeld geven.'

'Lieverd, we hebben net samen door de hoofdstraat gewandeld. Waarschijnlijk heeft Betty al vijf mensen gebeld.'

'Ik ben je lieverd niet.'

Hij keek haar van opzij aan. 'Nee, dat is waar, ik heb ze meestal knapper.'

'We weten allebei dat dat bijna niet mogelijk is. Daarom heb je nooit een vrouw zeker?'

James opende het hek van het weiland, de korte route naar zijn huis. 'Nee, je gaat nu niet omdraaien. Ik zie je twijfelen. Je komt gewoon binnen en drinkt een kop thee met een keiharde zelfgemaakte scone van Maddie waar je waarschijnlijk je gebit op stukbijt. Dat vindt ze gezellig en ik –' Hij stopte midden in zijn zin.

In haar hoofd maakte Merle zijn zin af en beet op haar lip om niet te glimlachen. 'Prima, jij je zin. Misschien kan ik dan meteen wat dingen opmeten in de schuur.'

'Ja, lekker efficiënt.'

35

'Het is lang geleden dat ik zo enthousiast ben geweest over een app. Toen ik begon met mijn pr-bureau had ik veel van dit soort opdrachten, maar nu doe ik alleen nog grote bedrijven. Vooral veel levensmiddelen. Chips, pindakaas, margarine... Ik ga dit zelf doen, omdat ik er zin in heb, mocht je voor ons kiezen natuurlijk.' Merle had even met haar ogen geknipperd toen Max, de vriend van James met het pr-bureau in Londen, exact op het afgesproken tijdstip online was gekomen. Hij had dik golvend haar, heldere blauwe ogen die je aan een gefotoshopt meer uit een vakantiefolder deden denken, en de kaaklijn van een held uit een bouquetreeks. Nu zaten ze al bijna een uur te kletsen en bleken ze nog een geweldige klik te hebben ook.

'Ik heb alle ideeën op een rij gezet. Laten we daar op een ander moment doorheen gaan. Hoelang ben je nog in Engeland? Misschien kun je naar ons kantoor komen? Dan kunnen we rustig praten, want ik word nu nogal afgeleid door die enorme hoeveelheid kunst die achter je staat.'

Merle schoot in de lach. 'Dat is werk van mijn oma. Ze stonden in de slaapkamers, maar we vonden ze nogal angstaanjagend, dus hebben we ze maar allemaal bij elkaar in de woonkamer gezet.'

'Aha.'

'Mijn oma gaat trouwen en ik kan hier niet echt weg. James en ik organiseren een verrassingsbruiloft. Dat is nogal een klus.' Merle controleerde op het notitieblok naast haar of ze hem alles had gevraagd wat ze wilde vragen.

'Zal ik naar jou toe komen? Nou ja, denk er maar over of je mij wilt.' Hij schoot in de lach om zijn suggestieve opmerking. 'Je snapt wat ik bedoel. Dan kunnen we langs de kade wandelen en lunchen bij die fantastische viskraam.'

'Het is een budgetkwestie, Max. Ik laat je vanavond precies weten wat ik te besteden heb en dan moet jij maar kijken wat we daarvoor kunnen doen.' Merle nam afscheid en liep naar buiten. Het was lang geleden dat ze zo veel energie had gekregen van een gesprek. Ze hoopte dat Max haar kwam opzoeken.

'Hier heb je de sleutel van de trekker.' Maddie gooide hem met een boogje naar Merle, die samen met Zach op de vloer zat om met stoepkrijt de bar uit te tekenen. 'Die van de heftruck zit er ook aan.'

Merle wilde het vertrouwen van Maddie, die er blijkbaar van uitging dat zij wist hoe die machines werkten, niet beschamen, dus kroop ze zo casual mogelijk de cabine van de tractor in, stak de sleutel in het slot en bekeek de hendel en knoppen. Hoe moeilijk kon het zijn? Een minuut later reed ze de schuur uit. Achter de schuur stond nog een klein schuurtje waar ze hem mooi uit het zicht kon parkeren. Eenmaal op de grond probeerde ze te kijken wat er in het schuurtje lag, maar alle ramen waren dichtgetimmerd. Op het scheef hangende deurtje was een bordje gespijkerd waar JAMES op stond. Nieuwsgierig geworden probeerde ze de klink, maar het slot, dat als nieuw leek, was dicht. Dit was vast zijn jeugdhonk. Ze stapte naar achter en zag dat er op het dak een klein dakraam zat. Ze weerstond de neiging om een ladder te pakken en naar binnen te kijken.

James stond inmiddels midden in de schuur met zijn rug naar haar toe met Zach te praten. Hij droeg een donkerblauw, goed gesneden pak. Ze liet haar blik over zijn brede schouders naar beneden glijden. Net toen ze bij zijn billen was, draaide hij zich naar haar om en ze voelde dat ze begon te blozen. Geïrriteerd, omdat hij haar het gevoel gaf dat ze weer dertien was, gooide ze hem de tractorsleutels toe. Hij ving ze terwijl hij naar haar bleef kijken en glimlachte. Ze knikte hem toe, draaide zich naar de dozen met spullen die midden in de schuur stonden en opende de eerste. Hij was gevuld met de door Gregory bestelde theedoeken. Ze waren van dikke kwaliteit en het diepe blauw stak mooi af bij het grijsblauwe blokjespatroon. Meteen begreep ze waarom James zo blij was met Gregory. Met een marker schreef ze op de zijkant van de dozen wat erin zat, waarna ze ze naar de achterkant van de schuur verplaatste, zodat er plaats ontstond om lange tafels te maken. Maddie was met een roze koptelefoon op aan het vegen en Zach was begonnen om de strobalen op de plaatsen te leggen die ze met krijt hadden gemarkeerd.

'Dat kun je beter met de vorkheftruck doen. Ik kleed me om en zal je wel even helpen,' bemoeide James zich ermee.

'Waar zijn de spullen die wij laatst hebben gekocht?' Merle was bij de laatste doos aanbeland.

'Binnen, kom.' James liep voor haar uit en hield de deur open. 'Je hebt heel lang met Max gesproken hoorde ik.'

'Ja, dank je voor het contact. We begrepen elkaar meteen. Zo fijn.'

'Hij wilde ineens langskomen.' In de keuken begon James zijn das los te maken.

'Ja, dat zei hij, dat hij misschien toch deze kant op kwam. Waar kom je eigenlijk vandaan, dat je er zo netjes uitziet?'

'Van een vergadering.'

Merle keek fronsend naar de puzzel op de keukentafel. Het

was een afbeelding van de zeven wereldwonderen. 'Wat leuk dat Maddie van puzzelen houdt.'

'Maddie haat puzzelen. Waarom zou hij ineens willen langskomen, denk je?' James probeerde het bovenste knoopje van zijn overhemd open te maken.

'Daar heb ik het toch met je over gehad? Ik heb een leuk bedrijf om de pr voor te doen, daarom. Heb jij die puzzel gemaakt?'

'Ja, het helpt me mijn hoofd leeg te maken.' James worstelde nog steeds met de knoop.

'Goh.' Merle deed een stap naar voren, duwde zijn handen opzij en probeerde het kleine knoopje door het knoopsgat te duwen. 'Wat een rotknoop.'

'Het is een nieuw shirt.' Hij keek haar van dichtbij aan. 'Je zit onder het stof.' Hij liet zijn ogen over haar gezicht glijden.

Ze sloeg haar ogen naar hem op. 'Kijk niet zo.'

'Hoe?'

Ze deed een stap achteruit. 'Ik krijg hem niet open, broer.'

'Hou toch op met je ge-broer. Een broer laat je niet blozen.'

'Ik bloos niet. Waar staan die spullen?'

'Daar, in het halletje naar de woonkamer.' James had het knoopje open en trok het overhemd over zijn hoofd uit. Het T-shirt eronder kwam mee en ze keek naar zijn blote bovenlijf. 'Laat de zware dozen maar voor mij staan. Ik trek boven even iets anders aan.'

Het was echt lang geleden dat ze het zo warm had gekregen van een man. Ze stelde zich hem puzzelend voor. Hij puzzelde! Dat moest toch helpen tegen haar lustgevoelens! Helaas. Ze kon het maar beter gewoon toegeven, ze wilde James Miller. Alleen fysiek natuurlijk, maar dat was erg genoeg.

'Wat denk je?'

'Dat je er prima uitziet.' Ze verbeterde zichzelf. 'Mooi uitziet.' Ze liet haar ogen over zijn bovenlijf dwalen.

‘Je mag met me mee naar boven.’ Hij knipoogde suggestief.

‘Nee, sjeezus! Doe normaal.’

‘Hoezo niet? We vinden elkaar mooi.’

Merle voelde dat ze weer begon te blozen.

‘Je wordt duidelijk verlegen van me.’

‘Wat ben je toch een kwal, James. Als je denkt dat ik ooit van mijn leven –’

James deed twee stappen naar haar toe en trok haar tegen zich aan. Zijn lippen kwamen verrassend zacht op de hare terecht. Haar lijf kon niet anders dan tegen hem aan leunen en zijn kus beantwoorden.

Ineens hoorde ze iemand hoesten. James liet haar abrupt los.

Harry slofte de keuken in. ‘O, sorry. Ik had niet door dat jullie hier bezig waren.’ Hij keek verbaasd van James naar Merle, die wilde dat ze zichzelf naar een ander land kon teleporteren. Zelfs een dorre, uitzichtloze woestijn zou een optie zijn op dit moment.

‘We waren niet, het is niet wat je denkt...’

Merle negeerde het gehakkel van James en liep naar de hal die naar de woonkamer leidde. ‘Ik kwam alleen even een doos halen.’ Ze pakte de eerste de beste doos, waar duidelijk de loodzware rollen met papieren tafelkleden in zaten. Bezwijkend onder het gewicht deed ze haar best om zo nonchalant mogelijk naar de deur te lopen. Met een onelegante kreun zwaaide ze hem open en dicht. James was inmiddels naar boven verdwenen, dus stuntelde ze door tot de schuur, waar ze de doos vloekend op een strobaal liet neerploffen. Ze had zin om zichzelf ernaast te laten vallen, maar Maddie kwam luid Billie Eilish zingend op haar afgelopen met haar bezemsteel als microfoon en Zach riep haar meteen toe.

‘Ik heb even geoefend met de vorkheftruck, dus als jij op die pallet gaat staan dan kun je mooi die sterren even ophangen.' Zach liet de pallet op de vork van de heftruck omhoog en omlaag bewegen.

Versuft volgde Merle het ding met haar ogen.

'Misschien moet je er eerst op gaan zitten.' Met het puntje van zijn tong uit zijn mond reed Zach het ding naar de juiste plaats. 'Maddie, wil jij even wat sterren aangeven? Maddiii-ieeee?' gilde hij.

'Jij wordt een afschuwelijke vader later, met je ongeduld.' Merle deed haar best op de pallet te klimmen die Zach iets te hoog had neergezet.

'Kleine kans dat ik vader word. Ik heb een hekel aan kinderen.'

'Ik oooook!' zong Maddie nog steeds in haar bezemsteel. 'Gelukkig ben ik een jongvolwassene, dus hou je zielsveel van mij.'

'Tuurlijk. Het is heel moeilijk om niet van jou te houden. Jij bent het vrolijkste ki–, jongvolwassene die ik ooit heb ontmoet.'

Merle zat eindelijk en legde de stapel sterren die Maddie haar aangaf naast zich terwijl Zach de vork omhoog liet bewegen.

'Stop, ik kan er zo wel bij.' Merle probeerde niet naar beneden te kijken en bevestigde de sterren een voor een aan de metalen constructie van het dak. Ze had net de laatste in haar hand toen James binnenliep.

'Zijn jullie niet goed snik? Dat is hartstikke link wat jullie daar doen! De hoeveelste keer is dit dat jij een heftruck bestuurt?'

'De eerste, maar het gaat prima, moppersmurf.' Zach reed gewoon door naar het punt waar de ster opgehangen moest worden.

'Totdat je per ongeluk op de verkeerde knop drukt en ze naar beneden flikkert en haar nek breekt. Kluns. Ga er maar af.'

'Stel je niet aan, James. Het gaat goed. Ga jij maar wat anders doen voordat je ellende veroorzaakt.' Merle wachtte even voordat ze eraan toevoegde: 'Zoals net.'

Zach stapte uit de heftruck. 'Zoek het lekker uit. Doe het maar zelf dan. Ik ga extra touw smurfen.' Hij grinnikte hard om zijn eigen grap.

'Met de camper? Want dan wil ik mee!' Maddie gooide de bezem in het stro.

'Schiet op dan. Misschien kunnen we een ijsje halen op de terugweg.'

'We eten om zeven uur!' riep James haar na.

Merle wachtte tot ze buiten gehoorsafstand waren. 'Je hebt me voor schut gezet, James! Nu denkt je opa dat we stonden te zoenen en dat gaat hij natuurlijk meteen aan oma vertellen. Ik schaam me dood!' Ze ging op de pallet zitten en liet haar benen bungelen. Ze durfde nog steeds niet naar beneden te kijken.

'We stonden te zoenen, Merle, en hoezo schaam je je daar dood voor?'

'Omdat je een kwal bent en ik totaal niet op je val en nu denken zij van wel! Het is gênant als ik met jou zoen!'

'Je voelt je te goed voor mij? Weet je wat, koningin, blijf jij daar maar lekker bungelen. Ik ga koken.' James liep de schuur uit.

'Laat me naar beneden, James! Nu! Kwal!' Ze zag hoe hij de grote houten deuren achter zich sloot. De rat, dat deed hij zodat ze Harry niet kon roepen.

Merle lag op de grond van de schuur en hoorde de deur openschuiven. 'Het koken duurde wat langer dan gedacht. Ik dacht dat Zach je wel naar beneden zou halen, maar die belde me om te vragen waar je bleef, dus toen wist ik dat je hier nog –'

Merle hoorde een kreet en snelle voetstappen. 'Merle? Shit, ben je gevallen? Kun je me horen? O nee, je zit onder het bloed! Wat ben ik toch een lul! Ik bel de alarmlijn! O god, mijn telefoon ligt binnen...'

Merle liet haar lichaam een paar keer een schokbeweging maken.

'O lieverd, het spijt me zo. Wat ben ik toch een eikel. Ik regel het. Het komt goed.'

Merle wilde het echt nog langer volhouden, maar proestte het uit van het lachen. Ze krabbelde overeind. 'Gefopt, lummel! Ik zat daar drie kwartier, James, ben je helemaal gek geworden?' Voor ze wist wat ze deed gaf ze hem een klap tegen zijn schouder. James was zo perplex dat hij niet reageerde. Ze gaf hem nog een klap om haar frustratie te botvieren en ineens pakte hij haar bij haar pols en duwde hij haar achterover tegen de grond. Hij ging boven op haar liggen en keek haar van dichtbij aan. Zijn ogen spuwden vuur. Merle keek naar zijn trillende onderlip. Ze rook hem en voelde zijn gewicht op het hare. Haar lippen weken wat van elkaar en ze voelde haar tong verwachtingsvol over haar bovenlip strijken.

James liet zijn blik langzaam over haar gezicht glijden. 'Dus jij valt niet op mij?' fluisterde James. Hij kwam overeind en liep weg. 'Ga dat een ander wijsmaken.'

Merle bleef liggen en realiseerde zich ineens dat ze Zach, nadat hij haar naar beneden had gelaten en haar gezicht had geschminkt met de verf die nog in zijn bus lag, had weggestuurd. Kreunend besefte ze dat ze nu met een roodgeverfd gezicht door het dorp moest. Ze zou er wat bij kunnen strompelen, zodat ze extra aandacht zou trekken.

Achter in de schuur was een wasbak, maar Zach had waarschijnlijk goede kwaliteit verf en er was hier geen spiegel, dus dat zou een bende worden. Ze kon een beroep doen op Maddie, maar ze wilde haar niet lastigvallen met de pesterijen van haar vader. Ze haalde haar schouders op en begon toch maar naar huis te lopen. Het hele dorp zat vast aan tafel om kwart over zeven.

36

'Zo, je bent vandaag met Merle zie ik.' Betty leefde zichtbaar op toen ze Maddie en Merle de praktijk binnen zag komen.

In gedachten bond Merle Betty boven aan de heuvel aan haar bureaustoel vast en gaf ze haar met haar voet een duwtje.

'Ja, dat heb je goed gezien.' Maddie glimlachte vriendelijk naar Betty.

Merle ging met Maddie in een kuipstoel in de wachtruimte zitten en knikte naar Betty, die in haar hoofd waarschijnlijk een lijstje aan het maken was van mensen aan wie ze dit kon vertellen.

'Tja, het moest een keer gebeuren. Je vader kon niet de rest van zijn leven alleen blijven... Wat ga je doen bij de dokter?'

Wat? Vroeg ze dit echt? Merle probeerde koortsachtig een onschuldige kwaal te bedenken.

'Heb jij eigenlijk wel eens een vriend, Betty?' vroeg Maddie zonder haar vraag te beantwoorden.

Vol verwachting keek Merle naar Betty. Ook Christel boog licht over de balie om mee te kunnen luisteren.

'Welnee!' wuifde ze verrassend eerlijk de vraag weg. 'Daar ben ik toch veel te oud voor.'

'Hoezo? Opie is zeventig en gaat nu toch ook trouwen? Als je een keer online wilt daten of zo kan ik je wel helpen, hoor. Dat heb ik voor papa ook wel eens gedaan, ik vond echt de leukste vrouwen voor hem. Zoiets is heel normaal tegenwoordig en superleuk.'

'Ach nee, dat is niets voor mij.'

Merle bestudeerde gefascineerd Betty's gezicht. Bloosde ze nou?

'We kunnen je een keer inschrijven. Misschien woont jouw deksel wel in Castlemouth, dat kan. Bij opie woonde zijn deksel gewoon op de heuvel in het dorp! Kan je nagaan!'

De deur zwaaide open en Jessie verscheen in de deuropening.

'Maddie?'

'Laat het me weten. Ik vertel het aan niemand. En zij natuurlijk ook niet.' Maddie wees op Christel en Merle.

Jessie sloot de deur achter hen. 'Zo. Vertel nu maar eens wat je aan niemand vertelt, en Merle en Christel ook niet.'

'Nee, dat is een geheim.' Maddie klonk beslist.

'Kan ik je misschien chanteren?' Jessie keek de kamer rond. 'Ik kan je een elastisch rekverband aanbieden? Of een pen van het huisartsencongres? Een berg watten misschien? Ga maar na wat voor leuke dingen je daarmee kunt knutselen voor in je kamer.'

Maddie lachte schalks. 'Misschien heb je wat verdovende middelen die ik op school kan verkopen?'

'Dat heb ik even niet gehoord, Maddie Miller.' Jessie schoof haar handen in elkaar. 'Wat zit jij raar te grijnzen?' Ze keek naar Merle.

'Ik moet gewoon even wennen aan jou achter dit enorme bureau.'

'O god, je schrikt van mijn charisma. Dat gebeurt vaker.' Jessie zuchtte diep. 'Zo, Maddie, wat kan ik voor je doen?'

‘Weet je Mads?’ Merle sloot de deur van de praktijk achter Maddie. ‘Dat was heel lief, wat je deed voor Betty. Ik denk dat ze het fijn zou vinden als ze iemand zou ontmoeten. Daar had ik geen moment over nagedacht.’

‘Betty is ook lief, hoor. Ik ging vroeger vaak uit school een snoepje bij haar halen, voordat ik naar huis ging.’

‘Echt?’

‘Ja.’

‘Goh.’

Maddie stak haar wijsvinger in de lucht. ‘Papa zou in dit geval tegen mij zeggen: “Misschien moet je beter kijken.”’

‘Misschien, betweter, heeft je vader daar een punt.’

‘Jij hebt ook geen moeder, hoorde ik.’

Merle keek opzij naar Maddie. ‘Nee, mijn moeder is overleden toen ik elf was.’

‘Papa vertelde dat ze met een vriendin in zee ging zwemmen in Nederland, in een mui terecht is gekomen en toen is verdronken.’

‘Ja, ik wist niet dat jouw vader dat wist.’ Waarschijnlijk wist het hele dorp dat. ‘Mis jij je moeder?’

‘Je kunt niet iets missen wat je nooit hebt gehad, maar ik vind het wel jammer. Het lijkt me zo gezellig.’

‘Mij ook.’

Maddie stak haar handen in de zakken van haar tuinbroek. ‘Ben je nu bang voor water? Dat vroegen papa en ik ons af.’

‘Absoluut niet. Ik zwom altijd in de baai als kind. Ik ben gek op zwemmen.’

‘O.’ Maddie stond stil op de hoofdweg. ‘Ga je mee naar de boerderij?’

‘Nee, ik ga ontbijt maken voor oma, dat had ik haar beloofd. Heeft het geholpen, wat Jessic zei?’

‘Ja, en het was een leuk uitje, toch?’

‘Het was een fantastisch uitje! Misschien kunnen we de

volgende keer samen naar de tandarts?'

'Nee, dan neem ik Betty mee, want die is oud en nog single en de tandarts ook.' Maddie huppelde weg.

37

Na drie snotterende kinderen, een tekenbeet en het plaatsen van een spiraaltje was de praktijk leeg. Jessie wilde net een operatie opzetten op haar iPad toen Christel binnenliep.

'Kan ik hier afstoffen?'

'Kan dat niet woensdag, als ik er niet ben?' Ze had geen zin om de administratie te doen. Ze had een operatie klaarstaan waarin negentig procent van een hersentumor werd verwijderd bij een violiste die viool bleef spelen tijdens de ingreep, en ze had zich daar de hele ochtend al op verheugd.

'Ik ben er woensdag niet, omdat jij er niet bent.' Christel klonk verbaasd.

'Dat is waar.' Met tegenzin opende Jessie de Excelsheet die ze nog moest bijwerken. Vanavond zou Alex langskomen om nog wat spullen op te halen. Ze had geen zin om hem te zien. Vooral omdat ze het gevoel had dat ze er niet al te best uitzag.

'Christel? Hoe zie ik eruit?'

Christel zwiepte met een plumeau heen en weer alsof ze ganzen aan het hoeden was. 'Gewoon, prima.'

'Mmm, ik wil er fantastisch uitzien. Vanavond komt Alex langs om zijn spullen op te halen.'

'Meen je dat nou? Ik kan je wel opmaken?' Bij dat vooruitzicht begon Christel te glunderen.

Jessie keek naar de zilveren oogschaduw boven Christels

ogen die langzaam overging naar lichtblauw en uiteindelijk naar donkerblauw. Het deed haar aan een exotische vogel denken.

'Nee, dat is niet nodig, hoor. Het slaat ook nergens op, me anders voordoen dan ik me voel.'

'O, daar ben ik het niet mee eens. Misschien moet je meer SoulCollages maken. Dat helpt mij altijd enorm als ik down ben.'

Jessie zag zichzelf aan een enorme tafel vol knipsels en lijm en kreeg ineens tranen in haar ogen. Was dit haar leven? Ze was cum laude afgestudeerd! En daar had ze keihard voor gewerkt. Dat had ze uit zichzelf gedaan. Ze was gedreven geweest. Waar was die vlam in haar binnenste gebleven? Haar drijfveer?

'Ach meissie, het komt wel goed. Er komt vast een leuke man op jouw pad. Ik regel wel wat voor je voor vanavond.'

'Nee, alsjeblieft! Dat hoeft niet.' Het klonk smekend. Christel kon echt hele rare dingen doen, daar was ze inmiddels wel achter. 'Ik hoef geen man.' Ze wilde haar drijfveer terug. En wat minder labiel zijn.

'Perfect,' mompelde Jessie toen ze in de Spotify-app de juiste playlist vond om Alex mee te ontvangen. Ze klikte 'Feeling Good, Feeling Great' aan. Meteen schalde 'Lovefool' van twocolors door haar huis. 'Love me, love me, say that you love me...' Geïrriteerd zette ze het weer uit. De bel. Nee! Alex was nooit te vroeg. Waarschijnlijk was hij ook nerveus. Zo nonchalant mogelijk trok ze de deur open.

'Hoi.'

Jessie moest even kijken. 'Zach?' Hij droeg een gestreken overhemd en een chino en hij had leren schoenen aan. Zijn haar zat netjes achterovergekamd. 'Ik herkende je bijna niet.'

'Christel belde me om te vragen of ik vanavond je vriendje wilde spelen.'

Jessie greep met beide handen de voordeur vast. 'Wat?'

'Ja, ze vond dat je er nogal verdrietig uitzag vanmiddag en dacht dat je hulp nodig had. Dus hier ben ik, schatje. Hij is er over tien minuten, dus we hebben nog zat tijd om mijn spulletjes uit te stallen.'

'Spulletjes?'

Zach hield een tasje omhoog. 'We wonen samen.'

'Nee, dit kan echt niet...' Jessie opende de deur en maakte een gebaar naar binnen. 'Maar ik ben heel blij dat je er bent.'

'Ik ook. Ik heb er echt zin in. Ik had zo'n saaie dag.'

'Ik ook!' riep ze uit. 'Alleen maar snotneuzen. Ik hou mezelf overeind met het kijken naar ingewikkelde operaties.'

'Zal ik mijn scheerschuim en mijn tandenborstel in de badkamer leggen?'

'Ik weet niet of hij daar komt.'

'Wat komt hij eigenlijk doen?'

'Zijn oventje ophalen en wat kleren... Die heb ik alvast op bed gelegd.'

'Dat klinkt perfect, laat mij maar even. Waar ligt je ondergoed?'

'Ehm nou... in die la.' Ze knikte naar het kastje naast haar bed.

'Mag ik?'

Jessie haalde haar schouders op. 'Het is wel een beetje intiem, maar ga je gang...' Ze zag een schim voor de deur staan gevolgd door de bel. 'O god, hij is te vroeg!' mopperde ze.

Alex was naar de kapper geweest. Hij droeg een pak, waarschijnlijk kwam hij rechtstreeks uit zijn werk. Het was vreemd om hem te zien. Het voelde heel normaal, alsof hij terugkwam van boodschappen doen en op het punt stond de ijskast in te ruimen.

'Mag ik binnenkomen?'

'Natuurlijk.' Jessie zwaaide de deur open.

In de huiskamer bleef hij staan. 'Er is hier niets veranderd.'

'Hoe gaat het?' Jessie vond het fijn om te merken dat ze hem beslist niet terug hoefde.

'Kan niet beter: fantastisch huis, sociaal leven is super, Brian heeft eindelijk ontslag genomen dus ik krijg promotie. Ik hoop niet dat je erop hebt gerekend dat ik blijf kletsen, want ik kan niet lang blijven, ik kom alleen maar even wat spullen halen...'

'O... oké. Dat snap ik.'

'Hé hallo!' Zach kwam de huiskamer in lopen en Jessies mond viel open. Hij had het rood met wit geblokte overhemd van Alex aangetrokken. Joviaal liep hij naar Alex toe en stak zijn hand uit. 'Leuk je te ontmoeten. Kan ik je iets aanbieden, een biertje, kopje thee of misschien iets fris?'

'Nee, ik hoef niks.' Alex kneep zijn ogen samen. 'Volgens mij heb je mijn shirt aan, vriend.'

'Echt?' Zach keek naar beneden. 'Sorry, man. Ik trek het meteen uit.' Hij begon het los te knopen. 'Er ligt een stapeltje kleding van jou op het bed zag ik. Zal ik dat even pakken?'

'Nee, dat hoeft niet. Ik weet de weg.'

Jessie liep achter Alex aan naar de slaapkamer en sloeg haar hand voor haar mond. Het dekbed lag rommelig op het bed. Haar rode slipje lag er opgefrommeld naast alsof ze gestoord waren bij een vrijpartij en ze in de haast was vergeten het aan te trekken, en er lag een lege condoomverpakking.

'O god.' Ze zag Alex kijken en voelde dat ze knalrood werd. 'Dit is niet wat je denkt!' riep ze uit.

Alex keek opzij. 'Ik heb ook een nieuwe vriendin. Dat is de hele reden dat ik ineens weg was. Het overlapte al een tijdje, maar ik wilde je niet kwetsen. Daar heb jij minder moeite mee, zie ik.'

'Wat? Maar je ging bij me weg omdat je vond dat ik geen goede moeder zou zijn!'

'Veel geluk.' Alex pakte zijn kleding en liep naar de deur.

'O, Alex, je shirt.' Met ontbloot bovenlijf liep Zach naar hem toe.

'Hou maar.' Hij sloeg de deur achter zich dicht.

Jessie bleef aan de grond genageld staan. 'Hoe kon je dat nou doen? Met dat shirt en dat bed? Dat was echt heel erg ordinair en weinig stijlvol.'

'Dat is het zeker.'

'Waarom deed je het dan?' Jessie keek hem aan.

Zach keek haar aan met een blik waar ze medelijden in las. 'Ik had wat informatie over hem.'

'Bedoel je dat je wist dat hij vreemdging toen ik nog met hem was?'

Hij haalde zijn schouders op.

'Waarom weet jij die dingen?' Ze zuchtte. 'Waarom had ik het niet door? Ik ben een ontzettende oen!' Ze sloeg een paar keer met de palm van haar hand tegen haar voorhoofd.

'Ik zocht hem op Instagram en daar postte hij een foto met zijn vriendin Amber. Ze vierden dat ze twee maanden samen waren, nou ja, en toen ging ik rekenen... Dus jij wist er echt niets van?'

'Ik heb hem ontvriend. Dat doe je met exen omdat je dit soort dingen niet wilt weten. Was ze knap?'

'Mnja...'

Ze duwde snel haar vingers in haar oren. 'Ik wil het niet weten... Het is ook een stomme vraag. Het blijft smakeloos, Zach, dat optreden van daarnet. Dat hij zich verlaagt, betekent niet dat ik dat ook moet doen. Ik had erboven moeten staan. O god, waarom bedenk ik dat nu pas? Waarom heb ik dit toegelaten?'

'Misschien heb je een kop kruidenthee nodig?'

'Nee, ik heb tijd nodig om na te denken. Ik wil dat je weggaat.'

‘Weet je dat zeker?’
‘Ja, heel zeker.’
‘Dan ga ik. Hij is trouwens zijn oventje vergeten.’
Zo jammer dat ze dokter Geiger nu niet kon aanzetten. Zijn stem was zo geruststellend. Helaas kon ze hem niet meer serieus nemen.

38

'Over vier dagen ga je trouwen, oma.' Merle goot het eimengsel dat ze net had staan kloppen in de pan en roerde het door met een houten spatel.

'Over vijf dagen ga je alweer naar huis.'

Ze voelde dat Eleanora haar gadesloeg. 'Je hebt natuurlijk van Harry gehoord dat James en ik...' Merle nam even de tijd om haar oma grondig te bestuderen en concludeerde dat die geen krimp gaf. Ze wist het niet of ze was er gewoon heel goed in het te verbergen. Ze besloot op het eerste te gokken. 'We zijn bezig met iets voor jullie bruiloft, dat je niet denkt... je weet wel...'

'Ik weet niets wat jij me niet vertelt, Merle.'

'Er is niets.'

'Je hebt slecht geslapen.'

Dat kwam doordat ze de hele nacht aan James had gedacht. Hij was net een xtc-pil. Of twaalf koppen koffie. Ze moesten nog veel in orde maken voor het feest, dus ze moesten normaal met elkaar omgaan. Normaal. Ze herhaalde het woord een aantal keer in haar hoofd.

'Wil je ergens over praten?'

'Nee hoor.' Ze zette de pan op tafel. Ze zag hoe Eleanora haar toast alvast dik met boter besmeerde en op haar bord legde, zoals vroeger.

'Je lijkt op je moeder, die wilde ook nooit ergens over praten. Maar je hoeft niet altijd alles alleen te doen, weet je.'

'Dat weet ik, dingen worden alleen zo groot als je ze uitspreekt. Als je ze voor jezelf houdt kun je tenminste nog doen alsof ze niet zo belangrijk zijn.' Ze schepte het grootste gedeelte van het ei op haar oma's bord. 'Mis je mama?'

Eleanora glimlachte traag. 'Enorm, en nog meer als ik jou om me heen heb. Op een goede manier. Je herinnert me aan haar.'

Rusteloos stond Merle op om water voor verse thee op te zetten. 'Vond je het eigenlijk erg dat ze met papa trouwde en ineens in Nederland ging wonen?'

'Ik vond haar jong, maar ze deed altijd al precies waar ze zelf zin in had, dus dat gaf ook wel een bepaalde rust. Zij wilde dat nu eenmaal en ze was dolblij toen jullie werden geboren. Uiteindelijk hadden ze een open relatie, jouw ouders.'

'Dat weet ik. Was dat omdat hun relatie niet goed was?' Merle schoof weer aan tafel en wenste dat ze dezelfde rust als Eleanora kon vinden.

'Daar ga ik van uit. Je vader was geen match voor je moeder. In het begin was hij ouder en interessant. Later ontgroeide ze hem, denk ik.'

'Weet jij waarom papa niet mee naar Cornwall kwam vroeger?' Merle forceerde zichzelf met kleine hapjes door de boterham met roerei heen.

'Dat wilde zijn nieuwe vriendin niet. Ze vond dat hij niet in het verleden moest blijven hangen. Dat hij de band met het verleden moest verbreken om een toekomst met haar te kunnen hebben.'

'Zoiets dacht ik al. Gek dat hij dat toestond. Wat een mens, die Erika.'

'Ach, iedereen heeft zo zijn eigen waarheid om aan vast te houden.'

'Maakt zoiets jou niet woest? Dat kan toch niet anders?'

Eleanora haalde haar broze schouders op. 'Het maakt me verdrietig, maar ik respecteer het.'

'Hoe dan? Waarom kan ik dat niet? Ik zou jarenlang tegen zo iemand schreeuwen. Dat heb ik ook letterlijk mijn hele puberteit gedaan. Ik wil dat ook voelen, die rust, maar dat lukt me niet.'

'Je moet er afstand van nemen. Het bij haar laten.'

'Het is zo oneerlijk!'

'De wereld is niet eerlijk, accepteer dat. Je kunt andere mensen niet veranderen. Jezelf wel. Je kunt het goede voorbeeld geven. Dat is heel waardevol en bevredigend.'

Merle dacht aan James. Voor de verandering. 'Volgens mij maken mensen zichzelf dat alleen maar wijs, dat zoiets waardevol en bevredigend is, omdat ze anders gek worden. Ach, oma, we zijn gewoon totaal verschillende mensen,' kapte Merle het gesprek af. 'Zou je het leuk vinden als ik het dorpshuis een beetje voor je versier?'

'Ach nee, doe geen moeite. Jij hebt het al druk genoeg met je werk. Zorg nou maar dat je een beetje geniet voordat je weer terug moet. Ga wat leuks doen met Jessie.'

Merle dacht aan het gedeelde appartement in Utrecht waar ze na haar relatie met Jochem was gaan wonen en vroeg zich af waarom ze geen zin had om naar huis te gaan.

'Misschien moet ik maar eens een huis kopen in Utrecht. Iets van mezelf. Investeren in de toekomst.'

'Je zegt het met een zucht. Het klinkt niet alsof het je grootste wens is.' Eleanora besmeerde nog een geroosterde boterham.

'Ik weet het niet. Misschien is het gewoon tijd en wist ik dat nog niet.'

'Misschien, maar je moet de dingen wel voelen.'

Zachs hoofd verscheen om de deurpost. 'Rij je zo mee, Mer?'

'Ik loop wel, ik moet nog wat dingen bedenken.'

'Je loopt veel de laatste tijd,' merkte haar oma op toen Zach weg was.

'Er is ook van alles te bedenken.'

'Vertrouw ook een beetje op je onderbuik.'

De binnenkant van haar buik was een vlinderpaviljoen waar de collectie van Artis schamel bij zou afsteken. Merle keek naar haar toast, waar ze blijkbaar Marmite op had gesmeerd.

Haar oma keek ook naar de boterham en fronste even. 'Je houdt niet van Marmite. Ik eet hem wel op.'

'Dank je. Ik had ook eigenlijk genoeg gegeten. Sorry dat ik zo afwezig ben.'

'Ga doen wat je moet doen. Ik ruim het hier wel op.'

Merle stond op, ging achter haar oma staan en sloeg haar armen om haar heen. Ze rook de geur van wierook en kruidenshampoo. 'Dank je wel.' Ze plantte een kus op haar zachte, gerimpelde wang. Het was even alsof ze twintig jaar terug in de tijd gingen. Merle sloot haar ogen om van het moment te genieten.

Haar oma klopte lachend op haar hand. 'Ga maar snel.'

39

'Wacht!'

Jessie wandelde langs de schapenweide voor haar huis naar haar werk en zag Zach met een vaart op zijn blote voeten de heuvel af komen wandelen. Het was haar een raadsel hoe hij dat deed met al die puntige stenen.

'Wat doe jij hier?'

Hijgend duwde hij een meeneembeker van bamboe in haar handen. 'Mijn excuses aanbieden, want ik kon er niet goed van slapen. Het was inderdaad vrij smakeloos, dat van gisteren. Ik liet me te veel gaan. Ik was in een baldadige bui.' Hij bevestigde die uitspraak door met gebalde vuisten door de lucht te zwaaien. 'Nadat Christel me belde zocht ik Alex online op en toen zag ik die post met Amber op zijn Instagram-account, dus ik wilde hem een lesje leren. Maar dat was niet aan mij. Sorry dat ik me zo liet gaan. Normaal gesproken ben ik niet zo'n bemoeial.'

Jessie haalde de deksel van de beker.

'Op advies van Merle zit er melk in. Het is koffie.'

Jessie nam een slok en knikte. 'Lekker. Ja, je zat nogal goed in je rol.' Ze slenterde weer in de richting van haar werk, want ze wilde niet te laat komen.

'Heb je zijn Instagram nog bekeken?'

'Nee, Zach, en dat ga ik ook niet doen.'

Zach zuchtte. 'Jij bent echt *the better person*.' Hij stond stil en pakte haar bij haar schouders. 'Luister, ik heb bedacht wat ik kan doen om dit goed te maken. Ik kan bij hem langsgaan en het uitleggen...'

'Ach nee, hou toch op. Het is al goed. Ik weet nu in ieder geval de waarheid. Hij was niet de juiste man voor mij. Dat wist ik al die tijd eigenlijk al, maar ik vond het idee van een vaste relatie wel fijn. Hij begreep niets van mijn ambitie of van wie ik was. We waren gewoon een mismatch. Gelukkig is het nu afgerond en kunnen we allebei verder met ons leven. Het enige wat ik eraan overhoud is een deuk in mijn ego.'

'Kostte het je moeite om niet op Insta te kijken?'

'Nee.' Jessie viste haar telefoon uit haar zak om te kijken hoe laat het was en begon harder te lopen.

'Dan vond je het gewoon niet belangrijk genoeg. Dat is een goed teken.'

'Misschien. Zeg, het wordt een mooie dag vandaag. Zullen we vanmiddag gaan schilderen bij de kerk? Jij wilde je schilderij ook graag afmaken, toch?'

'Leuk. Ik pik je op.'

'Weet je?' Bij het steegje naar de praktijk bleef ze staan. 'Dat van gisteren had ik nou nooit achter jou gezocht. Ik dacht dat je zo'n moraalridder was en ontzettend in balans. Je was ons voorbeeld, weet je?'

'Ons?'

'Van Merle en mij.'

'Ik ben er ook niet trots op.'

'Het maakt je wel menselijker en benaderbaarder. Al vind ik je normale look een stuk beter.'

'Echt? Ik had me juist precies zo gekleed als ik dacht dat jij me het liefst zou zien.'

'Ik vind je leuk zoals je bent. Met blote voeten en warrig haar. Ik ken niemand zoals jij.'

'Vage surfers die de hele zomer in Cornwall rondzwerven in een kampeerbusje? Daar zijn er genoeg van.'

'Niet die ook nog zo kunnen schilderen en leuk lachen.'

'O nee, je bent verliefd op me. Dat heb ik nou altijd.' Hij grijnsde.

'Tot vanmiddag, Zach. Dank je wel voor de koffie. Hier heb je je mok terug.' Ze duwde de lege beker in zijn handen. 'Ik heb dat overhemd voor je bewaard, dat stond je echt ontzettend goed.'

'Het is niet mijn stijl.'

'Misschien kun je er gordijnen voor in je bus van maken,' riep Jessie hem na toen ze de deur van de praktijk opende.

'Of een voodoopop!' Ze hoorde hem hardop lachen.

40

Het had geen zin om boos te blijven op James, want ze moesten samen een feest regelen. Merle opende het hek van de weide voor zijn huis.

'Blijf!' Bubbles bleef met gespitste oren in het gras liggen terwijl James een eindje wegliep. James zag Merle, maar negeerde haar. 'Kom maar!' De hond sprong op en galoppeerde enthousiast naar hem toe, totdat hij Merle in de gaten kreeg en even enthousiast afboog om haar te begroeten. Ze boog voorover om hem op zijn flank te kloppen.

'Lekker joh, mijn gezag een beetje ondermijnen.'

'Het zag er erg indrukwekkend uit, hoor, tot het moment dat hij mij in de gaten kreeg.' Met de hond springend rondom haar benen liep ze naar hem toe.

Hij sloeg zijn armen over elkaar. 'Heb je nog kinderen getraumatiseerd gisteren met je horrorhoofd?'

'Ik hoop het.'

Hij glimlachte.

'Ik heb trouwens een fantastisch plan bedacht. Drie kwartier op een pallet zitten in een schuur die versierd moet worden doet wat met je. We moeten natuurlijk ledlampen in die sterren doen, zo suf dat ik daar niet eerder aan heb gedacht! Dan sluiten we de deuren en dan wordt het licht heel magisch.'

'Of ik even wat ledlampen kan regelen?'

'Ja, het liefst van het soort –'

'Zonder elektriciteitsdraden, ik snap het. Vanochtend zijn de kruiden geleverd. Ik heb ze in de schuur gezet.' James lijnde Bubbles aan.

'Ik ga alvast aan de slag.' Merle liep in de richting van het huis.

'Merle?'

Ze draaide zich om. 'Ja?'

James hield zijn hoofd een beetje schuin. 'Staan we quitte?'

'Daar kom je vanzelf achter.'

'Zullen we alles gewoon vergeten?'

Ze bewoog twee vingers naar haar ogen en wees daarna naar hem. 'Nee, zo zit ik niet in elkaar, dus blijf vooral op je hoede.'

Bij het hek keek ze achterom. Hij keek haar na.

'Pas je op zo hoog op die ladder?' James liep de schuur binnen met een krat in zijn handen.

Merle stond de halve ochtend al op de ladder. 'Nee, ik doe juist lekker roekeloos. Zo'n type ben ik, lekker avontuurlijk.' Geconcentreerd knoopte ze het touw vast met de bosjes kruiden eraan.

'Ik heb de ledlampen besteld en hier is het bestek.' James zette de doos bij de andere spullen.

'Zullen we even vis gaan eten bij Freddie?' Zach had ook al uren geholpen en klopte nu het stro van zijn spijkerbroek. 'Ik kom om van de honger en alles staat nu wel op zijn plaats. We hebben ook nog drie dagen.'

'Ja, ik heb ook trek!' Merle pakte de ladder op en liep ermee naar het plekje achter de schuur waar ze hem vandaan had. Toen ze hem daar tegen de gevel zette viel haar oog op het schuurtje met JAMES op de deur. Ze keek vluchtig om het hoekje van de schuur en toen ze niemand zag verplaatste ze de ladder naar de plek waar het dakraam zat. Snel beklom ze de ladder en gluurde naar binnen. Toen ze zag wat er in de schuur stond, trok ze wit weg. Geschokt klom ze snel weer naar beneden en zette ze de ladder terug. Dit was haar straf. Nu zat ze opgescheept met een geheim van iemand anders.

'Merle, mag ik mee vis eten bij Freddie?' Maddie lag languit met Bubbles' kop op haar buik op een strobaal.

'Tuurlijk.'

'Delen we dan een XL portie? Dan hoef ik geen geld mee te nemen.'

'Dat is niet erg beleefd, Mads,' kwam James tussenbeide.

'Dat vindt Merle niet erg.'

'Nee, maar ik wel.' James klonk streng en beslist.

'Ga je ook mee, James?' Merle grijnsde naar hem. 'Jij trakteert.'

Maddie schoot in de lach. 'Goed plan en zo lekker onbeleefd. Ik doe Bubbles even naar binnen. Hij blaft altijd aan één stuk door tegen de meeuwen bij Freddie en dan kunnen we elkaar niet meer verstaan.'

James keek naar Merle met een blik die ze niet thuis kon brengen. Er viel een stilte waarin Merle koortsachtig nadacht over hoe ze hem kon zeggen dat ze van zijn geheim wist.

'Gaan we lopen?' Zach kwam naast haar staan, sloeg vriendschappelijk zijn arm om haar heen en trok haar mee.

'En was Jessie blij met de koffie? Heeft ze het je vergeven?' vroeg Merle aan Zach terwijl ze in de richting van de haven liepen.

'Ja, we hebben een schilderafspraak vanmiddag.'

'Met massage?'

Zach keek dromerig. 'Ik hoop het.'

'Met happy ending graag dit keer. Daar fleurt ze vast van op.'

Zach trok zijn wenkbrauwen op. 'Denk je niet dat dat te snel is na Alex?'

'Natuurlijk niet.'

'Mmm.' Zach was de rest van de wandeling afwezig.

Gelukkig waren ze de enigen bij Freddie en had hij hun lunch snel op de picknicktafel uitgestald. Hongerig stortten ze zich op het eten.

'Merle?' Freddie hing over de toonbank. 'Is het niet tijd dat wij eens op een romantische date gaan, nu jij hier zo lang bent? Je bent namelijk mijn droomvrouw en ik denk dat we uitstekend bij elkaar passen.'

'Echt? Hoezo dan?' grinnikte Merle.

'Nou, jij bent de enige in dit dorp die de hele XL portie op kan en ik de enige die hem maakt.'

Merle wachtte tot ze haar mond leeg had. 'Je hebt gelijk, Freddie, vreemd eigenlijk dat wij niet allang getrouwd zijn.'

'Als je er een dubbel huwelijk van wilt maken zaterdag, dan hoor ik het wel.'

'Ik zal het je uiterlijk vrijdagavond laten weten, goed?'

'Niet stiekem met Zach ervandoor gaan voor die tijd, hè? Kunstenaars in Volkswagenbusjes zijn zó jaren zestig. Van die hippies met blote voeten, wierook om te verbloemen dat ze nooit douchen. Geloof me, dan kun je beter naar frituur ruiken.'

Maddie trok een gezicht. 'Nee, sorry, dat is gewoon niet waar! Een jongen uit mijn klas ruikt altijd naar frituur. Hij heet Jack, maar iedereen noemt hem Snack.'

'Wat rot voor hem.' Zach nam een slokje uit het flesje citroenlimonade van Merle. 'Als hij ooit advies wil over de juiste wierook om zijn geur te veranderen mag hij altijd langskomen. Jij ook trouwens, Freddie.'

'Wie weet, Zach. Wie weet. Misschien wel leuk voor Merle

als ik tijdens onze honeymooncruise ineens naar sandelhout ruik.'

Merle schoot in de lach en voelde James' blik op haar gericht, maar keek hem niet aan. Ze moest met hem praten over wat ze had gezien, maar ze moest er niet aan denken wat er daarna zou komen.

Over de kinderkopjes van de kade liepen ze naar huis. Het was eb, dus Maddie sprong af en toe van de kade op het drooggevallen zand om een mooie schelp te pakken. Zach hees haar dan weer op de wal.

'Wel wonderlijk, hè, hoe zo'n kind zich ontwikkelt? Ze is een meisje in het lichaam van een vrouw, ze is heel bijdehand, maar ook kinderlijk hoe ze zo voor ons uit huppelt.' Merle slenterde naast James achter Zach en Maddie aan. 'Dat lijkt me bijzonder, om dat zo van dichtbij te zien gebeuren.'

'Ze is nogal verwarrend op het moment. Ze wordt uit het niets boos en dan word ik ook woest, maar dan begint ze ineens hartverscheurend te huilen en heb ik spijt dat ik me zo heb laten gaan, terwijl ze echt het bloed onder mijn nagels vandaan haalt.'

'Ach joh, dat duurt nog maar drie jaar, dan ebt het weer weg.'

'Gezellig vooruitzicht, bedankt voor deze aantrekkelijke schets van mijn nabije toekomst.'

'Kijk, een kwal.' Merle wees op het aangespoelde dier dat hulpeloos als een pudding op het strand lag. 'Snel! Misschien is er een meisje in bikini in de buurt.'

'Hou nou eens op over dat stomme voorval. Dat is honderd jaar geleden.' James klonk oprecht geïrriteerd.

'Voor jou. Ik word er anders iedere keer dat ik bloot in de spiegel kijk aan herinnerd.'

'Hoezo in godsnaam? Je gaat me echt niet vertellen dat je

daar een litteken aan hebt overgehouden.'

'Wel dus.'

'Echt niet, aansteller.'

'Ik zeg dus van wel!'

'Laat eens zien dan.'

'Nee.'

'Waarom verval ik altijd in van die kinderachtige gesprekken als ik met jou ben? Laat gewoon zien, kleuter.' James stak zijn hand uit naar de achterkant van haar shirtje.

'Waag het niet, James! Ik ga hier toch niet midden op straat mijn broek naar beneden trekken?' siste Merle.

'Laat thuis maar zien, dan. Ik geloof het gewoon niet.'

'Pap, kijk nou, deze is perfect voor ons vliegengordijn!' Maddie duwde een gedraaide schelp onder zijn neus. Tegen Merle zei ze: 'We maken een vliegengordijn thuis van de schelpen die we vinden. We hebben al bijna de helft af.'

'Leuk.' Merle sprong de kade af, het zand op. 'Ik help je zoeken.' Traag en geconcentreerd liep ze naast Maddie langs de waterlijn, net als vroeger met Tascha; ze konden dat uren volhouden. Zach en James slenterden kletsend over de kade naast hen. Aan het einde van de haven keek ze op naar de twee mannen. Zach hielp Maddie de kademuur op en James stak zijn hand naar haar uit. Ze keek ernaar voordat ze hem vastpakte en een voet op de kade zette. Met veel te veel vaart trok hij haar omhoog, zodat ze tegen hem aan viel.

'Sorry.' Hij hield haar vast.

Merle zette haar handen tegen zijn borst en voelde de warmte van zijn huid door zijn polo heen.

'Kwal.'

Hij grijnsde jongensachtig voordat hij haar ineens losliet, waardoor ze bijna achterover viel.

'Wie is hier nu de puber?' Merle begon met haastige passen achter Zach en Maddie aan te lopen.

‘Wat een megaklus, zo’n feest organiseren.’ Zach had die ochtend samen met James van strobalen en platen underlayment een bar gemaakt. Toen James weg was, had hij met assistentie van Maddie een tafelblad aan de vork van de heftruck vastgemaakt, zodat daar het buffet op geserveerd kon worden. ‘Toch leuk dat we de hapjes dan omhoog en omlaag kunnen bewegen?’

‘Fantastisch leuk!’ riep Maddie. ‘Iedere keer als iemand dan iets wil pakken doen we hem snel omhoog zodat hij er niet bij kan.’

‘Ik moet nog even een paar uurtjes werken, thuis.’ Merle nam afscheid en klopte op het keukenraam om naar James te zwaaien, die daar achter zijn laptop zat. Hij wenkte haar om binnen te komen.

Binnen keek Merle naar de gigantische berg afwas en daarna naar James achter zijn laptop. Aan zijn haar zag ze dat hij er vaak doorheen was gegaan met zijn handen.

‘Sorry, ik wilde meer helpen, maar ik moet een bouwplan inleveren morgen en ik kreeg net pas de uitslag van het grondonderzoek binnen. Ik ging ervan uit dat dat in orde was, maar dat is niet zo.’

‘Dus?’

‘Moet ik eerst uitzoeken hoeveel het kost om de grond te saneren voordat ik mijn bouwvoorstel indien. Het stuurt mijn planning in de war dus, nou ja, gewoon gedoe. Ik zal vanavond wel een paar uurtjes helpen.’

‘We lopen op schema, er is niets aan de hand. Ik zou niet weten wat je zou moeten doen. Nou ja, de verlichting en de geluidsinstallatie misschien en een afwasje?’

‘De werkster komt zo voor die afwas, maar de rest regel ik.’

Merle stak haar hand op. ‘Ik ga.’

‘Heb je echt littekens?’ James stond op.

‘Is Harry thuis?’

'Nee.'

Merle draaide zich om met haar rug naar hem toe, knoopte haar spijkerbroek open en klapte de achterkant om.

James trok haar broek nog een stukje verder naar beneden om het beter te zien. 'Jezus, heb ik dat gedaan? Wat erg.' Ze voelde dat zijn vingers over de ribbelige stukjes huid gingen.

'Ja, het was echt heel naar, ik heb er lang last van gehad.'

'Wat een eikel ben ik, ik had geen idee. Niet gek dat je meteen wist wie ik was, toen je hier net aankwam.'

'Denk je dat ik je alleen maar herkende omdat jij dit litteken hebt veroorzaakt?'

'Natuurlijk, ik heb je getraumatiseerd,' mompelde hij.

'Nee hoor, jij bent gewoon zo'n persoon die je onthoudt, zo'n irritant type dat niemand ontgaat.'

'Het spijt me, je wilt zeker dat ik er een kusje op geef?'

'Ja, graag.' Merle draaide haar hoofd naar hem toe en keek hem uitdagend aan.

James boog zich voorover.

'Nee! Je gaat toch niet ineens mijn kont kussen?'

Uitgebreid bestudeerde hij haar billen. 'Absoluut wel, je hebt een prachtige kont. Echt zo'n stadse pilateskont.' Tegen de keukentafel leunend sloeg hij zijn armen over elkaar.

'Ach, jij hebt gewoon niet de luxe om een beetje kieskeurig te zijn in dit dorp.' Merle hees haar broek omhoog en knoopte hem dicht. 'Ik wil iets anders van je.'

'Mmm, dat klinkt niet goed.'

'Ik vergeef het je als jij mij ook iets vergeeft.'

'Dit wordt leuk. Wat heb je gedaan?' James keek haar met samengeknepen ogen aan.

'Beloof je het?'

'Nee, ben je gek. Wat heb je gedaan, Merle?' Hij klonk dwingend.

'Laat maar.' Ze draaide zich om.

'Oké, ik beloof het, manipulatief kreng.'

Merle draaide zich weer naar hem toe. 'Je vindt me niet meer zo aardig als ik dit vertel.'

'Ik vind je nu al niet aardig. Dat vind ik juist je leukste eigenschap.'

Merle nam een hap lucht, keek naar zijn sneakers en sprak zacht. 'Ik heb gezien wat er in het schuurtje achter de grote schuur staat.'

'Wat?' Hij schrok zichtbaar. 'Zeg niet dat je het haar hebt verteld.'

'Nee.'

'Niet doen.' Hij kwam overeind en ging met zijn handen door zijn haar.

'Maar het is wel een beetje gek, dat je stiekem beelden van mijn oma koopt en je schuur ermee vol zet.'

'Hoe wist je dat ik het was? Hoe wist je het eigenlijk überhaupt, die schuur zit op slot! Of niet? Want dan moet ik nu –' James haastte zich naar de deur waardoor zij net naar binnen was gekomen.

'Hij zit op slot. Ik heb op een ladder door het dakraam gekeken.'

Hij keek haar ongelovig aan. 'Waarom in godsnaam?'

Ze haalde zo nonchalant mogelijk haar schouders op. 'Omdat ik je naam op de deur zag staan en benieuwd was hoe je jeugdhonk van vroeger eruitzag of zoiets. Ik weet het niet precies. Ik deed het gewoon.'

'Je bent ontzettend geïnteresseerd in mij, dat snap ik natuurlijk.'

'Je klinkt niet boos.'

'Boos? Ik voel me gevleid dat je zo veel moeite doet om me beter te leren kennen. Ik kan je ook gewoon een keer mee uit eten nemen, hoor.' Hij grijnsde.

'Staan we quitte?'

‘Tuurlijk. Hoe wist je dat ik het was en niet mijn opa?’

‘Dat wist ik gewoon. Waarom doe je het?’ Aan de manier waarop hij met zijn vingers over zijn litteken ging zag ze dat hij gespannen was. ‘Voel je je schuldig omdat je het huis van Eleanora voor een schijntje hebt gekocht en wil je iets doen om het goed te maken? Zoiets?’

‘Waarom ga je ervan uit dat ik dat huis voor een schijntje heb gekocht? Jij denkt altijd het slechtste van mij. Of doe je dat bij iedereen, want dan ben je echt een somber geval.’

‘Dat is toch je verdienmodel?’

‘Vorige winter was ik bij je oma op bezoek. Ze maakte zich zorgen over geld. Ik heb haar toen een avond geholpen met haar financiën en het zag er inderdaad niet erg rooskleurig uit. Weet je, ik ga mezelf niet verdedigen. Als jij denkt dat ik een geldwolf ben die oude vrouwtjes afperst...’

‘Jij vindt mij toch ook vreselijk omdat ik nooit bij oma op bezoek kom?’

‘Nja, beetje.’

‘Nou dan. Pfff, fijn dat we even gepraat hebben.’ Merle stak haar hand op en liep de keuken uit.

41

'Je snapt dat zo'n auto het slechtste visitekaartje is dat je kunt hebben, hè?' Merle had Max opgewacht op het gammele bankje voor de voordeur.

'Absoluut, daarom staat dat ding het grootste gedeelte van de tijd ook heel treurig te zijn in mijn garage en gebruik ik mijn oude Volvo als ik naar klanten ga. Ik heb er speciaal tweedehands kinderzitjes in laten zetten om extra betrouwbaar over te komen.' Max grijnsde breed zijn perfecte tanden bloot terwijl hij het portier van zijn Porsche cabrio achter zich dichtgooide. Er fonkelden nog net geen glanzende sterretjes van zijn gebit af. 'Ik was vergeten hoe mooi het hier was. Ik snap dat James hier nooit meer weggaat. Al jarenlang probeer ik hem over te halen om met mij een bedrijf te beginnen in Londen, maar hij weigert. De mensen daar staan te springen om goede bejaardenhuizen. We zouden rijk kunnen worden.'

'Volgens mij ben jij dat al.' Merle stak haar hand naar hem uit.

Max schudde hem krachtig. 'Ach, in Londen ben je nooit echt rijk. Er zijn altijd mensen die het beter hebben, maar ik mag niet klagen.' Hij maakte een wegwerpgebaar met zijn hand. 'Laten we het over je app hebben, want daarvoor ben ik hier.'

'Zullen we naar Freddie's wandelen? Daar had je je op verheugd, toch, op zijn vis? Ik kan de laatste tijd goed nadenken als ik wandel. Ik heb zelf al wel geluncht, maar ik kijk graag toe.'

'We plaatsen contactadvertenties met foto in alle nationale kranten. We laten die mannen tot leven komen. Met een knipoog natuurlijk. We gaan hun verjaardag vieren, ze krijgen Instagram-accounts, waar onze stagiaires elke dag iets op posten...' Max haalde een stukje vis door de saus. 'Wat denk jij?'

Merle keek Max aandachtig aan. 'Dat je echt heel goed bent in je werk.'

'Het is lang geleden dat ik er weer zo veel energie van kreeg. Jouw product is gewoon heel leuk en simpel. Ik wou dat ik het had bedacht. Heb je geen investeerder nodig?'

'Nee, ik hou ervan dingen in eigen hand te houden.'

'Oké, dat is je goed recht. Maar denk aan me als je ooit vastzit.'

'Dat zal ik doen.'

'Dan ga ik nu James vervelen. Denk je dat hij op kantoor is? Ga je mee? Gaan we hem lastigvallen.' Hij stond op. 'Bedankt, Freddie! Ik heb in tijden niet zo lekker gegeten.' Amicaal schudde Max Freddies hand. Merle begreep waarom hij omkwam in de klanten.

'Je kunt op den duur je data verkopen. Jouw doelgroep is interessant voor veel partijen.' Max stond stil voor Develab.

'Dat zou ik nooit doen. De app is een grapje, een leuk gevoel. Iets wat je een tijdje opvrolijkt. Dat verkoop ik. Ik ga geen misbruik maken van die doelgroep voor commerciële doeleinden. Ik zou mezelf ook genaaid voelen als iemand mijn gegevens verkocht.'

'Dan moet je nu van Instagram af en van –'

'Ik weet dat de wereld zo werkt, Max, maar mijn wereld niet. Ik maak gewoon een leuk product en probeer dat aan de man te brengen op een sympathieke manier.'

'Hé, ouwe geldwolf, probeer je mijn vriendin iets aan te smeren?'

'James!' Merle draaide zich om en vroeg zich af hoelang hij al in de deuropening stond.

Aan de manier waarop de mannen elkaar omhelsden zag ze dat ze dierbare vrienden waren. Ze sloegen elkaar nog een paar keer op de schouders voordat James naar Merle toe liep en haar een kus net naast haar mond gaf, alsof dat de normaalste zaak van de wereld was. Helaas schrok ze daar zo van dat ze niets gevats kon bedenken om hem op zijn plek te zetten en er alleen 'Hoi' over haar lippen kwam.

'Heb je die oude quad nog staan? Dan kunnen we de bossen in voor het eten.' Max klonk uitgelaten als een kind dat niet veel in de natuur kwam. 'Misschien hebben we na het eten ook nog tijd over om te vissen?'

'Ga je mee?' James keek naar Merle.

'Scheuren op een oude quad? Wat denk je zelf?'

Max pakte Merle bij haar schouders. 'Cocktails vanavond?'

Merle schoot in de lach. 'Er is hier één kroeg, Max, en ik denk dat je daar een klap in je gezicht krijgt als je om een cocktail vraagt. Ik vroeg laatst om warme melk in mijn koffie en toen kreeg ik eerst een blik waarvan mijn lichaamstemperatuur vijf graden daalde en daarna een zwarte koffie voor mijn neus met een pot melkpoeder.'

'Dat klinkt heel erg, Merle. Ik blijf bij je slapen, James, had je daarop gerekend?'

'Nee.'

'Lekker lepeltje-lepeltje.' Max straalde. 'Of is dat jouw rol?'

'Absoluut niet!' riep Merle iets te hard. 'Wij worden binnenkort broer en zus.'

James snoof. 'Ach, hou toch op.'

'Koffie morgen?' Max grijnsde. 'Met melkpoeder?'

Ze schudde haar hoofd. 'Kom maar bij mij langs, dan maak ik oploskoffie voor je, met melk. Dat is ongeveer even vies. Dan kun je je auto tot morgen laten staan.'

'Praten we dan verder. Bedankt voor de inspirerende ochtend.'

'Veel plezier met vissen.' Ze wipte haar loshangende haar over haar schouders voordat ze wegliep. Ze voelde dat de mannen haar nakeken.

42

Jessie wachtte in de hoofdstraat op Zach.

'Hé!' Merle liep zwaaiend op haar af. Haar glanzende lange haar veerde bij iedere stap zacht tegen haar schouders en haar huid blaakte als een opgepoetste appel die je vond bij de duurdere groenteman in Londen.

Jessie knikte haar toe. 'Je ziet er goed uit.'

'Ik had ook echt een inspirerende bespreking. Daar word ik zó gelukkig van.' Merle kuste Jessie op haar wang. 'Spannend verhaal trouwens van Alex en Zach. Fijn dat jij nog voor wat opschudding zorgt in Wetters Bay.'

Jessie sloot ongelukkig haar ogen. 'Graag gedaan, ik hoop dat jullie er lekker van hebben gesmuld.'

'Best, maar ik was ook even de kluts kwijt. Niets voor jou, zo'n pafferig type in een te krap fietspak.'

'Nou ja. Hij had ook een innerlijk, weet je?' Jessies ogen vernauwden zich. 'Hoe weet jij dat eigenlijk, hoe hij eruitzag?'

'Wat denk je zelf? Ik heb natuurlijk zijn Insta bekeken voor een beeld. Dat was niet best, al vond ik zijn nieuwe vriendin verrassend knap voor iemand in een te krap fietspak.'

Jessie sloeg haar ribjasje dichter om zich heen. 'Serieus? Moet ik me nu beter voelen?'

'Je moet je fantastisch voelen!' riep Merle uit. 'Hij was niets voor jou. Je leven zou leuker moeten zijn zonder hem. Sinds wanneer ben jij zo labiel? Je wist alles altijd zo zeker vroeger. Je ging recht op je doel af. Wat is er gebeurd?' Merle bestudeerde Jessies gezicht. 'Wat is er gebeurd?' vroeg ze nog een keer, nu zachter.

Jessie staarde langs Merle de straat uit naar de heuvels. 'We zijn geen twaalf meer, Merle. Ik ben volwassen geworden. Dat zou misschien ook iets voor jou kunnen zijn, in plaats van je bezig te houden met de roddels van Wetters Bay. Ik had van jou ook echt meer verwacht.'

'Ik houd me niet bezig met de roddels van dit dorp. Ik houd me bezig met jou en dat moet ook, want jij zat altijd in mijn hoofd. Als iets buiten mijn comfortzone was dacht ik: Jessie zou dit gewoon doen, en dan deed ik het. Je geeft me net dat duwtje, snap je?'

'Goh, fijn dat ik zo'n onuitwisbare indruk heb achtergelaten.'

'Dat heb je en dat is omdat je moedig bent en je altijd gaat voor dingen die buiten je bereik lijken.'

'Die persoon ben ik niet meer, Merle. Wees realistisch. We staan op straat in Wetters Bay, waar ik wacht op Zach om een kerk te gaan schilderen. Dat is mijn leven.' Op het moment dat ze het zei zag ze zijn busje de straat in rijden.

'Dat geloof je toch zelf niet? Dit is gewoon nu even de situatie, maar die verandert zo weer als je dat wilt. Als je wilt...'

Zach draaide zijn raampje naar beneden. 'Dag dames!'

Jessie liep om het busje heen en opende het portier. 'Bemoei je met jezelf, Merle.' Ze sloeg het dicht.

'Beetje voorzichtig, het is wel een oudje!' riep Zach.

'Sorry, maar Merle is soms zo irritant. Ik haatte haar vroeger.'

'Echt?'

'Ja, voor we vriendinnen werden.'

'Waarom werden jullie dan vriendinnen?'

'Omdat ze de enige persoon in het dorp was voor wie ik een beetje bang was.'

'Dat snap ik wel. Van de buitenkant lijkt alles perfect bij haar. Daarom wilde ik haar schilderen; ik hoopte iets van haar kwetsbaarheid te laten zien, ondanks het feit dat ze mooi is en zelfverzekerd.' Zach zette muziek op.

Jessie keek naar buiten. 'Serieus, Bob Marley? Die kreeg je zeker cadeau bij dit busje?'

'Absoluut, ik hou van Bob. Daar word je ontspannen van en dat kan jij wel gebruiken, zo te zien.'

'Het gaat regenen.' Zach had het busje zo geparkeerd dat ze de muziek konden horen terwijl ze schilderden. Het eerste uur waren ze zo geconcentreerd bezig dat ze niet hadden gepraat.

'Shit, net nu ik het bijna af had.' Ze pakte het natte doek van de ezel en zette het droog in het busje.

Zach ruimde snel de spullen op. 'Zullen we schuilen in de kerk? Het is hier zo krap met al die schilderspullen.'

'Bang om met mij in een kleine ruimte te zijn?' Jessie klonk kordater dan ze zich voelde.

'Wat? Nee, het is eerder omgekeerd, dacht ik.' Hij sloot de de bus af. De regen nam toe, maar ze bleven rustig lopen.

'Denk je dat?' Ze keek hem van opzij aan.

'Is het niet zo dan?' Hij fronste.

'Wat?'

'Lekker duidelijk gesprek dit, Jes.' Hij hield de zware kerkdeur voor haar open.

'Dank je.'

'Wil je voorin zitten?'

'Nee, in de kerk zit ik het liefst achterin.' Ze schoof op een houten bank en Zach schoof naast haar. De regen kletterde inmiddels op het dak. Ze waren stil en bekeken de ruimte.

'Ben jij gelovig?' Jessie staarde naar het kruis waar de gouden jezus aan hing.

‘Ik ben wel gelovig opgevoed, maar ik had er nooit veel mee. Op mijn achttiende bezocht ik het Vaticaan. Er was zo veel overdaad dat ik er bijna een afkeer van kreeg. Al die gouden voorwerpen, muurschilderingen, marmeren gangen, ik snapte het ineens niet meer. Sindsdien heb ik niets meer met de kerk. Al geloof ik wel dat hij mensen met elkaar verbindt, zoals een cultuurhuis ook doet, of een buurtcafé.’

‘Misschien. Ik ben niet gelovig opgevoed en ik heb er nooit echt over nagedacht, maar als ik in een kerk ben denk ik altijd dat ik iets mis. Mijn ouders hebben me vooral geleerd dat ik zelf moet nadenken. Heel praktisch.’ Jessie wreef met haar handen over de houten leuning van de kerkbank voor haar en beeldde zich in hoeveel mensen daarop moesten hebben gezeten in de loop van de eeuwen.

‘Mmm.’

‘Zach?’

‘Ik zit naast je, je hoeft mijn naam niet te zeggen.’

‘Ik ga nooit heel goed worden. In schilderen bedoel ik.’ Jessie praatte voor zich uit zonder hem aan te kijken.

‘Wat doet dat ertoe? Je vindt het toch leuk?’

‘Dat dacht ik, maar achteraf vind ik het zonde van mijn tijd, dat gefröbel.’

‘We zaten daar toch lekker net?’

‘Mja, maar ik word daar ook zenuwachtig van. Ik voel me niet nuttig als ik een kerk schilder.’

‘Leven is niet nuttig.’

Jessie dacht terug aan het gesprek met Merle. ‘Nee, maar ik haal wel mijn geluk uit me nuttig voelen. Daar kom ik steeds meer achter.’

‘Creatief bezig zijn is trouwens wél nuttig.’

‘Spaar me dat verhaal over hersenhelften die met elkaar samenwerken dat je me nu gaat vertellen. Het lijkt me heerlijk om ooit een atelier te hebben waar ik op zondagmiddag af en toe een uurtje in schilder, maar het hoeft niet mijn dagbesteding te zijn.'

'Hersenhelften? Ik ken dat verhaal niet en als ik het zou kennen zou ik het echt niet aan een arts vertellen. Maar als je niet meer wilt schilderen, stop er dan mee. Simpel zat.'

'Nee, ik maak het af, maar het werd me gewoon ineens duidelijk, snap je? Ik wilde het delen.'

'Het is wel druk in jouw hoofd.'

'Dat komt doordat ik te veel tijd heb.'

'Dat vind ik het fijnste gevoel dat er bestaat, dat er tijd is. Dat je opstaat en denkt: zo, wat zal ik eens gaan doen?'

'Dat is zo ongeveer mijn grootste nachtmerrie.'

'We hebben echt weinig met elkaar gemeen.'

'Inderdaad.' Ze glimlachte.

Hij keek haar aan met een blik waar ze het warm van kreeg. 'Toch wil ik nog steeds met je uit.'

'Echt? Ook nu je me beter hebt leren kennen?'

'Juist.'

'Waarom?'

'Maakt dat wat uit?'

'Nee, ik wil ook met jou uit, maar we zouden dat hele gedoe ook over kunnen slaan.' Haar ogen daalden af naar zijn volle lippen.

Hij grijnsde. 'Prima idee.' Hij schoof een stukje naar haar toe en legde zijn handen om haar gezicht. Langzaam drukte hij zijn lippen op de hare.

Na een paar seconden haalde Jessie haar lippen van de zijne. 'Sorry, maar dit voelt toch niet helemaal goed.'

'In het huis van God, bedoel je?'

'Precies. Ik weet ook niet waarom. Zullen we toch maar naar dat krappe busje vol natte schilderijen?'

'Kom.' Zach stond op en pakte haar hand.

43

'Het zou gisteren opgelost zijn, Vinay, er zijn tienduizend gebruikers die de berichten in meervoud krijgen!' Uit wanhoop stampte Merle op de houten vloer van de vlonder voor het gastenverblijf. 'Ik ga ervan uit dat het voor morgen opgelost is.' Ze draaide zich om en zag dat James naar haar stond te kijken.

'Je laat me schrikken, engerd! Wat doe jij hier?' Merle schaamde zich dat ze zo tegen Vinay was uitgevallen, maar het werken met Indiërs stelde haar geduld op de proef. Ze voelde zich ook rot omdat ze wist dat ze door het tijdverschil nu tot diep in de nacht moesten doorwerken in India, maar het probleem moest toch opgelost worden.

'Wat is er aan de hand?'

'De abonnees van de zakenman krijgen zes keer het bericht dat de zakenman in zijn privévliegtuig is gestapt. Nu weten ze het wel!'

'Misschien is de trap naar dat vliegtuig heel lui.' Hij grinnikte. 'Hoe komt dat dan?'

'Er was een *job* op de server die in een *loop* was gekomen.'

Hij sloeg zijn armen over elkaar, leunde tegen de deurpost en lachte. 'Je bent me nu al kwijt, Mer...'

'En ik die tienduizend abonnees ook, als dit niet wordt opgelost. Wat doe je hier?'

James nam haar ontspannen op. 'Je mee uit eten nemen, kattenkop.'

Ze keek naar zijn natte haar en zijn gestreken witte overhemd en vroeg zich af of kattenkop beter was dan koningin. 'Maar misschien heb ik al plannen.'

Hij schudde langzaam zijn hoofd. 'Nee, die heb je niet. Ik heb Zach en Eleanora gebeld, en Jessie. Meer mensen ken je hier niet volgens Eleanora, dus dat was lekker overzichtelijk.'

'Misschien heb ik geen zin om met jou uit eten te gaan.'

'Is dat zo?'

Merle dacht na. 'Nee, ik heb er eigenlijk ontzettend veel zin in nu je hier zo staat. Ik heb alleen geen puf meer om ruzie te maken, want dat heb ik de hele dag al gedaan met mijn ontwikkelaars.'

'Jammer, ik had net zo'n zin in een partijtje ruziën met jou, maar vooruit, ik heb die picknick al gemaakt. Een betere dan de vorige keer. We kunnen een soort herkansing doen. Ik neem aan dat je de zondag na de bruiloft weggaat en morgen is een drukke dag, dus vanavond is de laatste kans.'

Zo, daar had hij dus over nagedacht. 'Fantastisch. Zal ik iets leuks aandoen? Hoewel, het enige wat ik hier heb is een groene impulsaankoop die eigenlijk te strak zit, een jurkje.'

James liet zijn ogen over het blauwe bloesje en de jeans gaan die ze, bij gebrek aan voorraad, om de dag aanhad. 'Je bent zo ook best leuk. Kom, ik weet hoe dat gaat bij vrouwen als ze zich "even" gaan omkleden.'

'Zo'n vrouw ben ik niet, James. Ik doe het al die tijd met drie outfits en ik heb online een jurkje gekocht voor de bruiloft dat morgen pas wordt bezorgd, dus waarschijnlijk zie ik er belachelijk uit.'

'Je was toch met Maddie op stap voor een jurkje?'

'Voor haar jurkje, ja. Ach, na overmorgen zie ik al die mensen toch heel lang niet meer.'

Hij bestudeerde haar gezicht. 'Ik weet de perfecte plek, kom.'

'Bij de perfecte plek dacht ik meer aan een idyllisch meertje met een steiger, waar een roeibootje klaarligt en zwanen zwemmen.' Merle liep naast James, die net geparkeerd had in een buitenwijk van Castlemouth.

'En dan moet ik me zeker suf roeien en zo'n hoed op met een lint eromheen. Er zitten zwermen muggen bij zo'n meertje en die zwanen zijn heel beschermend nu ze jongen hebben dus dit is echt beter.' Ze liepen naar een pleintje waar een bankje stond. 'Perfect, het bankje is vrij.'

'Waar zijn we?'

'Draai je om.' Merle draaide zich om en zag een moderne flat met een glazen pui. De appartementen waren loftachtig hoog. Het leek net een aquarium.

'Ik dacht dat dit de perfecte plek voor jou zou zijn. Je kunt hier op dit bankje gaan zitten en dan bij dertig huishoudens tegelijk naar binnen kijken. Zeker als straks de lichten aangaan.'

Merle sloeg verrast haar hand voor haar mond. 'O, het klinkt alsof ik een enge gluurder ben, maar ik vind het heel erg leuk!'

'Ja, je bent een beetje een gekkie...' James zette de tas die hij had meegenomen op het bankje tussen hen in. 'Ik heb oesters vooraf. Dat was een gok.' Hij haalde een fles witte wijn uit de tas en twee duralex glazen.

'Perfecte gok! Ik ben dol op oesters.'

'Weet je, Merle? Het spijt me van dat litteken.'

'Dat is toch niet de reden voor deze picknick?'

'Nee, maar ik moet er wel de hele tijd aan denken sinds ik het heb gezien.'

'Je was zestien, James, en je hebt het tegen een vrouw die

een ladder pakt om in je jeugdhonk te kunnen kijken dat op slot zit. Het is oké.'

'Ik denk dat dat stel heel gelukkig is daar rechtsboven.' James had een oester tussen een theedoek en wrikte hem handig open met een klein dik mes.

'Hoezo denk je dat? Omdat hij ligt te bellen?' Merle nipte van de koele witte wijn.

'Het ziet er zo ontspannen uit. Zij ligt gewoon een beetje tegen hem aan te luisteren naar zijn stem.'

'Misschien belt hij wel met de echtscheidingsadvocaat waar de papieren blijven van de scheiding.' Merle besloot zich in te houden met drinken. Zijn aanwezigheid maakte haar wazig genoeg.

'Nee, want dan zouden ze drie meter van elkaar vandaan staan.'

'Misschien hebben ze een broer-zusrelatie. Ik ben er heilig van overtuigd dat je nooit weet hoe een andere relatie is. Tascha heeft altijd ruzie met haar vriend, maar toen ik een jaar geleden suggereerde dat ze misschien eens verder moest kijken keek ze me aan alsof ik gek was en vertelde ze me hoe zielsgelukkig Reinier haar maakte. Iedereen zoekt iets anders en neemt genoegen met iets anders. Ik ben gestopt met het doorgronden van de relaties om me heen. Er zijn zo veel vriendinnen die klagen over hun man en vervolgens bij hem blijven...'

'Als je kinderen met iemand hebt is dat ook echt anders.' James gaf haar een oester aan.

'Misschien, dat weet jij beter.'

'Wat verwacht jij van een relatie?' James drupte een beetje citroen over haar oester en hield vragend de pepermolen erboven.

Ze knikte en keek hoe hij er wat peper over maalde. 'Gewoon, dat ik wakker word, naast me kijk en denk: gezellig. De eerste keer dat ik moet zuchten als ik zijn slapende hoofd zou zien, is het tijd om uit elkaar te gaan.'

'Als dat je enige vereiste is raad ik je een Britse korthaar aan.'

'Een kat? Ik zal erover nadenken.' Merle probeerde op haar charmantst de oester te eten en kwam er meteen achter dat dat onmogelijk is.

'Gewoon slurpen, Mer, alsof je leven ervan afhangt, dat hoort bij oesters eten.'

Merle slurpte op haar hardst en moest giechelen.

Hij glimlachte naar haar op de manier die ze zo leuk vond.

Het duurde even voordat ze zei: 'En dat gezin? Vind je dat moeilijk om daarnaar te kijken, omdat je zelf niet zo'n gezin hebt?'

'Ach, als ik met opa en Maddie aan tafel zit is dat mijn gezin. Het hoeft allemaal niet zo perfect van mij. Wil jij eigenlijk kinderen?'

'Wie weet, maar dan wil ik niet in een aquarium wonen met een man die met een muts op eet. Er is een lijst met dingen die ik eerst wil doen, maar misschien werkt het niet zo.'

'Wat staat er op die lijst? Wereldreis maken, bedrijf groot maken, perfecte man aan de haak slaan, trouwen in een koets voortgetrokken door witte paarden, een groot grachtenpand kopen met alvast drie extra slaapkamers?'

'Bedrijf groot maken staat op nummer een. Wereldreis maken met die perfecte man op twee. Trouwen sla ik even over. Ik wil eerst heel vaak naast hem wakker worden en "gezellig" denken. En jij? Maddie gaat op een gegeven moment uit huis... Dan zou je een soort tweede jeugd kunnen doen. Eigenlijk heb jij het gewoon omgedraaid. Eerst kinderen en daarna ben je nog jong en heb je ineens ruimte. Misschien is dat wel veel beter.'

'Het gekke is dat ik helemaal niet denk aan die vrijheid, maar vooral hoe ik haar zal missen. Ik heb niet echt dromen. Max wil al heel lang iets samen doen, een bedrijfje beginnen. Misschien is het daar dan tijd voor.'

'Of je kunt de dagen slijten met puzzels van vijfentwintighonderd stukjes.' Ze giechelde.

'Wat zit je me nou uit te lachen? Je zou het eens moeten proberen, puzzelen.'

'Dat is echt niets voor mij. Ik vind het zonde van de tijd om uren te spenderen aan het in elkaar zetten van iets wat je daarna weer kapotmaakt.'

'Het is juist heel fijn om af en toe iets totaal onzinnigs te doen. Dan maak je je hoofd leeg en komt er ruimte voor creativiteit. Het is toch absurd dat je van jezelf alleen maar dingen mag doen die nuttig zijn omdat al het andere tijdverspilling is?'

'Misschien. Het is een luxe waar ik op dit moment geen ruimte voor heb.'

'Het hele leven is tijdverspilling, als je erover nadenkt. Je wordt geboren en gaat dood. Het nut ervan is alleen maar om het in de tussentijd zo leuk mogelijk te maken.'

'Voor mij is de essentie van het leven misschien wel om zo veel mogelijk te bereiken en dat doe je nu eenmaal door nuttige stappen te ondernemen.'

'Je kan toch onmogelijk alleen maar productief zijn? Dat leer je van kinderen krijgen. Ik werd zo gefrustreerd van Maddie toen ze klein was. Dan wilde ik even snel boodschappen doen en wilde zij tien minuten naar een steen kijken die we onderweg tegenkwamen. Ik sleurde haar dan mee en dan werd ze woest. Op een gegeven moment heb ik me overgegeven aan haar tempo en deden we een uur over de boodschappen. Het werd er echt veel gezelliger op, al moest ik soms tot diep in de nacht werken.'

‘Het relativeert vast, een baby. Al het andere wordt minder belangrijk, maar ik weet niet of ik daar al aan toe ben. God, hoe zijn we op dit onderwerp gekomen? Voorlopig word ik alleen maar de verkeerde kant op geswipet.’

‘Dat was mijn tekst!’ James rommelde in de tas. ‘Het is tijd voor het hoofdgerecht.’

44

'James?' Ze stonden voor zijn auto, die hij thuis had neergezet zodat hij met haar mee kon wandelen naar haar oma's huis. Merle keek naar de heldere sterrenhemel.

'Wat?'

'Zullen we naar het strandje?'

Hij glimlachte een beetje verbaasd. 'Goed, leuk, ik pak even wat spullen binnen.'

Merle stond tegen zijn Mercedes geleund toen hij naar buiten kwam met een plaid onder zijn arm. Ze glimlachte en zette zich af tegen het gouden metaal. Hij opende het hek naar de donkere wei. Gelukkig was het bijna vollemaan. Na een paar minuten moed verzamelen pakte ze zijn hand.

James deed net of dat de normaalste zaak van de wereld was. In hun eigen gedachten verzonken liepen ze voorbij de haven het pad op naar de klif, vanwaar een smal, steil pad naar beneden leidde.

'Dit is echt superonverantwoord.' Behoedzaam klauterde Merle achter James aan het rotsachtige pad naar het strandje af.

'Onwijs. De laatste keer dat ik dit deed was ik vijftien en toen vond ik het al op het randje.'

'Waarom liet je je nu weer overhalen dan?'

'Omdat dit je laatste avond is, dus ik gun je je lolletje. Pas op, hier.' Hij draaide zich om om haar hand te pakken.

Ze kwamen zonder ongelukken beneden en Merle glunderde toen ze haar gympies had uitgeschopt en met haar voeten in het zand van het verlaten, door de maan beschenen strandje stond. 'Wow, het was het wel waard, hè?'

'Absoluut.' James spreidde het kleed uit. Hij plofte neer en klopte naast zich. 'Kom hier.'

Ze ging tegen hem aan zitten.

James grinnikte zacht.

'Wat?'

'Jij windt er geen doekjes om als je wat wilt.'

Merle schoof meteen op. 'Dat had je me zelf als tip gegeven, weet je nog? Dat ik brutaler moest zijn tegen mannen. O, nee! Ik dacht, ik dacht...'

'Wat?'

'Weet ik veel, dat jij het ook wilde, met mij, maar voorzichtig was omdat je dacht dat ik niet wilde of zo, weet ik veel! We hebben het er niet meer over.'

'Ik wil het heel graag. Tenminste, ik denk dat dit gesprek over seks gaat?'

Merle kreunde en hield gegeneerd haar hand voor haar gezicht.

Hij schoof dichter naar haar toe en sloeg zijn arm om haar heen. 'Natuurlijk wil ik het.' Met zijn hand schoof hij haar lange haar opzij en drukte traag een kus in haar nek.

'Ik moet nu wel opnieuw bedenken of ik dit wel wil met jou.'

'Ach, hou toch op, zeikerd.' Hij duwde haar achterover op het kleed. Merle keek hem aan en werd verrast door zijn liefdevolle blik. Alles om haar heen vervaagde.

'Hoe kom je hieraan?' Merle lag bloot tegen James aan en liet haar vinger over zijn litteken gaan.

'Iemand heeft een keer een kapot glas in mijn gezicht gegooid.'

'Wie dan?'

'Meggy, de moeder van Maddie.'

'Waarom?'

'Omdat ze zwanger was en boos en gefrustreerd en ik haar vertelde dat ik best samen voor de baby wilde zorgen, maar dat ik niet met haar verder wilde.'

'Jeetje.'

'Ik begreep het wel.'

'Ik ook.' Merle legde haar hoofd op zijn borst en luisterde naar de mengeling van ruisende zee en zijn hartslag.

'Waar denk je aan?'

'Dat ik net heb geslapen met James-de-klier.'

'Beste seks ooit zeker?' Hij lachte.

'Ja.'

'Het was een grapje, Mer, dat hoef je niet te zeggen.'

'Ik zeg het niet uit beleefdheid. Van alle onenightstands die ik heb gehad was dit echt de beste. Je bent gewoon een hele fijne vent en ik had er al een paar keer aan gedacht hoe het zou zijn met jou. Jij? Of bedenk jij zoiets nooit van tevoren?'

'Eerlijk? Vanaf mijn zestiende denk ik er al aan. Ik wilde je altijd al, omdat je onbereikbaar was. Je was het enige meisje in de omgeving dat ik niet kon krijgen en dat frustreerde me.'

'Vandaar de kwal?'

'Waarschijnlijk. Je was zo arrogant. Ik wilde je een lesje leren. Ik wilde je en ik haatte je.'

'En nu?'

'Wil ik je en vind ik je leuk, maar ik weet ook dat het nooit echt iets wordt tussen ons en dat het waarschijnlijk bij deze ene keer blijft.'

'Waarom weet je dat?' Merle kwam omhoog op haar elleboog en leunde met haar hoofd in haar handpalm om hem aan te kunnen kijken.

'We zijn te verschillend. Jij blijft die koningin die zich te goed voelt voor dit dorp. Je zou hier nooit kunnen wonen. Jij wilt een succesvolle man in een strak appartement die je meeneemt naar hippe restaurants en dure oorden. Nog afgezien van het feit dat onze opa en oma gaan trouwen overmorgen en dat het gek zou zijn als wij... Je weet wel.'

'Nou ja! Ik ben allesbehalve een koningin en jij bént succesvol.'

'Ik heb een dochter en ik ben blij met dit leven. Bij jou zou ik de hele tijd het gevoel hebben dat ik me anders zou moeten voordoen dan ik ben. Ik hoef niet zo nodig in hippe kleding naar dure restaurants met een snelle auto. Ik rijd met mijn dochter op mijn quad naar Freddie's in een gedateerde spijkerbroek en ik woon in een oude boerderij met mijn bejaarde opa in een gat waar nooit iets gebeurt en ik geniet daarvan.'

'Ik bewonder je om al die dingen.'

'Maar het zal nooit jouw leven zijn.'

'Ik denk het niet, nee,' verzuchtte Merle.

'Dus aangezien het bij deze nacht blijft kunnen we er maar beter van genieten.' Hij trok haar boven op zich.

'Ik vind het zo suf dat je me een koningin noemt. Dat ben ik niet.'

'Dat weet ik.' Hij stopte een pluk haar achter haar oor. 'Ik plaag je maar een beetje.'

Merle keek hem van dichtbij aan en glimlachte. James gaf haar een kusje. 'Het wordt wel heel moeilijk om na dit nog iets beters te vinden.'

'Pfff, je bent zo'n slijmbal. Hoe vaak heb je die zin wel niet gezegd?'

'Nog nooit.'

'Liegbeest, maar hij werkt wel. Ik krijg er een goed gevoel van.'

James drukte zijn mond op de hare.

45

'Merle? Wat kom je doen?' Jessie stond in de deuropening van haar cottage.

'Meelopen naar je werk. Ik kwam kijken hoe het met je gaat. En sorry zeggen.' Merle duwde de bamboe meeneembeker van Zach in Jessies handen.

'Weer die vieze oploskoffie met warme melk zeker? Hou even vast.' Jessie gaf de beker terug.

'Ondankbare hond. Hoe is het met je?' Merle keek hoe Jessie het roestbruine ribjasje over haar schouders sloeg en de deur achter zich in het slot gooide.

'Ik heb seks gehad en voel me nu een stuk beter.' Jessie pakte de beker weer uit Merles handen. 'Zach is echt superlenig. Hij zou de hele Kamasutra –'

'Tot zover mijn interesse, Jes. Maar wel praktisch voor hem als hij in zo'n klein busje woont.'

'Superpraktisch. Ik ben helemaal los.' Ze maakte draaibewegingen met haar schouders.

'Misschien was ik wat bot gisteren,' begon Merle terwijl ze naar de praktijk slenterden.

'Niet meer dan anders.'

Merle pakte de beker uit Jessies handen, nam een slok koffie en gaf hem terug. 'Weet je, Jes? Je bent zo getalenteerd dat het bijna irritant is. Jij kunt alles bereiken wat je wilt. Je hoeft geen enkele concessie te doen. Ik weet dat, want ik ken je en ja, misschien was dat lang geleden, maar je bent nog steeds dezelfde persoon. Sterker nog, misschien was je toen meer wie je was en moet je die persoon weer terugvinden.'

'Het klinkt zo simpel, Merle, maar dat is het niet. Ik heb jarenlang zo hard gewerkt dat ik mezelf volledig voorbij ben gelopen. Ik móést gas terugnemen en tijd maken voor andere dingen. Ik wil niet kinderloos zijn op mijn vijftigste en daar spijt van hebben. Als je iets wilt bereiken en je geeft daar dingen voor op, dan moet je dat bewust doen.'

'Je kunt het allebei hebben. Je kunt heus een carrière hebben en een gezin.'

'Ja, maar dan sta je niet bij het schoolplein. Ik ben niet het type dat zich ergens in stort en dan wel ziet hoe het loopt. Ik wil van tevoren de keuzes afwegen.'

'Dat kan, maar zorg ook dat je gelukkig bent. Je kunt alles praktisch bedenken, maar je bent nu eenmaal ambitieus. Doe ook gewoon wat je leuk vindt. Zoek een baan waarvoor je uit je bed wilt komen.' Merle nam weer een slok van de koffie.

'Ben je op weg naar de schuur van James?'

'Ja.'

'Iedereen heeft het erover...'

Van schrik bleef Merle staan. 'Waarover?'

'Over de bruiloft natuurlijk!'

'O, de bruiloft.' Merle ademde gerustgesteld uit. 'Je komt toch wel?'

'Natuurlijk kom ik. Ik grijp alles wat maar voor enige spanning zorgt met beide handen aan.'

'Vandaar Zach?'

'Ik had er zin in.'

'Ik heb met James gevreeën vannacht.'

'Wat fijn voor hem. Dat was zijn jeugddroom.'

'Dat klinkt niet goed, als je dat zo zegt. Alsof het alleen

maar iets was wat op zijn lijstje stond.'

'Je gaat zondag weer naar Nederland, dus waar maak je je druk om?'

'Nergens om.'

'Hier.' Jessie duwde de lege beker koffie in haar hand.

'Wat moet ik daarmee?'

'Weet ik veel. Het is jouw beker. Bedankt voor de halve kop koffie. Dat is echt een gemis in dit dorp, dat er niet een plek is waar je een lekker kopje koffie kunt halen met een verse croissant...' Merle keek hoe Jessie met haar armen door de lucht zwaaide. 'Ik voel me echt zo ontspannen en los, heerlijk. Succes met de voorbereidingen!'

Merle keek haar na en kon de rest van de weg aan niets anders meer denken dan aan het lijstje van James.

'Oké, ik heb een schema gemaakt.' Dat leek Merle het beste na een nacht zonder slaap. 'Dit moet er nog gebeuren.' Ze draaide het notitieblok naar Zach, die naast haar zat op de bank gemaakt van strobalen. 'Ik heb van een zekere persoon gehoord dat jij nogal lenig bent, dus dan kan jij mooi de boxen goed hangen.'

Zach lachte breed. 'Wat vond ze van me?'

Merle wreef met haar vingers over haar kin alsof ze heel hard nadacht. 'Gemiddeld. Ze vindt het heel lekker als een man met zijn tong haar oksel bewerkt, maar dat deed je niet, terwijl ze je toch meerdere hints heeft gegeven, dus ze weet niet of het voor herhaling vatbaar is.'

'Doen die discolampen het?' Zach keek naar het plafond.

'Geen idee, dat is James' afdeling.'

'Gelukkig komt die net aanlopen.'

James kwam de schuur binnen. Zijn haar was nat van het douchen. Merle dacht aan afgelopen nacht en voelde dat ze kleurde. James keek haar aan en glimlachte. 'Goedemorgen.'

‘Hoi.’ Ze keek naar het schema.

‘Je bent een goorlap, Merle, geen vrouw houdt ervan als je haar oksels met je tong bewerkt,’ merkte Zach op.

‘Wat is dat dan ook voor vraag, wat vond ze van me?’ Merle voelde James’ blik op haar branden en vermeed het hem aan te kijken.

‘Hoe zit het eigenlijk met de bruidstaart?’ Zach kwam bij haar staan en bekeek het schema.

Merle trok wit weg. ‘O god. Dit gebeurt mij nooit.’

Zach sloeg een arm om haar schouders. ‘Je bent de bruidstaart vergeten?’

‘Ik moet iets bedenken. Geef me vijf minuten.’ Merle liep de schuur uit, zodat ze niet werd afgeleid door James’ aanwezigheid, en sloot haar ogen. Na ongeveer drie minuten liep ze de schuur weer in. ‘James, heb jij de nummers van de boetseerclubdames van oma?’

‘Ik weet wie het zijn. Daar komen we wel uit.’ Hij liet zijn blik over haar heen dwalen en keek haar aan. Hongerig.

‘Werken die discolampen?’ Zach scheen niet te merken dat er iets tussen hen was gebeurd.

James twijfelde. ‘Bijna, er moeten nog een paar verlengsnoeren bij. Wil jij even helpen, Merle, want die liggen op zolder en daar kan ik niet alleen bij.’ Het klonk zakelijk. Zonder haar antwoord af te wachten liep hij weg.

‘Zo terug.’

Merle liep de keuken binnen, waar James op haar stond te wachten. ‘Je hoeft niet zo rood te worden, hoor, als je me ziet.’

‘Dat maak ik zelf wel uit, ja.’

‘Wat was dat nou met die oksel, heb ik een van je voorkeuren gemist?’

‘Nee! Vergeet dat alsjeblieft.’

Hij trok haar in zijn armen. ‘Je ziet eruit alsof je koffie kunt gebruiken.’

'James, nee.' Merle trok zich los. 'Ik wil niet dat Maddie dit ziet. Of Harry. De vorige keer toen hij kwam binnenlopen was al erg genoeg.'

'Die komen niet binnenlopen want ze zijn opa's pak aan het ophalen met mijn oom.'

'Waar zijn die verlengsnoeren?'

'Boven, kom.'

'Hoe kan jij nu zo vrolijk zijn met drie uur slaap?' Merle liep achter hem aan de houten trap op en de hal door. Ze kwamen in een ruime slaapkamer waar een groot tweepersoonsbed met geruit beddengoed stond, en in de hoek een bad op pootjes. Er stond een kledingkast met de deuren wagenwijd open.

James liep erheen om ze te sluiten.

'Dit is jouw kamer!'

Hij draaide zich om, keek haar aan met de donkere blik die ze nog herkende van de nacht ervoor en trok haar weer in zijn armen.

Merle liet zich even tegen hem aan vallen, rook de mix van zijn shampoo en aftershave en dacht aan zijn lijstje. Ze maakte zich van hem los. 'Dit is ongepast.'

'Ongepast?' Hij grijnsde.

'Wat als ze eerder terugkomen en er ineens iemand binnenloopt? Of iemand ons hoort? Je dochter bijvoorbeeld.'

James liep naar de ladekast naast de deur. Hij schoof hem ervoor. 'Opgelost! En ik zal superstil zijn.' Zijn handen gingen onder haar jurkje over haar dijen omhoog. Van dichtbij keek hij haar aan.

Zijn adem streek zacht over haar lippen. Wat kon dat lijstje haar eigenlijk schelen? Merle duwde hem op bed en ging boven op hem zitten. 'Weet je? Misschien moet je mijn oma als huwelijkscadeau geven dat je poseert voor haar boetseerclubje.' Ze opende de knoopjes van haar te strakke groene jurkje en trok het over haar hoofd uit.

James beet op zijn lip. 'Dat je daar nu aan denkt, maar prima.'

'Echt? Beloof het.' Merle maakte in alle rust haar beha los.

'Ik beloof het.' James klonk ongeduldig.

'Kijk me aan.'

James keek haar aan. 'Echt.' Hij pakte haar vast, duwde haar op bed en ging op haar liggen. Hij beet haar zacht in haar nek.

Merle giechelde. 'Ik hou je eraan, James.'

'Doe dat.'

Merle voelde haar hart als een sneltrein tekeergaan tegen haar borstkas. Dit was nieuw voor haar.

46

'Moet dit nou echt?' Zach verborg kreunend zijn gezicht in zijn handen. 'Jessie, ik heb toch echt een hoop gore horrorfilms gezien, maar dit...'

'Nu wordt het pas interessant!' Jessie lag tegen Zach aan op de bank in haar woonkamer.

Zach keek naar Jessie, die op haar gemak een bakje Ben & Jerry's uitlepelde. 'Dat je hierbij kan eten! Het feit dat het zo amateuristisch wordt gefilmd maakt het alleen maar onsmakelijker.'

'Kijk nou gewoon.'

'Ik weet niet eens waar ik naar kijk. Ik zie alleen een piepkleine baby die opengesneden wordt.'

'Deze baby heeft een hypoplastisch linkerhartsyndroom. De linker hartkamer, boezem en de aorta zijn bij de geboorte niet genoeg volgroeid.' Jessie zoog het ijs van haar lepel en wees er daarna mee naar de iPad. 'Het is nog maar tweeëntwintig uur oud, dit kindje.' Ze keek opzij naar Zach, die niet reageerde. 'Je ziet bleek.'

'Ja, ik trek dit heel slecht.'

'Blijkbaar.' Met tegenzin zette Jessie de operatie stop. 'Misschien kunnen we beter iets anders kijken.'

'Graag.' Er klonk opluchting in Zachs stem.

'Misschien iets middeleeuws met veel vechten? Of met Vikingen? Of heb je de laatste *Annabelle* al gezien?'

'Met die horrorpop? Serieus?' Zach keek grijnzend neer op Jessie, die met haar hoofd tegen zijn schouder lag. 'Jij bent echt een aparte. Wat dacht je van gewoon een gezellige film?'

'Prima, dan val ik wel tegen je aan in slaap. Zet maar iets op.'

'*The Notebook* wordt het dan. Die heb ik al een tijdje niet gezien.'

'Ah nee, echt?' Ze zag dat hij het meende. 'Nou, goed dan. Zolang je maar niet gaat huilen, want dat vind ik echt een ontzettende *turn-off*.'

'Wat zit je nou moeilijk te doen? Dat is pas op het einde en dan ben jij allang in slaap gevallen.'

'Dat is waar. Wil je blijven slapen? Dan verhuizen we naar bed.' Jessie tilde haar hoofd op om Zachs volle lippen te kussen en vroeg zich af of ze ooit genoeg zou krijgen van die lippen, zijn levendige ogen en zijn lenige, gespierde lijf. Hij mocht zelfs huilen bij die film. Het maakte haar niet uit.

'Gaan we niet wat te snel? Je komt net uit een relatie. Dit zouden we eigenlijk helemaal niet moeten doen. Ik wilde ook afstand houden...'

'Hoezo? Het is gewoon het handigst. We gaan samen een film kijken en ik ga in slaap vallen. Als jij daarna in het donker in de regen weer naar huis wilt lopen, ga vooral je gang.'

Zach haalde zijn schouders op. 'Waarom kijk je eigenlijk zo graag naar die operaties?' Hij pakte het ijs uit haar handen en zette het weg. Vervolgens liet hij zich achterover op de bank vallen en trok haar mee.

'Ik word er rustig van.' Ze dacht na. 'Ik krijg er een opgeruimd gevoel van. Opereren is net een computerspel: je krijgt een opdracht om iets te maken, maar er zijn allerlei factoren die dat bemoeilijken. Er mag niets uitvallen of kapotgaan en alles is met elkaar verbonden. Je moet supergeconcentreerd zijn, overal rekening mee houden, creatief zijn en dat heel lang volhouden. Dat gevoel, de adrenaline, het perfect willen doen in een zo kort mogelijke tijd, daar ben ik gek op. Er staat echt iets op het spel. Het is belangrijk... Zoiets.'

'Je mist het.'

'Soms, maar het heeft ook nadelen en hier zijn heeft voordelen. Zoals dit bijvoorbeeld, dat jij langsloopt, aanbelt, dat ik er ben en dat we zomaar samen eten... Dat had ik nooit in Londen. Ik was altijd moe. Thuis moest ik bijtanken. Hoe is het met je pols?'

'Heel goed. Kijk, hij kan alles weer...'

Jessie voelde zijn hand naar de sluiting van haar beha gaan. 'Gaan we echt *The Notebook* kijken, straks?'

'Ja, ik heb net toch ook naar jouw bloederige operatie gekeken?'

'Dat was een samenvatting! Die sleept zich niet twee uur voort...'

'Prima, dan kijken we *Game of Thrones*! Dat is een goede middenweg.' Zach stond op en boog zich over haar heen.

'Dat is een perfecte middenweg, Zach. Dank je. Dokter Geiger zou trots op ons zijn. Wat gaan we doen?' Zach tilde haar op en begon naar haar slaapkamer te lopen.

'Ik neem je mee naar bed.'

'Hoe holbewonerig van je.'

'Heb je hem wel eens gegoogeld, dokter Geiger? Weet je hoe hij eruitziet?'

'Nee?'

'Dat moet je ook echt niet doen, want dan verliest hij al zijn geloofwaardigheid.' Zach liet haar op bed vallen en kuste haar.

Jessie verbaasde zich erover hoe warm en normaal dit allemaal voelde.

'Ik moet je nog wat bekennen,' mompelde Zach terwijl hij

haar T-shirt omhoogschoof en kusjes op haar buik drukte.

'Wat?'

'Ik liep hier niet toevallig langs. Het was de derde keer dat ik aanbelde, omdat ik je wilde zien, omdat ik aan niets anders meer denk.'

Jessie glimlachte. 'Ik ook niet, maar ik heb dan ook echt een hele saaie baan.'

47

'Waarom ziet dit er zo makkelijk uit op YouTube?' Maddie probeerde in de keuken van Eleanora roosjes te vouwen van roze fondant. Geconcentreerd staarde ze naar het iPadscherm waarop een meisje met goudblond haar het in dertig seconden voordeed.

'Pfff, inderdaad, ik kan haar ook niet uitstaan, dat zelfingenomen kind.' Merle stond naast haar hetzelfde te proberen met witte fondant.

'Ze heet Lulu Day en ze heeft drie miljoen volgers. Dat geloof je toch niet als je zo irritant glimlacht, alsof dit superleuk is, maar dat is niet zo!' Gefrustreerd kneedde Maddie opnieuw een bolletje van het spul. 'Ik ben blij dat we maar één taart hoeven te maken.'

'Het goede nieuws is dat wij de bovenste maken, dus die is lekker klein.'

'Ik had me er echt iets heel leuks van voorgesteld.'

'O nee, ik weet waar dit naartoe gaat!' Merle wees met haar vinger naar Maddie. 'Je gaat nu niet afhaken en mij alleen laten met deze kilo fondant en een onversierde taart.'

'Dat zou ik nooit doen. Zo ben ik helaas niet opgevoed. Wat doe je?'

'We schakelen een hulplijn in.' Merle hield haar hoofd schuin zodat haar telefoon tegen haar schouder klemde.

'Wie bel je?'

'Jessie, maar die neemt niet op. Ze is bij Zach.'

'Ik ren er wel even heen!' Maddie had haar hand al op de deurklink.

'Nee! Dat doe ik wel.' Merle wilde niet dat het arme kind getraumatiseerd zou worden als ze Zach en Jessie in 'de kraanvogel' aan zou treffen.

'Jes?' Merle bonkte op de deur van het bijgebouw. 'Ben je daar? Ik heb je nodig!'

'Ik ook!' hoorde ze Zach roepen.

'Het is een noodgeval!' Merle gooide alle drama die ze in zich had in haar oproep.

'Ik kom eraan!' riep Jessie plichtsgetrouw.

'Haar fijne motoriek is gewoon heel goed ontwikkeld.' Merle klonk jaloers.

'Ze doet het nog netter dan Lulu Day,' verzuchtte Maddie.

'Als je je kind Lulu Day noemt, dan weet je al dat ze beroemd gaat worden,' mompelde Jessie terwijl ze met het grootste gemak de ene na de andere roos in elkaar draaide. 'Misschien een goede tip voor Tascha?'

'Ze komt morgen, dus dan kun je het haar persoonlijk vertellen.'

'Is Tascha je zwangere zus?' vroeg Maddie.

'Yep.' Merle had de motor van een discobal besteld en plakte daar met secondelijm een bruidspaartje op, zodat het bruidspaar zou ronddraaien boven op de taart.

'Zo jammer dat ik geen zus heb. Ik maak het gat, goed?' Met een liniaal mat Maddie het midden van de taart af.

'Ja, prima. Er ligt daar een stuk pvc-pijp.' Merle dacht na. 'Misschien krijg je nog een zus, ooit. James is nog superjong.'

Maddie knikte. 'Een halfzus, waarschijnlijk, van een gemene stiefmoeder.'

James kwam de keuken in lopen. 'Gaat het goed hier?'

Merle deed net alsof haar maag geen driedubbele axel maakte en knikte kort naar hem. Na de vrijpartij in zijn slaapkamer de dag ervoor hadden ze geen moment alleen meer gehad.

'Papa! We hadden het net over je.'

'Echt, wat dan?'

'Merle vindt je superjong en denkt dat ik nog wel een zus krijg. Maar nu moet ik me even concentreren.' Maddie draaide de buis langzaam door het midden van de taart en haalde hem er weer uit. Er bleef een mooi rond gat in de taart achter.

'Perfect!' riep Merle. Ze voelde James naar haar kijken, maar ze keek niet terug. Zijn dochter hoefde niet te merken dat er wat tussen hen was. 'Lulu Day zou het niet beter doen.'

'Ze zou er wel leuker bij lachen.' Maddie toverde een enorm overdreven glimlach op haar gezicht.

'Ik denk dat jij ook wel twee miljoen volgers krijgt als je zo lacht.' Merle zette het discolampmotortje in het midden van de taart en zette het aan. Het dansende bruidspaar dat ze erop had geplakt begon rondjes te draaien. Maddie klapte enthousiast in haar handen.

'Nu alleen nog de roosjes erop.' Merle zette het roterende bruidspaar uit.

'Ik kwam Maddie ophalen.' James leunde geduldig tegen de deurpost.

Merle voelde hem staan. 'Ga maar, Mads, ik maak het wel af,' spoorde ze Maddie aan.

'Zo was ik niet opgevoed, weet je nog?'

Merle keek voor het eerst naar James, die hen gadesloeg. 'Oké, doe jij die roosjes er nog even op, dan.' Ze wilde weten wat hij dacht.

'Mag ik de taart proeven?' Maddie duwde het rondje taart uit de pvc-pijp en stopte een stuk in haar mond. 'Soepergoew gewukt,' riep ze met haar mond vol. Ze hield Merle een stukje voor.

'En dat is de laatste!' Jessie draaide zich om en zette de schaal fondantroosjes op tafel. 'Zo, Zach heeft me nodig, dus ik ga weer.'

Als dank gaf Merle haar een klopje op haar rug. 'Ja, hij heeft vast een leuke oefening bedacht. Dank je wel, Jessie. Als je het spoor bijster bent, kun je altijd nog een taartenvlog beginnen met Maddie. Dan bakt zij en doe jij de ingewikkelde versiering.'

Bang dat ze voor een volgend klusje werd gevraagd, glipte Jessie snel de deur uit.

'Even plassen!' Maddie rende de keuken uit.

Nu ze alleen waren voelde Merle haar hart vrolijk tekeergaan.

'Beloof jij mijn dochter nu een zusje?' James fronste.

'Nee, ik zei dat het eventueel nog mogelijk zou zijn in verband met jouw leeftijd.'

'God, ik moet er echt niet aan denken.'

'Ik ook niet. Ik bedoel niet dat wij... ehm... je weet wel.' Merle hield abrupt haar mond. James deed hetzelfde met als gevolg dat er een lange stilte viel. Merle begon de roosjes maar op de taart te leggen en was opgelucht toen Maddie weer binnenkwam.

'Ik wacht buiten wel op je, Mads. Ik moet nog iemand bellen.'

Merle was met haar gedachten niet meer bij de taart.

48

'Maagzuur! Daar heb ik ook echt last van.' Tascha streelde liefdevol haar dikke buik.

'Echt? Kindje toch. Als ik dat had geweten, had ik wat kervel en selderijblad gedroogd. Dat helpt.' Eleanora was gelukkig heel geïnteresseerd in de lijst zwangerschapskwalen van Tascha.

Merle had haar zus opgehaald van het treinstation en hoorde alles voor de tweede keer. Ze keek langs de helende kristallen uit het keukenraam en dacht net aan de buikspieren van James toen hij ineens in de deuropening stond.

'James! Wat ben je groot geworden en knap, maar dat was je altijd al,' riep Tascha uit. 'Kom hier.'

Merle keek hoe James Tascha knuffelde alsof ze oude jeugdvrienden waren. Eleanora vertrok naar boven om zich klaar te maken.

James wendde zich tot Merle. 'Alle taarten zijn bezorgd. Ik kom even de standaard ophalen, heeft Zach die af? Dan kan ik hem alvast in elkaar zetten.'

Merle had de vrouwen van het boetseerclubje gevraagd taarten te bakken met oplopende doorsnedes en Zach om een taartenstandaard te maken waar ze in zeven lagen, van klein naar groot, allemaal op pasten. 'Dat gingen Maddie en ik doen.' Merle dacht aan het ongemakkelijke moment gisteren samen in de keuken. Misschien had hij 'seks met Merle' op zijn lijstje afgevinkt en was hij niet geïnteresseerd in meer. Wilde zij meer? Deze vraag had haar de hele nacht wakker gehouden. Ze rechtte haar rug.

'Je zus is er net, toch? Het lukt ons wel.'

'Oké, fijn, dank je.' Merle klonk zakelijk.

'Kan ik ook wat doen?' Tascha wreef over haar zwangere buik.

'Er moeten nog heel veel loodzware dingen getild worden en er moet van alles opgehangen worden op een hoge ladder in de schuur.' Merle keek droog naar haar zus. 'Grapje.' Ze pakte Tascha's tas. 'Alles is klaar. De plechtigheid begint over drie uur, misschien moet je even slapen? Ik heb boven een bed voor je opgemaakt.' Ze knikte naar James en liep voor Tascha uit naar boven.

'Kan ik niet bij jou in het bijgebouw slapen?' siste Tascha op de trap. 'Straks gaan oma en Harry heel erg tekeer vannacht.'

'Die kans is groot, maar jij slaapt vast heel diep met die baby in je buik.'

'Zo werkt dat dus niet. Ik slaap juist voor geen meter. Waarom denk je dat ik een centimeter concealer op mijn gezicht heb gesmeerd? Je had toch een matrasje naast jouw bed kunnen leggen?' Ze stonden nu in de kleine studeerkamer boven. Tascha staarde van de spinnenwebben aan het plafond naar Merle. Ineens vernauwden haar ogen. 'Je hoopt dat James bij jou komt slapen.'

'Doe niet zo gek.'

'Natuurlijk!' Tascha sloeg zichzelf op haar wangen. 'Dat ik dat nu pas zie! Die zwangerschap maakt me roestig.'

Merle besloot er niet op in te gaan. 'Rust lekker uit voordat alles begint.'

'Zijn dochter is natuurlijk ontzettend leuk, met zo'n vader!

Jullie zouden een perfect gezinnetje zijn, dat weet ik zeker. En dan hoef je om moeder te worden niet eerst je lijf op te rekken tot maat orka en negen maanden niet te slapen, en de negen maanden daarna ook niet.'

Merle klopte zo uitnodigend mogelijk het hoofdkussen op. 'Bemoei je met je eigen zaken, Tasch. Ik hoop dat je oordoppen hebt meegenomen voor vannacht.'

49

'Is Freddie de dj? Serieus, James?' Ze stonden naast elkaar te kijken hoe de mensen aan de lange tafels hun toetje opaten en zich langzaam naar de bar begaven voor een drankje. Het eten was simpel maar heerlijk geweest. James had de koks van zijn bejaardenhuizen gevraagd te koken in ruil voor twee vrije avonden. Hij zou die avonden samen met Maddie voor de bewoners koken. Dat leek hen leuk. Hij had Gregory genoeg bediening laten inhuren, wat betekende dat ze zelf hun handen vrij hadden. Op de nog bijna lege dansvloer gingen Eleanora en Harry met hun eerste dans beginnen.

'Wat zeur je nou? Freddie is altijd de dj. Ook bij het havenfeest. Je mag boos op me worden omdat ik geen band heb kunnen regelen, maar niet om de dj, want dat is een gegeven.'

Merle was blij dat James het rare gesprek in de keuken vergeten leek te zijn. Ze trok het lichtblauwe jurkje, dat er online heel leuk uit had gezien maar in het echt best wel tegenviel, omlaag.

'Waarom friemel je de hele tijd aan die jurk?'

'Omdat hij te kort is. Online zag hij er leuk uit, maar het viel een beetje tegen. Nou ja, het is gewoon een ordinair ding, maar dat zag ik pas toen ik hem aantrok. Ik denk dat het online model een dwerg was, want bij haar zat hij wel goed en de schoenen die ik van Tascha heb geleend zijn eigenlijk een maat te klein. Wil je nog meer klachten horen?'

'Niet echt.' Hij stak zijn hand uit om haar wang aan te raken, maar trok hem op het laatste moment terug. 'Je ziet er goed uit.' Hij knikte haar toe.

'Kan je nagaan hoe ik eruitzie als ik mijn best doe, James.' Ze gaf hem een knipoog.

Hij grijnsde. 'Flirt je nou met me?' De muziek begon te spelen en Harry en Eleanora liepen traag, hand in hand, de dansvloer op.

'Dat hangt er–' Merle stopte abrupt met praten toen haar zus tegen haar aan kwam staan.

'Ik vind het gewoon zo mooi allemaal!' Tascha wreef voor de zoveelste keer de uitgelopen make-up onder haar ogen weg. Tijdens de ceremonie had ze non-stop gehuild.

'Ja, het is ook prachtig,' zei James droog, terwijl hij fronsend naar Eleanora en Harry keek, die innig met elkaar begonnen te dansen op de intro van 'Perfect' van Ed Sheeran.

'Wat kan jij liegen.' Merle stootte hem aan.

'Ik vind dit gewoon een zeiknummer en ik mag die twee oudjes daar heel graag, maar ik hoef hun voorspel liever niet te zien.'

'Ja, mensen!' schalde Freddies stem door de schuur. 'Wie vergezelt dit kersverse bruidspaar op de dansvloerrrrrr?'

James moest lachen. 'Het voelt een beetje als het afscheidsfeest van de basisschool.'

'Je gaat echt dansen, James. Dat hoort erbij. Tasch, James wil met je dansen, maar hij is nogal verlegen.'

'Kom maar op, ik vind dit zo'n geweldig nummer!' Tasch pakte James bij de hand en liep voor hem uit de dansvloer op.

James stak zijn middelvinger op naar Merle en pakte Tascha vast, die vol overgave haar hoofd op zijn borst liet vallen en verrukt meedeinde met de muziek. Merle moest glimlachen toen ze het ongelukkige gezicht van James zag. Achter hen trok Zach Jessie tegen zich aan, die met een glimlach haar wang tegen de zijne drukte. Freddie verscheen voor haar uitzicht.

'Hè, jij bent de dj, wat doe je hier!'

'Nu is Maddie even de dj, ik heb haar precies uitgelegd wat ze moet doen. Dus mag ik deze dans?'

'Tuurlijk.' Merle legde haar hand in de zijne en legde de andere op zijn schouder, zodat ze zelf gepaste afstand kon bewaren. 'Heb je een playlist voor vanavond?'

'Ja, die hebben Maddie en ik samengesteld aan de hand van de platencollectie van Harry. Je kunt een hoop gouwe ouwen verwachten en wat recentere nummers voor de jongere generatie.'

'Ik kan niet wach–' voordat ze haar zin had uitgesproken hoorde ze Maddies stem door de microfoon.

'Voordat iedereen in slaap valt, alvast een eeuwenoud dansnummer!'

'Verdorie!' riep Freddie. 'Ik had kunnen weten dat ze zich niet aan de planning zou houden. Wat is het toch een brutaal kreng!'

Merle moest lachen toen 'Karma Chameleon' van Culture Club door de ruimte schalde. Eleanora hield van dit nummer en stond wild met haar armen te zwaaien op de dansvloer, samen met Tascha, die James had losgelaten en met haar handen om haar buik op en neer bewoog.

'Ik zei het je, afscheid van de basisschool,' hoorde ze in haar oor.

'Freddie durft zijn plek achter de draaitafel niet meer te verlaten de rest van de avond. Het ziet er mooi uit, hè, met die lichtjes.'

'Heel mooi.' Hij keek naar haar.

'Dansen?' Merle knikte naar de dansvloer.

'Nee.'

'Jij voelt je zeker te cool om te dansen, puzzelaar.' Ze negeerde de steek in haar buik die zijn afwijzing haar gaf.

Hij lachte.

Merle zwaaide naar hem en verdween tussen de mensen de dansvloer op, waar ze met Maddie, Jessie, Zach en oma danste tot ze blaren had van de schoenen van Tascha. Ze trok ze uit en gooide ze op de strobalen aan de zijkant om op haar blote voeten verder te gaan. Tascha keek met haar handen om haar buik toe.

James ging in een hoekje zitten met twee vrienden en een biertje. Merle voelde dat hij naar haar keek, glimlachte naar hem en deed dan net of haar systeem geen kortsluiting maakte. Toen er een langzaam nummer kwam, kwam hij niet met haar dansen, maar keek hij hoe ze met Harry danste.

'Dank je wel, lieverd, dit was het fijnste cadeau dat ik me had kunnen wensen. Dit feest en dat jullie er waren en het prachtige bankje dat ik van Zach en jou heb gekregen.' Eleanora had tranen in haar ogen. Het was twaalf uur en Zach zou het bruidspaar naar huis brengen.

'Graag gedaan, oma, het was fijn om hier te zijn, bij jou. Net als vroeger.'

'Net als vroeger.' Eleanora gaf haar een knuffel. 'Als dank wil ik je graag iets schenken.'

'Dat hoeft niet.'

'Ik wil het. Het beeld dat ik van jou heb gemaakt in de hal.'

Merle visualiseerde zichzelf in een krappe vliegtuigstoel met het foeilelijke donkere beeld vol tentakels op schoot. 'Dank je, oma. Ik zoek er een bijzonder plekje voor.' Schuin paste het misschien net onder in de meterkast.

Eleanora pakte Harry's hand en hij hielp haar achter in de Volkswagenbus van Zach. De dorpsgenoten joelden de bus na toen die, gevolgd door slierten rammelende blikjes, wegreed.

Tot lang nadat de bus uit het zicht verdwenen was, bleef Merle staan. Iedereen was weer naar binnen gegaan om nog een laatste drankje te drinken. Ze hoorde voetstappen en wist dat het James was.

'Dank je wel. Het feest was lang niet zo goed geweest zonder jou.' Zijn stem klonk een beetje schor.

'Jij ook dank je wel dat je zo lief was om dit feest te organiseren. Het is fijn om te weten dat je er bent voor Harry en oma. Ik weet nu dat ik er ook meer zou moeten zijn.' Ze draaide zich om en keek naar hem op. Ze wilde dat hij haar kuste, maar hij keek haar alleen maar aan. Zijn blik werd afstandelijk.

'Laten we naar binnen gaan.' Hij liep voor haar uit de schuur weer in. Merle sloot een paar seconden haar ogen en vervloekte zichzelf omdat ze wilde dat hij haar wilde. Ze had dit veel te ver laten komen.

Merle ging James de rest van de avond uit de weg en lachte en danste met Maddie en Jessie. Toen Zach haar een lift aanbood liep ze naar James toe.

'Zal ik morgenochtend terugkomen om op te ruimen? Zach bood me een lift aan en ik kan niet meer...'

'Ik regel het wel morgen. Je vliegt aan het einde van de middag, toch?'

'Ik kan toch –'

'Hoeft niet. Ik regel het wel. Er komen twee jongens helpen. Geniet gewoon van de laatste ochtend met je oma.'

'Prima.' Ze knikte. 'Dan zie ik je niet meer.' Ze deed haar best dit zo nonchalant mogelijk te laten klinken.

'Ik kom wel even langs morgen om gedag te zeggen.'

'Slaap lekker...' rekte ze het moment. Ze keek hem aan en probeerde te zien wat hij dacht, maar zijn ogen stonden donker en ongeïnteresseerd. Met pijn in haar buik draaide ze zich uiteindelijk om en liep de schuur uit, naar de bus van Zach.

'Sjeezus!' Merle greep naar haar hart toen het dekbed bewoog. Ze knipte het licht aan. 'Tascha?'

Haar zus kreunde diep. 'Ik sliep net. Zach heeft voor jou een matrasje op de grond gelegd.'

'Ik zie het.' Typisch haar zus, om net te doen alsof het prima was om boven bij Eleanora te slapen en vervolgens pontificaal in haar bed te gaan liggen. 'Ik zou boos moeten worden. Het is dat jij zwanger bent en ik gesloopt.' Merle trok haar kleren uit, waste haar gezicht, poetste haar tanden in de krappe badkamer en kroop op het matrasje onder het dekbed, dat de eerste paar dagen van haar verblijf muf had geroken, maar nu niet meer. Zou dat komen omdat ze gewend was geraakt aan de geur? Misschien rook zij nu ook zo, zonder dat ze het doorhad? Misschien rook James dat ook?

'Mer?'

'Mmm?'

'Weet je?' Tascha klonk ineens verrassend wakker.

'Wat?'

'Jij wilt gewoon dat alles normaal is en voorspelbaar. Dat bedacht ik op weg hierheen vanavond. Net als in je app, waar je precies hebt ingesteld wanneer iemand welk bericht moet ontvangen en hoe de relatie zich vervolgens exact op het goede tempo op moet bouwen. Dat komt door die lullige social media, waarin iedereen alleen maar laat zien hoe perfect hun leven is. Dan ga je je toch onbewust afvragen waarom het bij jou niet alleen maar perfect is.'

Merle stond op om het gordijn te openen dat Tascha had gesloten. Ze hield ervan om bij goed weer naar de sterrenhemel te kijken of het licht van de ochtendzon de kamer in te zien komen. 'Ja, dat had ik vroeger al bij de serie *Friends*. Ik wilde ook zo'n vriendengroep, maar wie ik ook bij elkaar zette, het werd nooit zo leuk als in dat programma. Daar heb ik me heel lang rot over gevoeld, tot ik besefte dat niemand zo'n vriendengroep heeft.'

'Je moet genieten van de momenten waarop het even voelt alsof die vriendengroep er wel is, en die zijn er heus. Je bent nou eenmaal niet aan de lopende band gelukkig. Het leven bestaat niet uit aan elkaar geschakelde Insta-momenten. Dat is de hele reden dat jouw app zo goed loopt, omdat mensen precies weten wat ze krijgen. Daar verlangen ze naar omdat het in het echte leven niet zo is.'

'Eigenlijk moet ik al mijn gebruikers een lesje leren en de mannen het in week zes heel grof uit laten maken. Is dat je punt? Ik mis even je gebruikelijke juffige duidelijkheid. Waar wil je heen?'

'Natuurlijk moet je dat niet doen, dan wil iedereen zijn geld terug.'

Merle keek naar de contouren van haar zwangere zus in het donker. De dikke bult onder het dekbed. Het drong tot haar door dat ze meer aandacht aan haar en de baby moest besteden. 'Jammer dat wij geen geld terug kunnen vragen, hè, omdat mama doodging?'

'En papa daarna iets met Erika kreeg. Dat zou het bedrag lekker opdrijven,' verzuchtte Tascha.

'Ach, die man was gewoon in paniek, dat realiseer ik me nu achteraf wel beter. Daar zat hij ineens alleen in Zeist met twee dochters. Hij had geen idee wat hij met ons aan moest. Nog steeds niet echt, trouwens... Erika was zijn redding.' Merle besloot meldingen in haar agenda te gaan zetten om Tascha te bellen.

'Dat is wel echt leuk aan James, dat hij wel een idee heeft. Om maar even op het onderwerp terug te komen.'

'Ik wist niet dat dat het onderwerp was.'

‘Weet je? Het komt misschien totaal uit een andere hoek dan je had gedacht, maar het is wel schaars, de manier waarop jullie naar elkaar kijken.’

‘Slaap lekker, Tasch.’

‘Dat ga ik zeker doen. Ik wens je hetzelfde, maar jij gaat toch niet slapen.’

De rest van de nacht keek Merle inderdaad vanuit haar bed langs het opengeschoven gordijn naar de sterrenhemel.

50

'Zou hier niet een ochtendmis moeten zijn?' Zach schoof naast Jessie op de achterste kerkbank, waar ze elkaar voor het eerst hadden gekust.

'Nee, het kerkje komt te koop. Iedereen gaat naar de nieuwe kerk achter de haven.'

'Hoe weet jij dat?'

'Omdat ik de plaatselijk huisarts ben. Dan word je de hele dag opgezadeld met irrelevante informatie over dit dorp. De prijs is heel laag, want het moet een culturele functie krijgen.'

Zach veerde op. 'Misschien is het iets voor mij!'

'Wil jij je settelen in Wetters Bay?' Jessie deed haar best niet al te verbaasd te klinken.

'Ja, ik voel me hier thuis. Voor het eerst in lange tijd voel ik me ergens thuis.'

'Goh, nou... Ik denk wel dat je je bus erin kunt rijden als je allebei de deuren opent.'

'Inderdaad... Ik zou hier schilderlessen kunnen geven en tentoonstellingen kunnen organiseren. Het zou perfect zijn. Kom je dan bij me wonen?' Zach glimlachte om Jessies geschrokken gezicht en stopte een pluk blond haar achter haar oor. 'Ik weet waarvoor je me hebt laten komen.'

'Ik wilde je vertellen dat ik wegga.'

'Dat weet ik.'

'Hoe dan? Waarom weet jij altijd alles?'

Hij haalde zijn schouders op. 'Kom op, Jes, het was een kwestie van tijd. Je bent hier niet gelukkig.'

'Ik ga dit, jou, zo missen als ik in Londen ben, maar ik kan het niet allemaal hebben. Als je goed wilt worden in iets moet je ervoor gaan, maar dan mis je ook dingen. Ik weet nu dat dat niet erg is. Dat het het waard is.'

'Ik snap het, maar ook weer niet. Mensen zeggen nooit op hun sterfbed: "Goh, had ik maar wat harder gewerkt," weet je...'

'Dat zou ik wel kunnen zeggen, want werk geeft ook betekenis aan je leven. Als ik hier in Wetters Bay zou blijven, zou ik op mijn sterfbed denken: ik heb maar wat aangerommeld. Ik wil kunnen zeggen dat ik een significant verschil heb gemaakt in het leven van andere mensen. Ik heb ervoor gezorgd dat ze een normaal leven kunnen leiden... dat ze een toekomst hebben...'

'Dat is mooi, maar je moet ook gewoon met plezier naar je werk gaan. Gelukkig zijn in het alledaagse leven.'

'Ja, maar dat ben ik, Zach. De dagen in het ziekenhuis zijn lang en heftig, maar ik voel me wel voldaan aan het einde van de dag. Hier heb ik dat niet. Ik heb het gevoel dat ik iets groots en meeslepends misloop. Heel gemoedelijk, dat spreekuur, en natuurlijk komt er wel eens iemand met iets interessants voorbij, maar die verwijs ik meteen door en dan ben ik jaloers op degene die er daadwerkelijk naar gaat kijken. Het is een heel fijn leven, een relaxte baan, een potje koken in mijn pittoreske cottage, een wandeling door de heuvels in het weekend, maar het is niet genoeg voor mij. Ik voel me net een bejaarde. Het maakt me zenuwachtig. Ik word gespannen van al dat ontspannen.' Ze pakte zijn hand.

Zach legde zijn andere hand erbovenop. 'Dat weet ik, en ik ga niet proberen je tegen te houden. Dat is hetzelfde als een vogel in een kooi houden omdat hij zo mooi is.'

Ze glimlachte. 'Het was een heerlijke tijd met jou. Door jou realiseerde ik me hoe fijn het zou kunnen zijn met iemand. Het was kort maar krachtig.'

'Vond ik ook. Het was een veelbelovend begin.' Zach trok haar naar zich toe. Jessie begroef haar hoofd in zijn nek. Zo bleven ze een tijdje zitten.

'Ik moet gaan. Mijn vervanger komt morgen en ik moet een draaiboek maken.' Ze stonden op en liepen het kerkje uit.

'Heb je zo snel een vervanger geregeld?'

'Ja, Wetters Bay is superhot! Deze man had me al eerder gemaild dat hij interesse had en hij was heel blij toen ik belde. Ik heb net gedaan alsof er nog drie andere kandidaten waren en hij de boot zou missen als hij niet meteen kon beginnen...'

'Echt? Je bent niet goed snik.'

'Daarom is het beter dat we elk onze eigen weg gaan.'

'Nee, want dat vind ik juist zo leuk aan je.' Voor de kerk bleven ze staan. 'Kan ik je helpen met de verhuizing?'

'Nee, ik heb alles uitbesteed. Loop je mee?'

'Ik blijf nog een poosje hier om alles te overdenken.' Hij maakte een weids armgebaar. 'Stel je voor, deze kerk!'

'Ik zie het helemaal voor me, Zach. Het is echt iets voor jou.' Jessie ging op haar tenen staan en gaf hem een lange laatste kus. Zach trok haar in zijn armen. 'Ik ga je missen, Jes.'

'Ik jou ook.' Jessie bukte zich om haar gympies en sokken uit te trekken.

'Wat doe je?

'Ik loop naar huis. Voelt lekker vrij zo op mijn blote voeten.' Ze lachte en liep met haar schoenen in haar handen weg.

'Weet je?' Zachs stem trilde een beetje.

'Nou?' Ze wierp een blik over haar schouder.

'Je zou een fantastische moeder zijn.'

'Dank je. Ik weet alleen niet of ik daar ooit achter kom.'

'Dat weet ik, maar ik wil dat je het weet.'

Met gemengde gevoelens liep ze het pad af naar haar huis. Het scherpe geprik van de steentjes in haar voetzolen merkte ze amper op.

Op de verhoging voor haar voordeur zat Merle. Ze stond op en wees met een vies gezicht naar haar blote voeten. 'O god, het is hoog tijd dat je weer teruggaat naar de normale wereld. Ik kwam je gedag zeggen.' Ze strekte haar armen uit.

Jessie omhelsde haar en zo bleven ze een tijdje staan. Ze had Merle gisteren al verteld dat ze terugging naar Londen. Ook zij had het al aan zien komen.

'Je was er precies op het juiste moment.'

'Dat weet ik.' Merle lachte zelfvoldaan.

'Weet je, Merle? Je zei dat ik je soms over randjes duw. Dat doe jij ook bij mij. Dank daarvoor. Je bent ook irritant, dus voel je niet al te gevleid.'

'Geen dank. Ik weet dat je slecht bent in contact houden, maar laat het me weten als er een keer echt iets is, goed?'

'Als je een keer een nieuwe hartklep nodig hebt, weet je me te vinden...' Jessie drukte een kus op haar wang en opende haar voordeur.

'Doe ik!' Merle wachtte tot de deur dichtging.

51

'Hé.'

Merle was alle spullen in haar veel te kleine tas aan het proppen. 'Hoi.'

'Lukt het?' James leunde in de deurpost.

'Oorspronkelijk had ik maar voor drie dagen gepakt dus het is proppen, maar het lukt.' Merle leunde met haar knie op de overvolle weekendtas zodat ze hem dicht kon ritsen. Daarna draaide ze zich om naar James. Haar maag deed een koprol toen ze hem in zijn ogen keek.

'Waarom ben je hier?'

'Wil je dat ik je naar het vliegveld breng?'

'Nee, dat hoeft niet. Zach brengt ons naar Newquay. Tascha en ik gaan met de trein.'

'Oké, nou, goede reis dan.'

'Dank je wel.' Merle wilde het liefst in zijn armen springen en hem vasthouden, maar in plaats daarvan pakte ze de leuning van de stoel naast het bureau vast.

'Jij ook bedankt.' James knikte en draaide zich om.

Merle verzamelde moed. 'Dit hoeft niet het einde te zijn, James. Je zou me kunnen opzoeken en ik jou.' Zo, ze had het gezegd. Haar hart ramde met de snelheid van de hogesnelheidstrein in haar borst.

James draaide zich naar haar toe. 'En dan?' Hij haalde zijn

schouders op. ‘Ik heb je niets te bieden, Merle. Ik ben niet flexibel. Ik kan hier niet weg. Ik heb een puberdochter en een bejaarde opa die me nodig hebben. Een bedrijf waar ik jaren aan heb gebouwd. Ik ben echt wel slim genoeg om me te realiseren dat jij je niet gaat vestigen in een dorp in een vreemd land voor een man als ik. Dus het wordt nooit meer dan seks. Ik heb zo het gevoel dat jij meer kapot gaat maken dan goed voor ons is, dus laten we het maar niet proberen. Er staat te veel op het spel.’

Merle voelde dat haar vingers zo hard trilden dat ze tegen de stoel begonnen te tikken. ‘Je wilt het niet proberen, omdat je het niet de moeite waard vindt, zeg dat nou maar gewoon...’

‘Zo is het niet. Ik wil voorkomen dat je mij dumpt wanneer het jou uitkomt, net wanneer iedereen aan je gewend is en er veel meer kapotgaat.’

‘Je pist in je broek, James. Prima, maar doe niet alsof het aan mij ligt. Alsof ik een rotkarakter heb.’

‘Laten we nou niet net gaan doen alsof dit ooit goed af zou kunnen lopen.’ Hij klonk geïrriteerd.

‘Lafaard.’ Merle deed de deur voor zijn neus dicht. ‘Je bent een lafaard, James!’ schreeuwde ze tegen de deur. Ze hoorde hem weglopen en beet op haar lip. Ze ging niet huilen, dat was hij niet waard. Natuurlijk liep dit zo af. Het was stom geweest om met hem te slapen. Ze was na die blik op het strand hopeloos verloren geweest.

‘Je ruikt naar de natuurvoedingswinkel bij mij om de hoek.’ Merle trok Zach nog wat dichter tegen zich aan voor het treinstation.

‘Jij naar verdriet.’ Hij liet haar los.

‘Ik wil het er niet over hebben.’ Merle keek hem waarschuwend aan.

‘Het is niet zo gek dat je me gaat missen. Ik was de perfecte huisgenoot.’

Ze glimlachte dankbaar. 'Dat was je zeker.'

'Ik kom je snel opzoeken, dan kunnen we samen een potje grienen.'

'Om Jessie?'

'Misschien.'

'Hoe zit het nou?'

'Ik wil het er ook niet over hebben.'

'Dat is niets voor jou. Dan moet het wel erg zijn.'

'Merle? Vind je het goed als ik het schilderij van jou aan Elea geef?'

'Tuurlijk, het is jouw schilderij.'

'Je komt vast voorlopig niet meer terug, hè?'

Ze dacht aan James en schudde haar hoofd. 'Ik denk het niet.'

Hij trok haar een laatste keer tegen zich aan. 'Je ruikt naar het gastenverblijf.'

'O god, dan is het echt tijd dat ik vertrek. Hou je een oogje op oma? Bel me als er wat is. Wat dan ook.'

'Kom je nou nog!' riep Tascha. 'Ik kan geen sprintje trekken als de deuren ineens dichtgaan!'

52

'Het maakte een heel ruime indruk, ik denk door de hoge plafonds, de keuken was mooi en er zat zelfs een klein tuintje bij...' Merle stond voor het raam van haar flexplek te bellen met Eleanora. Dat deden ze op doordeweekse dagen om half elf. Merle had dan net een grote latte gehaald bij het koffietentje op de hoek. Eleanora zat aan de keukentafel met haar iPad. Merle keek uit over de Utrechtse grachten.

'Dat klinkt goed. Ga je bieden?'

'Misschien. Alles klopte, alleen voelde ik het niet helemaal.' Ze had meteen spijt dat ze dat tegen Eleanora had gezegd, omdat ze wist wat er nu kwam.

'Dat is heel belangrijk. Altijd naar je gevoel luisteren. Je moet het niet doen, dat is duidelijk. Even wat anders... Maddie was hier. Ze moet aan het einde van het schooljaar een week stage lopen. Het leek haar leuk om naar het buitenland te gaan, dus ze wilde jou bellen, maar ze dacht dat je dat misschien niet zou willen.'

'Waarom niet? Natuurlijk kan ze me bellen.'

'James negeert zo'n beetje alle gesprekken die over jou gaan. Hij loopt letterlijk de kamer uit als je naam valt. Ik snap wel dat ze niet zeker weet of ze contact met je kan opnemen.'

'Ik regel het wel.'

'Bel James.'

'Het is aan hem om mij te bellen, oma...' Merle kromp ineen bij de gedachte dat ze hem had gevraagd iets met haar te beginnen. Een afstandsrelatie.

'Het is inmiddels een maand geleden, dus als hij dat nog niet heeft gedaan, gaat hij het niet alsnog doen.'

'Oké, dan zal ik het met Maddie zelf regelen.'

'Kunnen jullie het niet gewoon oplossen, wat er ook is gebeurd?'

'Hij is aan zet, oma, en ik wil het er, wederom, verder niet over hebben.' Merle sloot even haar ogen.

'Mmm.' Het was even stil. 'Hij heeft geposeerd, James. Voor het eerst in zes jaar waren alle dames aanwezig.'

Ondanks alles moest Merle glimlachen. 'Echt? Heeft hij dat gedaan?'

'Hij had het blijkbaar iemand beloofd en hij kon er niet onderuit. Wat een lijf heeft die man...' Eleanora kreunde vrijpostig. 'Ik herkende er duidelijk een jonge Harry in.'

Merle dacht aan Harry's naakte lijf en slikte een te grote slok hete koffie door.

'Er zijn zes prachtige beelden uit gekomen. Alle dames leken ineens geïnspireerd.'

'O. Hoe is het met de boetseerdames?' James vergeten was moeilijker dan ze had gedacht, maar ze was op de goede weg, zolang ze alles wat haar aan hem deed denken wegduwde. Behalve Maddie, die kon ze moeilijk negeren. Ze was dol op het meisje en zij kon er ook niets aan doen. Merle raffelde het gesprek af en stuurde een berichtje naar Maddie dat ze altijd welkom was om stage te komen lopen. Het uur daarna opende ze het pr-plan dat Max haar had gestuurd en maakte aantekeningen voor de belafspraak die ze voor later die dag hadden gepland.

De volgende dag wist ze nog steeds niet of ze zou gaan bieden op het huis. Eleanora had die morgen haar telefoon niet opgenomen. Het was voor het eerst sinds Merle was teruggekomen uit Cornwall dat oma hun koffieafspraak had gemist. Misschien moest ze het later nog eens proberen.

Ze was boodschappen aan het doen en stak net haar arm in het vriesvak om er een pizza met mozzarella en pesto uit te halen, toen haar telefoon ging. Ze stopte de doos in haar mandje en drukte op de zijkant van haar oortje.

'Hallo?'

'Hé, fijn dat je opneemt.'

'Shit.' Merle kreeg het ineens zo warm dat ze zichzelf het liefst tussen de pizza's in het diepvriesvak wilde wringen.

'Wat?'

'Sorry, James, ik had niet verwacht dat jij het zou zijn. Ik sta in de supermarkt.' Ze keek naar de doos in haar handen, die spontaan begonnen te trillen. 'Met een pizza.'

Hij schraapte zijn keel. 'Zal ik je zo even terugbellen?'

'Nee.' Ze kon dit gesprek maar beter achter de rug hebben, anders zou ze zichzelf gek maken met alles wat hij zou kunnen gaan zeggen. Of hij kon de moed verliezen en helemaal niet meer terugbellen.

'Oké, dan loop ik met je mee naar de kassa. Of moet je nog vijftien andere dingen hebben?'

Merles hart bonkte als een malloot. 'Nee. Ik scan nu mijn pizza en ik betaal. Twee zevenenvijftig.' Ze hield haar pinpas voor de betaalautomaat.

'Wat? Wat is dat voor gore pizza die zo goedkoop is? Ben je aan lagerwal geraakt?'

God, wat was het heerlijk om zijn stem te horen, ook al was ze nog steeds woest en gekwetst. 'Het is een aanbieding. Vijfentwintig procent korting. Ik loop nu de supermarkt uit. Even mijn fiets van het slot halen. Momentje...' Ze legde de pizza in haar fietskrat en wurmde de sleutel in het slot van haar gare stadsfiets. 'Oké, ik fiets, je kunt nu beginnen met praten. Waarvoor bel je?'

'Het is geen goed nieuws...'

In gedachten zag Merle Eleanora dood in de tuin liggen. 'Oké, wat dan?'

'Harry is vannacht plotseling overleden.'

Ergens voelde ze opluchting. 'O, James, wat erg. Ben je oké?'

'Ik bel niet voor mij. Ik bel voor Eleanora. Ze is in shock. Het zou fijn zijn... Ik denk dat ze het heel fijn zou vinden –'

'Natuurlijk, ik kom eraan. Ik ben over vijf minuten thuis en dan boek ik een ticket.'

'Alleen als het uitkomt, hoor.'

'Doe niet zo. Natuurlijk kom ik. Ik laat je weten wanneer ik er ben.' Thuis typte ze een berichtje naar hem. *Het spijt me echt, James. Ik weet hoe gek je op hem was.* Ze wiste het meteen weer en belde Eleanora, die niet opnam. Binnen slingerde ze de oven aan en tegen de tijd dat ze de fletse pizza in de voorverwarmde oven schoof, had ze Tascha op de hoogte gebracht en een vlucht geboekt voor de volgende ochtend om zeven uur.

Eleanora had nog steeds niet opgenomen. Bezorgd en nog misselijk van de busrit bleef Merle met de tas om haar schouder bij de bushalte staan. De zeewind blies haar loshangende haar door de war en ze ademde diep de zilte lucht in. Het werkte kalmerend. Verrast realiseerde ze zich dat ze het had gemist, het haventje met in de verte Freddies vistentje, de rust van het dorpje. Gestaag begon ze aan de vertrouwde klim. Ze zwaaide naar Betty en groette voorbijgangers – het viel haar op dat enkelen haar naam wisten – voordat ze over het opstapje de wei in klom en alleen was. Een zenuwachtig gevoel bekroop haar. Als het maar goed zou komen met Eleanora... Wat als ze hier niet meer bovenop kwam? Wat moest ze doen om haar te troosten? Hier blijven? Dat was echt het laatste wat ze wilde na alles wat er was gebeurd.

Eleanora zat aan de keukentafel voor zich uit te staren. Achter haar hing het portret van Merle dat Zach had geschilderd. Ze had het zorgvuldig ingelijst in een houten lijst, die exact dezelfde kleur had als haar haar.

'Oma?' Merle sloeg haar arm om haar heen. Eleanora keek haar aan en knikte kort. 'Hoe gaat het met je?' Merle ging naast haar zitten en pakte haar hand.

Ze keek Merle met lege ogen aan. 'Het was zo vreselijk, ik heb het niet eens gemerkt. Ik werd wakker en ik pakte zijn hand... Die was koud en toen keek ik en hij was... Hij was er niet meer. Zijn ziel had zijn lichaam verlaten.' Ze begon te huilen. Merle sloeg haar armen om haar heen en hield haar een tijdje vast. Toen ze opkeek stond James ineens in de keuken.

'Hé.'

Ze knikte. 'Hallo, James.' Zijn ogen waren rood en opgezwollen van het huilen.

'Merle?' Maddie rende binnen. Merle stond op en Maddie sprong in haar armen. 'Oooo! Ik vind het zo fijn dat je er bent!' Ze begon heel hard te snikken. Merle zag dat James wegliep. Ze hield het meisje vast totdat ze uitgehuild was.

'Kom, ik zet thee.' Merle zette Maddie naast Eleanora aan tafel. Er kwam een vrouw binnen met opgestoken blond haar, in een mantelpakje, keurige pumps en met een mapje onder haar arm. Merle nam aan dat dit de begrafenisondernemer was. Ze liep naar haar toe om zich voor te stellen.

'We moeten even wat beslissingen nemen.' De vrouw klonk kordaat.

Merle wees naar James, die buiten stond te bellen, en zei tegen de vrouw dat ze bij hem moest zijn. Eleanora was zichtbaar tot niets in staat.

Nadat ze water had opgezet, gooide Merle drie Tetley-theezakjes in de pot. Iedereen kon wel een opkikker gebruiken. Buiten had James zijn telefoongesprek beëindigd en hij stond nu met zijn rug naar haar toe te praten met de blonde vrouw. Zijn groene langemouwenshirt spande licht om zijn brede schouders. De vrijpartij op het strand verscheen op haar netvlies, maar ze duwde het beeld meteen weer weg en concentreerde zich op de begrafenisondernemer. Haar blik had de perfecte mix van begrip, zakelijkheid en meelevendheid, die hoorde bij deze baan. Net als haar outfit. De rok van haar mantelpak was iets te lang en het jasje iets te wijd. Niet zo erg dat het er klunzig uitzag, maar wel precies zo dat ze onopvallend werd en verre van sexy. Waarom zou iemand dit beroep kiezen? De meeste mensen zouden daar niet tegen kunnen, al dat verdriet om zich heen de hele tijd. Deze vrouw voelde zich misschien een reddende engel? James keek de andere kant op en ze zag hoe de vrouw snel zijn lichaam scande. Haar blik ging bliksemsnel over zijn borstkas naar beneden en terug. Merle negeerde het steekje in haar onderbuik en probeerde te zien wat zij zag. Een gespierde man, die oprecht verdrietig was en meteen de leiding nam over alles wat er te regelen viel. Ze snapte wel dat de vrouw zichzelf wat koelte toewuifde met de map in haar hand.

Merle wreef over haar make-uploze gezicht, waar ze meteen spijt van had gehad op het moment dat James binnen was komen lopen, en sprak zichzelf streng toe. Hoe moeilijk was het om afstand te houden? Hij wilde niet wat zij wilde. Hij was tijdverspilling. Onder dat vernisje van volwassenheid en verantwoordelijkheid zat nog steeds het irritante joch van vroeger dat geen zin had in ingewikkeld gedoe. Dat wegrende als iets serieus werd. Of hij vond haar gewoon niet leuk genoeg. In gedachten verzonken haalde ze de zingende ketel van het vuur.

'Au! Verdorie!' Ze was de pannenlap vergeten en brandde haar handen aan het hete metaal.

'Gaat het?' Maddie sprong op.

Merle hield haar hand onder de kraan. 'Ja, het gaat. Ik dacht, ik leid jullie even af van deze somberheid, dus ik pak een kokendhete fluitketel vast.'

'Goed idee.' Maddie pakte de pannenlap en goot het water in de theepot. 'Het is ook eigenlijk niet meer van deze tijd, hè, oma Elea, deze fluitketel. Misschien moet je hem aan het dorpsmuseum schenken.'

'Is hier een dorpsmuseum?' Merle stond nog steeds met haar hand onder de koude kraan en hoopte dat ze geen blaren zou krijgen.

'Freddie heeft een hoekje ingericht in het dorpshuis, met spullen die hij heeft opgegraven. Hij gaat altijd op pad met zijn metaaldetector als hij vrij is.'

'Klinkt superboeiend.'

'Ja, tenminste, als je van metalen dingen houdt waaraan je niet kan zien wat het ooit geweest is.' Maddie zette mokken op tafel. 'Wil je ook thee, pap?'

'Nee, dank je.' James kwam de keuken binnen, maar ging niet zitten. 'Waarom gilde je zo?'

'Merle gilde, ze heeft haar hand gebrand. Misschien moet je er even van die zalf op doen die je ook altijd bij mij gebruikt.'

Merle deed haar mond open om te protesteren.

'Merle is een grote meid,' was James haar voor.

Merle keek hem aan met de koudste blik die ze in huis had, draaide de koude kraan dicht en droogde voorzichtig haar pijnlijke hand af.

'We moeten een paar dingen bespreken, Elea. Misschien is

het handig als we even aan tafel in de woonkamer gaan zitten?'

'Nee, blijven jullie maar hier. Maddie en ik nemen onze thee wel mee naar het atelier.' Merle schonk vier koppen thee in, goot er melk bij en pakte twee koppen op. 'Kom mee, Mads.'

Met Maddie in haar kielzog liep ze het atelier binnen. 'Heb je zin om iets te maken? We kunnen toch niet veel doen nu en misschien is dat beter dan voor je uit staren met een rotgevoel.'

'Boetseren met een rotgevoel klinkt inderdaad beter.'

'Precies.' Merle pakte een blok klei uit de kast en nam de zaag van het haakje om het doormidden te zagen. 'Wil jij zagen? Mijn hand doet nog pijn.'

Maddie zaagde het blok in tweeën alsof haar leven ervan afhing. Met een plof liet ze de helft van het blok voor Merle neerkomen.

'Misschien kun je iets voor Harry maken om bij het graf te zetten?'

Maddie keek naar haar blok klei. 'Dat vind ik wel sneu voor opie dat er dan een mislukte vogel op zijn graf staat.'

'Nee, zo werkt dat niet, volgens mij. Hij is heel blij dat er iets persoonlijks staat van jou dat je met liefde voor hem hebt gemaakt.'

'Ik ga mijn best doen met deze keiharde klei.' Maddie stond op om het bakje met gereedschap van het aanrecht te pakken. 'Anders kan ik het altijd gebruiken om naar Simons hoofd te gooien als hij vervelend is.'

'Dat klinkt ook goed. Misschien moet je de vleugels lekker scherp afwerken. Wie is Simon?'

'Een etterbak die altijd naast me in de bus gaat zitten.'

'Waarom doet hij dat, vindt hij je leuk?'

'Natuurlijk niet. Iedereen heeft vaste plekken in de bus en

dat is die van hem. Hij is veel te onvolwassen om iemand leuk te vinden. Hij pakte gisteren ineens mijn waterfles en nam er een slok uit. Zo goor, want weet je wat hij daarvoor had gedaan? Ze deden doen, durven of waarheid en toen moest hij een stuk kauwgom onder de stoel vandaan peuteren en in zijn mond weer zacht kauwen.'

'Gatver! Deed hij dat?'

Maddie knikte. 'Ongelooflijk, toch? Natuurlijk heb ik die fles thuis grondig afgewassen, maar straks heb ik dus een beeld om naar zijn hoofd te gooien als hij zoiets doet. Hij vraagt ook de hele tijd of ik 's avonds naar Freddie's kom.'

'Waarom zou hij dat doen?'

'Geen idee, ik denk dat hij zich rot schrikt als ik ineens kom opdagen dus alleen daarom zou ik het bijna doen. Wat ga jij maken?'

'Een konijn, lekker klein en compact, zodat ik het ook altijd nog naar iemands hoofd kan gooien.'

'Mmm, weet je? Ik vergeet soms even om verdrietig te zijn, omdat ik gewoon niet kan geloven dat opie er niet meer is, maar dan ineens denk ik er weer aan.' Maddie begon weer te huilen.

Merle stond op om haar een knuffel te geven.

'Ik word altijd zo onknap als ik huil.' Maddie wreef met de achterkant van haar hand haar ogen droog.

'Stop al je verdriet in je vogel.' Merle trok een tissue uit de houder aan de muur en gaf haar die.

'Dan wordt het wel een treurige vogel.' Maddie snoot luid haar neus. 'Hij is wel knap.'

'Die vogel?'

'Simon natuurlijk!'

'Natuurlijk!' ondanks alles schoot Merle in de lach. 'Zullen we samen iets bakken voor de begrafenis? Het is goed om een beetje bezig te blijven en ik denk dat Harry dat wel gewaardeerd zou hebben.'

'Goed plan! Zolang het maar niets met fondant is, zoals de vorige keer.'

'Merle?' Zach kwam binnenlopen en omhelsde haar. 'Wat een drama. Fijn dat je er bent.' Hij liep naar Maddie, sloeg zijn arm om haar schouders en drukte een kus op haar slaap. 'Ach lieverd, je bent er vast stuk van.'

Maddie knikte. 'We maken grafkunst.'

'Goed idee.' Zach pakte een kruk en zette die tussen hen in. 'Heb je dat huis nog gekocht waarover je vertelde?'

'Nee, ik twijfel nog.' Merle haalde haar schouders op. 'Waarschijnlijk is het al weg.' Merle was blij dat ze contact hadden gehouden en gewoon weer door konden gaan waar ze gebleven waren. Zach stuurde haar vooral mooie foto's van de omgeving met teksten als 'Terugkomen kan altijd!' of 'Wetters Bay mist je!' eronder.

'Wat fijn dat jullie aan het kleien zijn. Ik doe mee.' Zach zakte op de kruk en Maddie en Merle gaven hem allebei een stuk van hun klei. 'Wat maken jullie?'

'Iets wat ook gebruikt kan worden als wapen, want ik denk dat opie gecremeerd wilde worden dus dat er geen graf komt.' Maddie hield haar vogel in de lucht.

'Aha, iets multifunctioneels. Dan maak ik een vogeldrinkbak met een kikker om Elea mee op te vrolijken...' Zach stond op om extra klei te pakken. Onderweg kneep hij in Merles arm. 'Fijn dat je er bent, ondanks de drempel.'

Ze knikte. 'Natuurlijk ben ik er.'

'Ik hoefde maar langs vier mensen en ik heb vijftien cakevormen gescoord!' Maddie kwam binnen in een hele grote capuchontrui met een legging en Dr. Martens eronder en stalde de geleende vormen uit op tafel. 'Mensen zijn zo aardig als je overgrootopa ineens dood is.'

'Ja, daar zou ik ook even gebruik van maken als ik jou was.

Heb je er geen geld bij gevraagd voor de ingrediënten?' Merle duwde Theo van het aanrecht.

'Dat had ik moeten doen! Opies dood schept echt mogelijkheden. Ik kan iets stelen bij Betty. Als ze me dan betrapt kan ik in huilen uitbarsten en zeggen dat ik mezelf niet ben.'

'Nee, Mads, ik ga je nu een levensles meegeven waar je heel veel aan gaat hebben.' Om haar woorden kracht bij te zetten wees Merle met haar wijsvinger naar Maddie. 'Steel nooit, maar dan ook nooit, hoor je me, iets bij Betty.'

'En dat weet je omdat?' Maddie gniffelde.

'Ze vergeeft het je nooit en ze komt er de rest van je leven – ja, je leven – op terug.'

'Wat had je gepikt dan, sterkedrank?'

'Nee, iets veel ergers.'

Maddies ogen werden groot.

'Paardenkaartjes.'

'Niet! Ik ben gechoqueerd!' riep Maddie uit. 'En ik maar denken dat je het perfecte voorbeeld bent!'

'Dit mag je nooit aan iemand vertellen, Mads. Dit geheim neem je mee in je –' Ze stopte abrupt met praten.

'Graf,' maakte James, die net binnen kwam lopen, stoïcijns de zin af.

Merle wist echt dat dit niet om haar ging, maar het was een regelrechte kwelling om drie dagen lang in James' buurt te zijn en net te doen alsof er nooit iets gebeurd was tussen hen. Ze negeerden elkaar en zorgden ervoor dat ze nooit met z'n tweeën in dezelfde ruimte waren.

'Dat wilde ik inderdaad zeggen, maar het leek me ineens niet zo gepast.' Merle keek naar James, die grote wallen onder zijn ogen had.

'Ach, het leven gaat door. Hoe gaat het hier?' Hij kneep Maddie in haar schouders.

'Goed, Merle vertelt me haar diepste geheimen.'

James keek Merle met opgetrokken wenkbrauwen aan. Het was voor het eerst in drie dagen dat hij dat deed en ze voelde dat het bloed naar haar wangen steeg. Snel wendde ze haar blik af. Het duurde even voordat ze mompelde: 'Girls only, James, helaas.' Ze bekeek het cakerecept uit het bakboek van Eleanora. 'Oké, Maddie, kluts jij even zestig eieren? Dan doe ik drie kilo bloem en drie kilo suiker in de pan.' Ze maakten Harry's favoriete aardbeiencake voor bij zijn afscheid. Merle gebruikte de allergrootste pan van Eleanora om de kilo's beslag in te maken.

'Pap, misschien kan jij dan dat kratje aardbeien schoonmaken?'

'Nee, ik heb andere dingen te doen.' James liep weg.

'Hebben jullie ruzie?' Maddie brak handiger dan Merle had verwacht het ene ei na het andere in de kom.

'Nee.'

'Dat zegt hij ook.'

'Nou, dan zal het wel zo zijn.'

'Ik ben geen drie meer, hè?'

'Dat weet ik, daarom heb ik je net ook mijn hartsgeheim toevertrouwd.'

'Saai leven heb jij, als dat je hartsgeheim is.'

'Ik heb een ontzettend saai leven, Maddie, en ik vind het prima zo.'

'Je zou naar het spannende Wetters Bay moeten verhuizen. Dan wordt je leven één grote achtbaanrit.' Maddie grijnsde.

'Die kans is groot.'

'Ik zet muziek aan, goed? Wil je een AirPod van mij in?'

Merle schoof een AirPod van Maddie in haar oor en luisterde naar Billie Eilish terwijl ze bedacht hoe het zou zijn als ze dat zou doen, hiernaartoe verhuizen.

Er pasten precies acht cakevormen in de oven. Ze schoof net de laatste erbij toen ze haar naam hoorde.

'Max!' Het was zo fijn om een fris iemand te zien die geen roodomrande ogen had van het huilen, dat ze hem om zijn nek vloog. Ze hadden de afgelopen tijd iedere week wel een paar keer contact gehad en de campagne was langzaam van start gegaan. Merle was onder de indruk geweest van Max' gedrevenheid en creativiteit. Ze hoopte dat ze vrienden bleven na deze klus.

'Fijn om je eens in het echt te zien en te voelen.' Max tilde haar op en kuste haar wang. 'Ik kom de troepen versterken in deze zware tijden. Ga je mee lunchen bij Freddie's? Daar verheug ik me al twee dagen op.'

'Op de maaltijd, neem ik aan?' James klonk monotoon.

Merle keek naar James, die achter Max aan de keuken in was gelopen.

'Op het goede gezelschap natuurlijk. Ga je mee, Merle?'

'Nee, gaan jullie maar. Ik moet hier nog van alles doen.' Merle begon met het vullen van de laatste zeven vormen. Maddie was naar huis gegaan om Bubbles uit te laten. De mannen verlieten de keuken en verdwenen het pad af naar het dorp. Eleanora was met een vriendin naar Castlemouth om iets geschikts voor de begrafenis te kopen en Zach was aan het schilderen in het bijgebouw. Merle zette haar handen op het aanrecht en ademde voor het eerst in dagen diep in en uit. Dit was het eerste moment dat ze voor zichzelf had. Ze kon een potje gaan janken zonder dat iemand het zag of uitbundig dansen op heavy metal of gewoon voor zich uit staren en genieten van de stilte.

Ineens bedacht ze dat ze alleen thuis was met een lijk. Harry lag inmiddels opgebaard in Eleanora's atelier. Ze had het nog niet op kunnen brengen om naar hem te gaan kijken. Als ze nog iets tegen hem wilde zeggen kon ze dat nu doen, maar ze besloot al snel dat ze hem daar niet goed genoeg voor kende, dus bleef ze in de keuken, met Theo op schoot, voor zich uit staren tot de keukenwekker afging en ze de cakevormen om kon wisselen.

'Gelukkig, je bent er! Ben ik niet voor niets met mijn laatste krachten die akelige heuvel op gestrompeld.'

'Jessie?' riep Merle verrast uit terwijl ze de kat van haar schoot op de grond zette. 'Wat doe je hier?'

'Wees maar niet bang dat ik blijf, want daar moet ik niet aan denken! Ik hoorde van mama dat Harry was overleden, dus ik kwam even checken of ze de as niet in de verkeerde windrichting uitstrooien zodat iedereen onder zit.'

Merle trok haar in een omhelzing. 'Fijn dat je gekomen bent.'

'Ja, ik dacht dat je wel wat steun kon gebruiken, gezien de situatie met James.' Ze hadden niet veel contact, want Jessie was extreem veel aan het werk, maar ze was wel de enige die ze over James had verteld. 'En ik had zin in seks, dus vandaar.'

'Weet Zach dat je er bent?'

'Nee, ik kom voor jou.'

'Ja ja, maak dat Theo wijs.'

'In eerste instantie dan... Wat ben je aan het maken? Het ruikt hier goddelijk.' Jessie liep naar de oude oven en probeerde door het wazige raam te kijken.

'Aardbeiencake voor de uitvaart. Jullie bellen veel, hoorde ik?'

'Ja, het gaat een beetje achterstevoren bij ons. We hadden eerst heftige seks en daarna leerden we elkaar pas kennen. Hij is zo ontspannen en grappig. Precies wat ik nodig heb aan het einde van mijn werkdag.' Ze maakte een vaag handgebaar. 'Verder is het niet serieus of zo. Ik ben met het ziekenhuis in gesprek over het aankopen van Zachs schilderijen, maar dat ga ik hem pas vertellen als het rond is. We hebben daar zo veel lange lege gangen...'

'Dat is lief. Je ziet er goed uit. Moe, maar gelukkig.'

'Zo voel ik me ook. Als ik dit dorp in rijd ben ik zo blij dat ik morgen ook weer weg kan. Ja, sorry, ik heb mijn dienst geruild, dus nu heb ik morgenavond nachtdienst.'

'Hij is in het bijgebouw aan het schilderen.'

'O, nou, dan ga ik mijn tong even achter in zijn keel steken en dan kom ik terug voor thee.'

'Doe dat.' Ze keek Jessie na. Die zag ze voorlopig niet terug.

Eleanora's hand beefde als de vacht van een onderkoelde chihuahua. Merle pakte hem met twee handen en hield hem goed vast toen ze naar huis liepen vanaf het dorpshuis, waar na de begrafenis de receptie had plaatsgevonden.

'Ik kan het nog steeds niet geloven.'

'Dat duurt ook even. Geef het tijd, oma. Vind je het fijn als ik een tijdje blijf?' Voordat Eleanora kon antwoorden voegde ze er snel aan toe: 'Nee, nu ga je zeggen dat ik dat alleen moet doen als ik dat voor mezelf doe, dus ik kan beter zeggen: ik blijf.'

'Weet je, Merle, ik zou het heerlijk vinden als je blijft, voor mij, want ik ben echt even goed de kluts kwijt. Dus blijf, alsjeblieft, voor mij, niet voor jou.' Eleanora kneep in haar hand.

Bij het vooruitzicht nam Merle een hap lucht en liet haar wangen langzaam leeglopen. 'Zo jammer, altijd als ik denk dat ik je doorheb, dan verander je snel.'

'Ach, ik leer ook dingen en ik ben inmiddels niet te trots meer om hulp aan te nemen. Dat had ik veel eerder moeten doen. Altijd dat zelfstandige gedoe. Het was zo fijn met Harry. Ik had veel eerder moeten trouwen.'

'Zo zonde dat je daar nu achter komt en dat hij dan plots overlijdt.'

'Ja, nu mis ik iets waarvan ik voorheen nooit het bestaan wist.'

Merle viste haar trillende telefoon uit haar zak. 'Een bericht van... O god! Tascha is bevallen van een dochter! Ze heet Linde, weegt zevenendertighonderd gram en is gezond.'

'Het kind heeft de ziel van Harry!'

'Wat?' Merle schudde ongelovig haar hoofd. 'Het lijkt me zo fijn als je dat soort rare dingen gelooft.'

'Merle?' James opende de voordeur van zijn boerderij. Te horen aan het aantal sloten dat daarvoor geopend moest worden, werd die blijkbaar niet vaak gebruikt, maar het leek haar gezien hun huidige verstandhouding niet gepast om achterom te komen.

'James.' Ze knikte. 'Ik rijd met Max mee naar Londen en wilde jullie nog even gedag zeggen.' Bubbles, die twee keer zo groot was geworden, kwam kwispelend naar haar toe rennen. 'Sjonge, wat ben je groot!' riep Merle uit terwijl ze het beest op zijn rug klopte.

'Kom binnen,' James klonk alsof hij had gedronken.

'Dank je.' Toen ze langs hem liep rook ze whisky.

'Red je het?'

'Natuurlijk red ik het.' Hij klonk geïrriteerd. 'De vraag is eerder of Eleanora het redt. Kun je niet een paar dagen langer blijven?'

'Nee.'

'Hoe dan ook.' Hij maakte ongeduldig een wegwerpgebaar. 'Ga maar weer snel terug naar je perfecte wereldje.'

'Dat je opa is overleden geeft je nog niet het recht om je als een lul te gedragen, James.'

'Je kunt haar toch wel een paar dagen op weg helpen?'

'Tascha is vanmorgen bevallen. Ik ga drie dagen naar de baby kijken en haar helpen en daarna kom ik terug. Als je een paar dagen wilt drinken en niet uit bed wilt komen, kan ik Maddie meenemen naar Nederland.'

'Waarom zou je dat doen?'

'Omdat je ze blijkbaar niet allemaal op een rijtje hebt momenteel, en het misschien goed voor haar is om er even uit te zijn. Wil je dat ik probeer een ticket bij te boeken, ja of nee?'

'Ik hoef je hulp niet.'

'Het draait niet altijd om jou. Neem gewoon een wijze beslissing.'

Hij haalde zijn schouders op en liep naar de trap. 'Maddieeeee!' bulderde hij naar boven.

'Jaaaaaa!' schreeuwde Maddie terug.

'Merle is hier. Wil je een paar dagen mee naar Nederland?' Hij bleef Merle strak aankijken. 'Waarom doe je dit?' siste hij er zacht achteraan.

'Echt niet omdat ik iets van je wil, James. Mannen die hun zorgen verdrinken vallen niet echt in de categorie aantrekkelijk.'

'Weet je? Ik heb dat zo gemist, die woordenwisselingen van ons...'

Er klonk gebonk boven. 'Waaat? Maak je een grapje?' Maddie denderde naar beneden en bleef halverwege de trap staan. 'Natuurlijk wil ik dat, maar als het niet echt is word ik heel boos!'

'Het is zeker echt.' Merle glimlachte om het stralende gezicht van Maddie. 'Ik zal een ticket boeken. Ga jij maar je tas pakken voor drie dagen.'

James wachtte tot Maddie weer boven was. 'Ik boek dat ticket.'

'Je bent dronken, James, laat mij het gewoon doen. Pak jij haar paspoort maar.'

'Misschien ben ik een beetje aangeschoten, maar ik zorg er heus voor dat ik niet dronken word. Ik heb een kind boven. Wat denk je nou?'

Merle haalde haar laptop uit haar tas en ging in de woonkeuken aan tafel zitten om een veel te duur lastminuteticket te boeken voor Maddie, die boven als een razende haar tas aan het pakken was. James zat tegenover haar en liet het ijs in zijn whiskyglas rondjes draaien. Toen ze het bericht had ontvangen dat de betaling was geautoriseerd, sloot ze haar laptop.

'Het spijt me van ons afscheid de vorige keer,' mompelde James.

'Serieus? Ik ben hier al vier dagen en jij begint daar nu over?'

De deur werd opengeduwd. 'Die quad van jou is echt een bruut beest! Net als ik nu!' Max gebaarde lachend naar zijn kleding die onder de modder zat. 'Ik ga snel douchen en dan kom ik eraan. Hoe laat vloog je ook alweer, Merle?' Ter begroeting drukte Max een kus op haar wang. 'Geef me vijf minuten.' Bij de deur naar de hal draaide hij zich om. 'Misschien heb je wel genoeg gedronken, James, je bent echt een stuk minder knap met die rode ogen en die zweetwangen.'

'Gelukkig zie ik er zelfs dan nog beter uit dan jij, Max.'

'Er is een wijziging in de plannen. Maddie gaat ook mee,' riep Merle hem na.

'Dan hoop ik dat ze een beetje flexibel is, want die achterbank van mij is nogal krap.'

'O, dat is waar ook,' mompelde Merle tegen zichzelf.

James staarde haar aan vanaf het andere eind van de tafel. 'Ik vind het niet leuk als Max en jij...'

'Sorry, wat?'

'Je weet wel. Ik wil niet dat je iets met hem krijgt.'

'Het gaat je geen flikker aan, James.'

'Dat is waar, ik hou mijn mond al. Dank je wel dat je Maddie meeneemt.'

'Graag gedaan.' Merle draaide haar stoel een kwartslag zodat ze James niet aan hoefde te kijken.

'Je wordt ongemakkelijk van me.'

Er viel een stilte. Gelukkig kwam Maddie op dat moment met een weekendtas om haar schouder de keuken in, gevolgd door Max. Maddie plofte bij James op schoot en sloeg haar armen om zijn nek.

'Geen gekke dingen doen, hè, als ik weg ben, want nu heb ik alleen jou nog.'

James sloeg zijn armen om zijn dochter heen. 'Ik doe nooit gekke dingen. Ik ben de saaiste man op aarde, Mads, hoelang ben ik nu al je vader?'

'Dat is waar, maar je stinkt enorm, pap.'

'Dat is eenmalig. Als je terugkomt ruik ik weer net zo lekker als altijd.'

'Naar zweet in plaats van whisky.' Maddie sprong van zijn schoot.

'We gaan.' Max omhelsde James en fluisterde wat in zijn oor.

'Niet vergeten Bubbles uit te laten, hè?' Maddie knuffelde de uit de kluiten gewassen hond, die uitgelaten haar gezicht likte.

'Nou, het is niet echt alsof je die hond over het hoofd kunt zien, hè?'

Merle stak zo afstandelijk mogelijk haar hand naar hem op.

53

Jessie had Zach vanochtend wakker gebeld, en hem een half uur later twee berichtjes gestuurd vanuit de metro naar haar werk. Nu, in de metro naar huis, vroeg ze zich af of ze te gretig zou overkomen als ze hem nogmaals belde. Toen ze even later met een plastic tasje met een afhaalmaaltijd aan haar arm de deur van haar appartement opende, vroeg ze zich dat nog eens af. In de keuken schepte ze de curry op een magnetronbestendig bord en zette het lege bakje naast de drie identieke bakjes van de vorige dagen. Tijdens het wachten op het signaal van de magnetron zweefde ze met haar duim een tijdje boven het toetsenbord van de berichtenapp, maar ze stopte haar telefoon uiteindelijk weg. Halverwege haar curry pakte ze hem toch weer om de berichten die ze elkaar de afgelopen dagen hadden gestuurd nog eens door te nemen. Ze zou haar telefoon daarna uitzetten en vroeg naar bed gaan, omdat ze morgen een belangrijke operatie had waarvoor ze fit wilde zijn.

Het apparaat lichtte op en haar humeur ook. Een bericht van Zach.

Kijk naar buiten.

Ze liep naar het raam en sloeg ongelovig een hand voor haar mond. Tussen de blauwe en grijze auto's op het kleine parkeerterrein voor haar appartementengebouw stond een gele Volkswagenbus. Met haar hart in haar keel zag ze hoe Zach uitstapte en om zich heen keek. Hij tikte iets op zijn mobieltje.

Tenminste, ik hoop dat ik goed zit? En dat je thuis bent?

Jessie pakte snel de sleutel uit het voordeurslot en rende de gang uit. Ze had geen geduld om op de lift te wachten, dus opende ze de zware deur naar de betonnen noodtrap en holde zo snel als ze kon naar beneden. Hijgend duwde ze de buitendeur open, waar hij inmiddels voor stond.

'Hé!' Zach droeg een versleten cargobroek met een capuchontrui en lachte een beetje verlegen. 'Ik hoop niet dat je het vervelend vindt...'

'Nee!' Ze sprong in zijn armen en klemde haar benen om zijn middel.

'Gelukkig,' zei hij in haar haar. 'Ik had zo'n zin om je te zien.'

'Ik ook. Ik wilde je bellen, maar ik wilde niet te wanhopig overkomen, dus ik ben heel blij dat jij dat nu doet!'

'Wie komt er nu hijgend de straat op rennen als ze een Volkswagenbusje ziet?' grijnsde hij.

Jessie zette haar benen op de grond en keek hem lachend aan. 'Kom! Dan laat ik je mijn deprimerende appartement zien!'

'Sorry, ik heb geen tijd gehad om op te ruimen.' Jessie lag met haar hoofd op Zachs blote schouder op haar twijfelaar, die ze had gekocht in de overtuiging dat de rest van haar appartement dan groter zou lijken.

'Moet je niet dichter bij het ziekenhuis gaan wonen?' Zach streek haar haar achter haar oor. 'Die anderhalf uur in de metro kan je echt aan leukere dingen besteden.'

'Dat weet ik, ik ben al op zoek. Voor hetzelfde geld ga ik dan waarschijnlijk in een soort kast wonen waar ik overdag mijn bed tegen het plafond moet takelen om te kunnen bewegen...'

'Net zoals in mijn bus. Dan kan ik je tips geven.'

'Ruimtegebrek kan me niet zo veel schelen. Als ik vroeger thuis ben kan ik misschien wat vaker koken, want ik kan die afhaalcurry nu al niet meer zien. En ik woon toch alleen. Klinkt dat treurig?'

'Absoluut niet! Zeker niet als je straks een scharrel hebt die in een kerk woont in Cornwall waar je ieder weekend terechtkunt.'

'Is je bod geaccepteerd?' Jessie veerde op.

'Ja, ik wilde je overhalen om morgen na je werk met me mee te gaan naar Wetters Bay om een plan te bedenken voor de inrichting.'

'Wat een goed nieuws!' Ze kuste hem. 'Wacht even: vraag je mij om een plan te bedenken?'

'Ja, je bent vrij, toch, dit weekend?'

'Mm-mm, maar ik vind het nogal vreemd dat je hulp vraagt om een kerk in te richten aan iemand die in een rommelig appartement woont vol kringloopmeubels die al zeker tien jaar uit de mode zijn.'

Zach keek voor het eerst de ruimte rond. Ze waren in één streep van de voordeur zoenend naar het bed gelopen. 'Die stoel met dat schapenvachtje is toch mooi?'

Jessie knikte. 'Maar die zit voor geen meter. Echt een miskoop.'

'Toch hoop ik dat je zin hebt om mee terug te gaan. We kunnen de bus op de klif zetten en daar illegaal kamperen. Dan rooster ik kipspiesjes en mais op de barbecue.'

'Ooooo, wat klinkt dat heerlijk, maar ik heb een operatie morgen, dus ik weet niet hoe laat ik klaar ben.'

'Maakt niet uit, ik heb hier in Londen genoeg vrienden die ik wil zien. Ik pik je wel op als je zover bent...' Hij kuste haar slaap. 'Wat ga je precies doen?'

‘Een neuroblastoom verwijderen bij een meisje. Dit wordt de eerste keer. Natuurlijk staat mijn opleider ernaast...’ Ze beet op haar lip.

‘Moet je je niet voorbereiden, dan?’

Jessie knikte, opgelucht dat hij het snapte. ‘Eigenlijk wel. Heel ongezellig, maar ik heb een nogal veeleisende baas. Zo een bij wie mensen regelmatig in huilen uitbarsten.’

‘Aha, de man van de filmpjes?’

‘Ja, die. Hij is afschuwelijk, hij neemt niet eens de moeite om goedemorgen te zeggen, maar hij is echt een genie. Dat herhaal ik heel vaak in mijn hoofd als ik met hem werk.’ Jessie pakte haar laptop. ‘Sorry, maar ik wil het graag goed doen morgen.’

‘Nerdje.’ Hij kuste haar. ‘Dat snap ik heel goed, hoor, ik had gewoon zin om je te zien en we hebben het hele weekend nog.’ Zach stond op. ‘Ik haal even mijn schetsboek uit de bus.’ Hij opende de koelkast. ‘En zo te zien ga ik ook even een lekker ontbijt halen voor morgenochtend.’

‘Je bent toch niet boos?’ Jessie dacht aan Alex.

Zach fronste. ‘Omdat je ambitieus bent en je werk goed wilt doen? Absoluut niet. Het is sexy dat je zo gedreven bent.’ Hij knipoogde veelbelovend en liep de deur uit.

Verbaasd keek Jessie hem na. Deze man was te goed om waar te zijn.

Vermoeid trok Jessie de volgende dag het operatiemasker achter haar oren vandaan. Ze nam een plastic bekertje water, dronk het in één teug leeg en vulde het nog twee keer.

‘Goed gedaan.’ Dokter Sieger, haar horkerige baas die nogal spaarzaam was met woorden, boog voorover om zijn handen te wassen.

Jessie keek naast zich en voor de zekerheid ook achter zich en concludeerde dat er verder niemand stond. Hij moest het tegen haar hebben. Haar mond ging een stukje open. Ze hadden net uren geopereerd, dus haar reactievermogen werkte niet meer op volle snelheid.

'Ik ben blij dat je terug bent. Het is lang geleden dat ik zo'n veelbelovende arts-assistent heb gehad.'

Dit was de langste niet-medisch gerelateerde zin die hij ooit tegen haar had gezegd. 'Dank u.'

Hij knikte. 'Fijn weekend, Jessie.'

Verbluft liep Jessie de kleedkamer in, waar ze op de harde houten bank plofte. Met een brede glimlach liet ze de woorden tot zich doordringen. Ze besloot nog een paar minuten te blijven zitten om van het moment te genieten.

54

James was duidelijk opgeknapt. Frisgewassen en geschoren stond hij op het treinstation in Newquay op hen te wachten. Merle zag hem eerder dan hij haar en negeerde de fanfare die spontaan losging in haar onderbuik bij het zien van zijn atletische lijf, gehuld in lamswollen v-halstrui en spijkerbroek.

Net op tijd ving hij Maddie op, die hem om zijn nek vloog.

Toen hij Maddie losliet drukte hij een kus op Merles wang en fluisterde 'Dank je wel' in haar oor.

'Je kan mij beter bedanken, hoor, want ik heb ook op háár gepast. Ze is nogal onverantwoordelijk, Merle. Ze wurgde de baby van Tascha bijna toen ze haar een romper aandeed.'

'Jaja.' James kneep Maddie even in haar nek en pakte Merles tas van haar schouder. 'Die is zwaar, blijf je een tijdje?'

'Zo lang als nodig is.'

Maddie liep voor hen uit en riep over haar schouder: 'Dat zijn de zestien pakken stroopwafels die je voelt! Als je die eenmaal hebt geproefd kun je namelijk onmogelijk nog zonder.'

'Sorry dat ik me als een lul gedroeg. Dat was niet erg volwassen.'

'Het is oké, laten we gewoon normaal tegen elkaar proberen te doen.'

Merle wilde dat ze gewoon kon ademen als ze bij hem was.

Gelukkig praatte Maddie de hele weg terug, dus kon ze rustig uit het raam van James' Mercedes staren.

'Ik ga verhuizen.' Na de thee en het bekijken van de minstens honderd foto's die Merle van de baby had gemaakt, had Eleanora zich op de roodfluwelen bank in de zitkamer geïnstalleerd. Ze aaide de vacht van Theo, die zo hard snorde dat Merle niet zeker wist of ze haar oma goed had verstaan.

'Wat? Waarom? Ik snap het niet.'

'Ik wil hier niet wonen, alleen.'

'Zach is er toch?'

'Zach gaat het kerkje op de heuvel kopen. Hij schreeuwt het nog niet van de daken, maar hij gaat er wonen en schilderles geven. Hij gaat zich settelen in Wetters Bay. Wie had dat gedacht?'

'Hoe moet het dan met je kunst?'

'Ik weet niet of ik nog kunst ga maken. Dat heb ik lang genoeg gedaan en het was niet echt succesvol.'

'Er is een galerie die je kunst koopt! In Londen nota bene!'

'Dat is niet zo. James koopt het, omdat hij medelijden met me heeft.'

'Hoe weet je dat!'

'Dus jij wist het ook?'

'Ja.' Merle knikte beschaamd.

'Denk je nou echt dat ik niet wist hoe het zat? Denk je niet dat een kunstenares gaat googelen naar de galerie? Het adres waar het zogenaamd heen werd gestuurd was een huisadres. Max bleek daar te wonen. Zeg maar niet tegen James dat ik het weet. Ik vond het zo lief van hem.'

'Denk je dat het verstandig is om je hele leven om te gooien nu je in de rouw bent? Je kunt niet helder nadenken. Misschien moet je de beslissing nog wat uitstellen.'

'Ik weet helemáál zeker dat het mijn tijd is om te verhuizen naar een bejaardenhuis als jij dit soort dingen tegen mij gaat zeggen. Ik wil niet dat je je verantwoordelijk voor mij voelt. Dat ik langzaam maar zeker een blok aan iemands been word.'

'Dat ben je niet en dat word je niet.'

'Ik heb het er met je over omdat ik dit huis heb geërfd. James heeft het met Harry geruild tegen zijn boerderij toen we gingen trouwen. Harry heeft het aan mij nagelaten. James heeft het laten splitsen in twee kavels. Er is een kavel met het huis en een kavel met het bijgebouw waar een bouwvergunning op zit. De kavel met het huis verkoop ik aan jou. Voor één pond. Als je het wilt hebben.'

'Aan mij?'

'Ja, jij hebt geld om het op te knappen en je koopt niet voor niets geen huis in Utrecht. Ik wil dat je erover nadenkt. De andere kavel is voor Tascha. Ze kan daar een vakantiewoning bouwen als ze dat ooit zou willen.'

'Neem nou geen overhaaste beslissingen. Misschien voel je je over een half jaar weer heel anders.' Merle stond op om de haard aan te maken. 'Laten we er allebei over nadenken.' Terwijl ze het hout rangschikte volgens de Zwitserse methode, dacht ze eraan hoe het zou zijn om hier te wonen. De gedachte dat Eleanora hier niet meer zou zijn, brak haar hart.

55

'Hallo droomvrouw.'

'Hé Freddie.' Zelfs de geur van verse vis met friet kon haar deze middag niet opvrolijken.

'Ik zag je al aan komen lopen, dus de XL portie zit al in de frituur.' Hij leunde met zijn vlezige onderarmen over de balie. 'Het valt me op dat je nog steeds unhappy single bent?'

'Dat valt mij ook op, helaas.' Merle sloeg haar benen een voor een over de bank van de picknicktafel.

'Als ik je van het probleem moet afhelpen hoor ik het wel. Ha, James.'

Merle draaide zich om. James knikte naar Freddie en ging daarna tegenover Merle aan de picknicktafel zitten.

'Hé.'

'Hoi.'

'Wat wil je bespreken?'

'Iets over oma. Eet je met mij mee, of wil je een eigen portie?'

'Met jou, ik heb al geluncht. Je belde net te laat.' Hij bestelde een flesje water. 'Voor je begint... ik ben blij dat we weer gewoon praten. Sorry dat het zo is gelopen.'

'Ach, zoals ik je op het vliegveld al zei: laten we het vergeten en gewoon normaal doen.' Het klonk zo volwassen dat ze er zelf van onder de indruk was.

'Dat probeer ik.'

Merle probeerde het ook. 'Goed, dan nu de reden dat we hier zijn. Eleanora wil verhuizen en ik vroeg me af wat voor opties je hebt voor haar.'

'Of ik een ouderenappartement heb waar ze kan zijn wie ze is?'

Merle bekeek haar handen. Het leek ineens of ze ouder waren geworden. 'Ja.'

'Ik kan een rondje met je rijden langs alle plekken die ik heb, maar het is niets voor haar. Ze is niet zo'n type. Daarom hield opa zo van haar.'

'Je hebt dus geen huis met een atelier waar de bewoners iedere ochtend bloot kunnen schilderen en daarna een blowtje kunnen roken?'

'Ze moet daar niet weggaan. Ik kan een oogje op haar houden als je terug naar Nederland gaat, als dat je zorg is.'

'Dat is heel lie–, vriendelijk, bedoel ik, maar ze is niet jouw oma, dus ik moet het regelen. Ze wil het huis aan mij verkopen voor een pond, zodat ik het kan opknappen, maar ik weet niet of ik dat wel wil. Weet je, ik trek het zo slecht dat ze niet gewoon oud kan worden op de manier die bij haar past. Het is toch belachelijk dat je op je zeventigste ineens concessies moet gaan doen? Ze heeft zich nooit geconformeerd en dat vond ik vreselijk, maar ik vind het nog veel erger als ze nu ineens in een gestreken blouse gaat zitten aquarelleren in een creatieve ruimte met Curvers vol verf van matige kwaliteit. Wat moet ik nou doen? Ik weet dat jij net je opa hebt verloren en ook een rottijd hebt, maar ik weet even niet met wie ik dit beter kan bespreken. Hoe gaat het eigenlijk?' Gefrustreerd dipte ze een stuk vis in de saus en stopte het in haar mond.

James grijnsde zoals alleen hij dat kon. 'Het gaat, dank je.'

Hoe minder zakelijk hij werd, hoe warmer ze het kreeg. 'Hoe doe je dat, vrolijk doorgaan?'

'Iemand nam mijn dochter een paar dagen mee en toen heb ik drie flessen whisky leeggedronken, maar daar werd ik nogal treurig van. Alleen in een boerderij met drank. Het is echt zo zonde van de tijd. Maddie is nooit weg, dus toen ben ik naar Max gereden in Londen en hebben we twee dagen door de stad geslenterd en plannen bedacht voor een bejaardenhuis in Shoreditch. Daar komt een oude theedoekenfabriek vrij. Dat was een stuk leuker en ook helend op de een of andere manier.'

'Maddie en ik hadden het ook leuk, al heeft ze ook een paar keer heel hard gehuild als we het over Harry hadden. Ze heeft me veel over hem verteld. We hebben uren mensen bekeken vanaf het terras en ze heeft twee pakken stroopwafels gegeten als avondmaaltijd. Ondanks de verdrietige momenten is ze echt de vrolijkste persoon die ik ken. We hebben de Dom beklommen, dat is–'

'Een toren, ik heb alles al gehoord. Zo'n zes keer, denk ik.'

Merle glimlachte. 'Het is ook een superboeiend verhaal.'

'Absoluut. In eerste instantie dacht ik dat het mijn taak was om haar mee op pad te nemen, maar volgens mij vond ze het leuk om bij jou te zijn, omdat je een vrouw bent en vrouwendingen met haar deed. Niet dat jij zo'n type bent dat de hele dag haar haar kamt, maar ze wordt ook ouder...'

'Ja, ze komt op een leeftijd dat jongens kwallen in haar bikini gaan proppen.'

'Zullen we morgen samen met Eleanora praten? Misschien kunnen we haar overhalen om daar te blijven wonen. Als ze zich zorgen maakt om de staat van het huis, kan ik haar wel helpen. Het dak moet vervangen worden, maar dat kan ik prima regelen.'

'Ik ben zelf bezig om een huis te kopen, maar ik kan wel een gedeelte van mijn budget in haar huis stoppen.'

'Ze heeft het geld van het huis nog, dat is het probleem niet.

Ze overziet het niet meer, denk ik. Of ze heeft er geen zin meer in, wat ik ook begrijp... Zullen we gaan wandelen? Ik heb zo meteen een sollicitant.' James stond op.

Merle betaalde en liep naar James, die met zijn rug naar haar toe naar de haven stond te kijken. Ze begonnen samen terug te lopen naar het dorp.

'Denk je er echt aan om een tijdje te blijven?'

'Misschien.'

'Max vertelde me dat júllie al zevenduizend Engelse gebruikers hebben.'

'Max is erg betrokken, ik ben blij dat je ons aan elkaar hebt gekoppeld.'

Het duurde even voordat hij iets zei. 'Ik iets minder, als ik jullie samen zie.'

'We zijn collega's, James, en het gaat je niets aan. Ik zie je morgen.' Merle sloeg rechts af naar de hoofdstraat, een omweg, en dacht langer na over de suggestieve opmerking van James dan goed voor haar was.

Hijgend liep ze het steile pad op naar Eleanora's huis. Ze begreep heel goed dat haar oma dat niet meer kon en daarom over de weg ging, al duurde dat langer. Boven bleef ze staan om op haar telefoon te kijken. Ze schoot in de lach toen ze de zwart-witfoto zag die James had gestuurd, waarop hij met ernstige blik in de verte tuurde. Het was een vrij goede imitatie van de foto van de houthakker uit haar app. Eronder had hij getypt: '*Ik zit voor mijn boerderij en moet aan je denken.*' Hij was wel grappig, al begreep ze niet wat hij wilde. Binnen in het gastenverblijf ging ze op bed liggen en bestudeerde de foto voordat ze hem wiste.

Net toen ze druk aan het chatten was met Vinay, omdat ze meldingen kreeg dat mensen al vierentwintig uur geen bericht hadden ontvangen en ze erachter probeerden te komen waar dat aan lag, stuurde James weer een foto, dit keer van Bubbles die een veel te grote stok in zijn bek had. Eronder stond: *'Ik vond het gezellig met je, snel weer een keer? Zo jammer dat ik naar Boedapest vlieg vanavond.'*

Zuchtend typte ze terug: *'Dat vind ik ook heel jammer. Antarctica zou beter zijn. Of Wrangel, dat Russische eiland vol hongerige agressieve ijsberen.'*

'Helaas kunt u niet reageren op deze vooraf geprogrammeerde berichten. Uw bericht zal niet gelezen worden.'

Ongewild moest ze lachen. Ze was net weer met haar hoofd bij haar werk toen ze het volgende bericht ontving. *'Ik moet veel te vaak aan je denken, merk ik... Het leidt af.'*

'Sjeezus, James, wat wil je nou?' zei Merle hardop terwijl ze haar telefoon wegduwde.

'Nog een kans.'

Merle gilde en greep de tafel beet. 'Ik schrok me wild, engerd!'

'Ik zag het.' Hij grijnsde. 'Moet je de deur maar niet openlaten.'

'Lekker onbeschoft om zo binnen te lopen, misschien was ik wel in mijn blootje... ehm... iets aan het doen.'

'Zoals?' Hij leunde tegen het aanrecht en keek haar onderzoekend aan.

De oude James was blijkbaar terug. 'Weet ik veel, misschien heb ik de genen van mijn oma en doe ik gewoon even een afwasje zonder kleren.'

'Hoezeer dat idee mijn fantasie ook prikkelt, dat doe jij niet, want weet je nog die keer dat je aan het kleien was met–'

'Ja, bedankt voor het ophalen van de herinnering.'

'Geen dank, ik denk er zelf graag aan terug.'

'Wat kom je doen, James? Ik heb hier geen zin in.' Merle zuchtte zo hoorbaar mogelijk.

'Ik ook niet, dus laten we gewoon meteen het bed induiken.'

‘Ben je gek geworden? Je praat amper tegen me en nu dit? Voordat ik wegging heb ik gevraagd of je met me verder wilde, en toen heb je me meer dan duidelijk gemaakt dat dat voor jou geen optie was.’

‘Ik probeerde afstand te bewaren, maar dat lukt niet echt.’ Hij ging met zijn handen door zijn haar. ‘Die berichtjes waren een grapje, maar ik moet wel echt vaak aan je denken. De reden dat ik het in eerste instantie niet zag zitten is niet omdat ik je niet leuk genoeg vind...’

‘Je snapt dat dit nogal rauw op mijn dak valt, hè?’

‘Ja, dat snap ik, Merle.’ Hij klonk serieus. ‘Je hoeft ook geen antwoord te geven. Denk erover na.’ James beende het kleine huisje uit.

Beduusd keek Merle hem na. Antwoord waarop?

56

De meeuwen cirkelden krijsend om een vissersbootje dat gestaag de haven binnen tufte. In een afgeknipte spijkerbroek en een oud T-shirt slenterde Merle achter Eleanora aan over de steiger. Dit was vast een van de laatste warmere dagen. Haar oma had erop gestaan een wandelingetje te maken voor het eten. Merle was allang blij dat ze naar buiten had gewild.

'Heerlijk die zeelucht, ik ruik dat het een prachtige nacht gaat worden.' Eleanora's grijze haar hing los over haar rug. Als een vogel spreidde ze haar broze armen uit in haar paarse, met goud geborduurde kaftan. Het deed Merle denken aan een tekenfilm over een boze heks die op het punt stond de wereld te verwoesten.

'Zullen we naar het einde van de steiger lopen? Dat vind ik toch altijd zo'n heerlijke plek.' Eleanora stapte uit haar leren sandalen en liet ze achter.

Gedwee wandelde Merle achter haar aan. Ze stak haar handen in de zakken van haar korte broek en genoot van de koele zeebries op haar huid.

'O, god, kijk nou wie hier is!' Theatraal klapte Eleanora in haar handen.

Merle keek naar de matgrijze boot aan het einde van de steiger waar James voorovergebogen een touw stond vast te maken.

'Je doet zo overdreven dat het meteen duidelijk is dat je me hier expres naartoe hebt gelokt.'

'Hoezooo?' Eleanora rekte de o's alsof ze het tegen een klein kind had.

'Je liegt echt heel slecht, oma, dus vertel maar gewoon: wat doen we hier?'

Eleanora haalde haar schouders op. 'Geen idee, James heeft me gevraagd je hierheen te brengen.'

'Hé! Precies op tijd.' James sprong op de steiger.

'Nou, ik ga maar weer. Veel plezier! O, ik had nog iets voor jullie.' Ze opende het brokaten tasje dat om haar schouder hing en haalde er een joint uit. 'Voor onderweg.'

James pakte hem aan en zwaaide haar uit.

'Wat doe ik hier, James?'

'Je vindt het leuk, wacht maar af.'

'Dus nu moet ik met je op een boottripje in een aftandse boot die eruitziet alsof hij elk moment kan zinken met een kapitein die een joint vasthoudt?'

'Ja.' Enthousiast wenkte hij haar.

Met haar handen in haar zij bekeek ze de ruime boot. 'Jij hebt zo veel geluk dat ik vastzit in een saai Engels gat dus ieder vleugje avontuur naarstig aangrijp.'

James stapte op de boot en reikte haar zijn hand. 'Kom.'

Merle legde haar hand in de zijne.

'Wat zeg je?' riep Merle boven het pruttelende geluid van de motor uit.

'Dat er een trui in de kajuit ligt.' James had een hand op het stuurwiel en de andere in zijn zak.

Merle opende de dubbele deurtjes naar de kajuit en liep de steile trap af. Verrast bekeek ze de kleine ruimte met daarin een aanrechtblokje, een tafel waar net twee mensen aan pasten en een keurig opgemaakte twijfelaar die in een punt liep, naar de vorm van de boot. Boten waren vanbinnen net als de showroomkamers van IKEA waarmee ze reclame maakten voor 'wonen met vier personen op dertig vierkante meter'. Alles was zo efficiënt mogelijk ingedeeld.

Over de stoel lag James' blauwe schipperstrui, die ze over haar hoofd trok. Ze negeerde het gefladder in haar buik bij het ruiken van zijn geur. Wat deed ze hier eigenlijk? Dingen gecompliceerd maken?

'Staat jou beter dan mij.' James zette de motor wat minder hard, zodat ze elkaar konden verstaan.

'Waar gaan we heen?'

'Om die punt heen. Het is nog zeker veertig minuten varen. Hou je dat vol?'

'Nee, ik denk dat ik dan al overboord ben gevallen.' Ze ging naast hem staan en gaf hem een duwtje met haar heup. 'Natuurlijk houd ik dat vol. Zal ik even sturen?' Ze nam het houten stuurwiel van hem over.

James bleef staan waar hij stond, met als gevolg dat ze bijna tegen hem aan stond. 'Zie je die boei daar? Daar moet je links van blijven. Heb je al eens eerder gevaren?'

'Nee.'

'Zie je deze hendel?'

'Ja, maar ik hoef niet te weten waar hij voor is. Ik stuur alleen.'

'O, jij bent zo'n halve-werktype.'

'Precies. De rotklusjes laat ik graag aan anderen over.' Het duurde zeker tien minuten voordat ze bij de punt waren. Daarna nam James het weer over. Merle genoot van de wind door haar haren en vond het fijn dat ze niet hoefde te praten. Ze had zin om van zijn nabijheid te genieten. Misschien konden ze gewoon vrienden worden, als de scherpe randjes ervan af waren. Misschien was dat wel wat ze nu aan het doen waren. De scherpe randjes weghalen door tijd met elkaar te spenderen.

'Zie je die rotsen in zee? Daar gaan we naartoe. Wil jij het even overnemen? Ik moet beneden wat spullen pakken.'

Merle nam zijn plaats in en hoopte dat hij met 'spullen' een flesje wijn, een zacht kaasje, toastjes en een tros druiven bedoelde, maar tot haar afschuw kwam hij met armen vol wetsuits, snorkels, flippers en een enorme grijns de kajuit uit. Moet je nagaan, dacht ze. Dat lag daar ook nog ergens opgeslagen. Vast in een efficiënt luikje onder het bed.

'Zet hem even wat langzamer.'

Ze bekeek de hendel en haalde hem rustig naar zich toe, zoals ze hem eerder had zien doen, tot ze de boot voelde vertragen.

'We gaan straks voor anker.'

Merle besloot zich niet te laten kennen. 'We gaan het water in, begrijp ik?'

James nam het stuurwiel van haar over en manoeuvreerde de boot tussen twee rotspartijen door. 'Ja, kom, ik zet de motor uit, anders jagen we de zeehonden weg.'

'Zijn die er dan?' Merle tuurde in de verte in de hoop er een te zien.

'Ik hoop het. Ik moet eerst even het anker laten zakken. Meestal liggen ze daar rechts om het hoekje.'

De boot dobberde vredig op het vlakke water. Merle zag niets.

'Trek die wetsuit aan, dan zwemmen we erheen. Maar je moet je niet verheugen, want ze zijn er niet altijd. Ga er maar van uit dat we gewoon een stukje gaan zwemmen.'

'Hoe kom je aan die wetsuit?'

'Gekocht voor Maddie, maar hij was te groot. Ik heb geen bikini voor je bij me en ik denk ook dat de flippers een maat te klein zijn, sorry, maar als we ze zien is het de moeite echt waard.'

'Nou, vooruit dan maar. Draai je nu maar om, James.'

James lachte. 'Ik heb je vaker zonder kleren gezien, weet je nog?'

Merle werd ongemakkelijk onder zijn priemende blik.

'Je weet het nog, zie ik.' Hij grijnsde.

'Je bent zo vermoeiend.'

James draaide zich braaf om en trok intussen zelf zijn kleren uit. Merle keek naar zijn billen en nam zich voor om zich niet tot seks te laten verleiden. Dat zou op niets uitdraaien en ze had geen zin in dat gedoe, waarbij ze elkaar weer dagen gingen negeren en ze zich 's nachts urenlang afvroeg waarom hij niet echt iets met haar wilde. Toen ze zich met alleen haar onderbroek aan in de wetsuit wurmde, drong het tot haar door dat ze niet mee had moeten gaan. Waar was ze mee bezig?

'Het enige nadeel van dit uitje is dat het water ijskoud is.' James lag er al in.

'Waarom zeg je dat nou?'

'Gewoon springen, als je van dat trapje gaat val je toch met die flippers. Je hebt toch wel je zwemdiploma?'

Merle keek naar de onuitnodigende grijze massa water onder haar. 'Nee, nu ik hier zo sta, besluit ik dat ik dat niet heb.'

'Gooi mij die flippers maar, dan kun je die in het water aandoen.' Merle deed wat hij zei en kneep haar ogen stijf dicht, klemde haar duim en wijsvinger om haar neus en sprong.

Naar lucht happend kwam ze boven. 'Dit noem jij koud? Zo moet het voelen als je van boord geraakt van een expeditieschip bij Groenland.'

'Hield jij nu serieus je neus dicht?'

'Waag het niet me uit te lachen, James. Ik doe heel leuk mee aan jouw absurde avontuur, zonder vragen te stellen. Ik heb heel veel pluspunten verdiend.'

Hij hielp haar de flippers aantrekken en ze zetten hun snorkels op. 'We moeten even een stukje zwemmen. Gewoon dicht bij me blijven.'

Ze knikte klappertandend.

James pakte haar hand en trok haar mee. Na vijftig meter zwemmen kwamen ze dichter bij de rotspartij in zee. James kwam boven en wees. Hij haalde de snorkel uit zijn mond. 'Ze zijn er!'

Merle keek en zag inderdaad zeehonden liggen op de rotsplaat waar ze nu vlak bij waren. Ze moest goed kijken, want ze gingen bijna op in hun omgeving.

'We gaan nog iets dichterbij en dan komen ze vanzelf. Ze zijn heel nieuwsgierig, maar ze hebben niet zulke goede ogen, dus ze komen heel dichtbij. Je kunt ze alleen beter niet aaien. Gewoon stil in het water blijven liggen.'

Merle stak haar hoofd onder water en snorkelde een stukje verder. Ze had nog steeds James' hand vast. Hij kneep erin en ineens verscheen er een zeehond voor haar. Met grote ogen keek hij haar aan. Het dier zwom steeds naar hen toe en weer weg. Het duurde even voordat de volgende kwam. Merle voelde haar hart bonzen van opwinding toen er nog een tweede kwam en de beesten achter elkaar aan raceten en cirkels draaiden, maar dichtbij bleven. Ze vergat het koude water en dreef extatisch rond terwijl de ene na de andere zeehond naar hen toe zwom. Sommige bleven vlak voor haar duikbril hangen om naar haar te kijken. Het grote logge lijf met de vragende ogen maakte ze onbeholpen en zo schattig dat ze het er warm van kreeg. James trok haar terug toen ze te dicht naar de kolonie afdreven. Hij gebaarde naar de boot en ze begonnen terug te zwemmen. Een van de zeehonden zwom een stuk met hen mee.

Merle vond het fijn dat James onder water bleef zodat ze nog even kon nagenieten van wat ze net hadden gezien in de kalme onderwaterwereld. Het was ook fijn dat hij haar hand vasthield. Zo hoefde ze niet te kijken of ze de goede richting op zwom, maar kon ze gewoon om zich heen kijken, al was er op een paar grijze vissen na niet veel te zien. De rillingen van de kou die met regelmaat over haar rug schoten maakten dat ze blij was dat de boot in zicht kwam. James trok onder water haar flippers uit en gooide ze met een boogje in de boot. Merle klom het trapje op.

James klom achter haar aan en schudde als een hond het zeewater uit zijn haar. 'Was leuk, hè?' Hij lachte zijn knappe lach en ondanks de kou voelde ze adrenaline door haar lijf pompen.

'Nee, het was meer dan leuk,' klappertandde ze. 'Het was ongelooflijk. Het was echt het bijzonderste wat ik ooit heb gedaan. Ze kwamen zo dichtbij! Ze snuffelden bijna aan mijn wang.' Zonder na te denken ritste ze haar wetsuit open.

James keek naar de welving van haar borsten die zichtbaar werd.

Merle draaide zich om en wurmde zich uit het pak. Uit het niets voelde ze een handdoek om haar heen. 'Dankkkk.' Haar kaken klapperden op elkaar als castagnetten.

'Ik heb helaas geen warme douche. Droog je snel af en trek die warme schipperstrui aan.' Merle wrong haar wetsuit uit over de reling van de boot en legde hem te drogen terwijl James in de kajuit bezig was. Tegen de tijd dat ze zijn wetsuit ook te drogen legde, kwam hij boven met twee dampende koppen thee. Tussen zijn kin en borst had hij een klein doosje geklemd. Daar zaten vast chique koekjes in. Macarons of zo. Zo jammer. Op dit moment zou ze het liefst een heel pak vanillekoekjes in haar thee dopen.

'Dank je.' Met haar handen om de beker gevouwen ging ze op het bankje achter het stuurwiel zitten. Het water klotste zachtjes tegen de boot. De grijze rotsen verderop staken licht af tegen het donkergrijs van de zee en het steeds donkerdere blauw van de lucht erboven. Achter hen zag ze ver weg de baai waar ze ooit samen een zandkasteel hadden gebouwd. James ging naast haar zitten en ze bedacht dat ze zich op de meest romantische plek op aarde bevonden.

'Ik wist niet dat ze hier waren, die zeehonden. Wel dat je ze hier tegenkomt, maar niet dat dit hun plekje is.'

'Dat weet bijna niemand, omdat deze rotsen tussen de andere verscholen liggen. Je ziet ze niet vanaf het land en ook niet vanaf de zee, en als je erlangs vaart kun je ze nog gemakkelijk missen, omdat de rotsen precies dezelfde kleur hebben.'

'Hoe wist jij het dan?'

'Van opa, het was zijn best bewaarde geheim. Alleen opa, mijn moeder, Maddie en ik wisten ervan, en nu jij. Je mag het nooit aan iemand vertellen.'

'Dat zal ik niet doen.'

'Je mag er ook geen foto's van maken.'

Ze keek hem van opzij aan om zeker te zijn dat hij het meende. Hij was bloedserieus.

'Ja, dat meen ik.'

'Ik zie het. Je kijkt nogal intens.'

Hij fronste.

'Hoe wist je dat ze niets zouden doen?'

'Opa deed dit al als klein jongetje met zijn vader, vervolgens met mijn moeder en zij deed het met mij, en ik met Maddie, en ik hoop dat zij het weer met haar kinderen gaat doen. Als ze tenminste niet naar New York verhuist om door te breken als actrice, zoals ze nu van plan is.' Hij grinnikte zacht.

Er viel een lange stilte, waarin de boot vredig op het water dobberde en Merle het zwemmen met de zeehonden herbeleefde.

'Gaat het goed met je?' vroeg ze na een tijdje. 'Ik bedoel... na het overlijden van je opa?'

‘Mjah, best.’ James strekte zijn lange benen voor zich uit. ‘Weet je? Het is verdrietig dat opa er niet meer is, vooral voor Maddie, want hij heeft haar praktisch opgevoed. Maar voor hem is het eigenlijk heel fijn dat het zo is gegaan. Hij woonde zelfstandig met zijn nieuwe vrouw en ze hadden het heel gezellig samen, al was het van te korte duur. Gelukkig is al dat gedoe met langzaam aftakelen hem bespaard gebleven. Maar ik mis hem natuurlijk.’

Merle keek hoe de wind aan de haal ging met zijn haar, dat door het zoute water in dikke strengen rond zijn hoofd zat.

‘Enorm,’ voegde hij eraan toe.

‘Natuurlijk mis je hem.’ Ze wilde hem even bemoedigend in zijn been knijpen, maar trok haar hand uiteindelijk terug.

Met twee handen duwde hij zijn haar naar achteren. ‘Zal ik wat te eten maken?’

‘Ik dacht dat we terug gingen varen?’ Merle wist niet of het verstandig was dat ze uren op elkaars lip zouden zitten op een krappe boot op zee.

‘Als je wilt, maar ik kan hier ook koken. Zach slaapt in de boerderij vannacht. Hij ging met Maddie griezelfilms kijken en spaghetti bolognese eten... Dat pleziertje wil ik hun niet ontnemen door ineens weer op de stoep te staan.’

‘James, even een prozaïsche mededeling: ik ga niet met je naar bed. Hoe gezellig het ook wordt en hoe uitnodigend die twijfelaar er ook uitziet.’

Geamuseerd kneep hij zijn ogen een beetje dicht. ‘Dus je hebt er wel over nagedacht.’

Merle keek voor zich uit en nam kleine slokjes van de hete thee. ‘Jij?’

‘Eerlijk? Ik denk al maanden aan niets anders. En nu ook niet. Zeker nu ik weet dat je niets aanhebt onder dat spijkerbroekje.’

‘Goh.’ Ze had het meteen niet meer koud.

'Merle... Het is... Ik had... Misschien...'

Nu kwam het. 'Wat wil je zeggen, James?'

'Je had gelijk toen je zei dat ik een lafaard was.'

'Ik heb meestal gelijk.' Ze tikte hem aan om te laten weten dat het een grapje was. 'Ach James, we willen allebei andere dingen.'

'Wat wil jij dan? Ik realiseerde me dat ik je dat nooit heb gevraagd.'

Merle haalde haar schouders op. 'Gewoon, een simpel leven met een leuke man.'

'Het leven is nooit simpel, maar ik kan prima die leuke man zijn.'

Ze zuchtte diep, alsof hij iets heel doms zei. 'Ik denk niet dat je dat kan, James.'

'Hoezo? Ik wil ook een simpel leven met een eenvoudige lieve vrouw.'

'Ik ben al helemaal geen eenvoudige lieve vrouw!'

'Sjeezus, wat moet ik dan zeggen? Ik wil een leven met een strontvervelende irritante ruziezoeker?'

'Als je dat van me vindt zou ik nog even verder kijken...'

'Pfff, daar gaat het niet om.' James klonk gefrustreerd.

'Waar gaat het dan wel om? Het is me niet helemaal duidelijk.'

'Merle, ik wil me niet afvragen of ik wel genoeg ben voor iemand. Of ik je wel kan geven wat je nodig hebt.'

Merle nam de laatste slok thee en zette haar beker in een hoekje onder de bank. 'Wat? Heb je een complex of zo? Je bent genoeg voor mij. Ik wil jou. Met je boerderij en je shabby kleding en je quad en je puberende tienerdochter. En als je vraagt of ik hier kom wonen, dan doe ik dat misschien wel, omdat ik het wil. Zeker tot Maddie uit huis gaat. Vraag het me gewoon. Als jij mij ook wilt.' Met grote ogen, verbaasd om haar eigen eerlijkheid, keek ze hem een beetje verschrikt aan.

'Zo simpel is het niet.'

'Zo simpel is het wel. In het ergste geval gaan we over een tijdje uit elkaar en hebben we allebei verdriet, maar dan is dat zo. Ja, dat is rot voor Maddie, maar daar komt ze echt wel overheen. Dat is toch beter dan dat je je over tien jaar nog afvraagt of het iets geworden zou zijn? Of vraag jij je dat soort dingen helemaal niet af? Ik snap het niet, James. Vind je me nou leuk of niet, want dat wil ik weten. Als je me niet leuk genoeg vindt, blijf dan uit mijn buurt, want ik word gek van je en zó onzeker.' Ze veegde een plotselinge traan uit haar ooghoek. 'En labiel blijkbaar. Wat doe ik hier in godsnaam!'

'Je gaat nu niet huilen, want dat deed je nooit, toch? Die ene keer was een uitzondering.'

'Ik... ga... nu... niet... huilen...' snifte ze.

'Kom hier.'

'Nee! Dit wil ik dus niet.' Ze duwde de arm die hij om haar heen wilde slaan weg. 'Ik wil duidelijkheid.' Ze sloeg haar handen voor haar gezicht en wreef de tranen uit haar ogen. Toen ze ze weer opende, zat James voor haar op één knie met een ring tussen zijn duim en wijsvinger.

'Waar heb je die ineens vandaan?' Ze zag het doosje waarvan ze had gedacht dat er koekjes in zaten open naast hem liggen.

'Die heb ik altijd bij me, voor het geval dat.' Hij glimlachte. 'Lieve Merle. Wil jij mijn vriendin zijn? Ik realiseer me dat je daar mijn hormonale dochter, mijn kwijlende hond en een saai Engels gat gratis bij krijgt, dus ik snap heel goed dat je nee zou kunnen zeggen, maar als je ja zegt zal ik alles doen, echt alles wat in mijn kunnen ligt, om je gelukkig te maken. En ter compensatie heb ik deze fantastische ring voor je gekocht.'

Merle keek sniffend naar de blinkende groene steen in de gouden zetting. 'Als chantagemiddel.' Ze lachte door haar tranen heen.

'Precies, om je over de streep te trekken.'

'Wat moet ik nou doen?'

'Gewoon ja zeggen en bij me komen.' James stond op. 'En je hoeft niet hier te wonen. Wij kunnen ook naar Utrecht komen. Op bezoek en ooit misschien wel voor langere tijd. Er is daar een prima internationale school. We vinden wel een manier. Het spijt me van de vorige keer. Ik wilde gewoon niet op mijn geweten hebben dat je voor mij weg ging kwijnen in een dorp terwijl je liever in de stad bent.'

'En nu?'

'Heb ik al weken een rotgevoel en ben ik inmiddels egoïstisch genoeg om je te vragen het te proberen, en weet ik dat ik verliefd genoeg op je ben om naar je toe te komen. Ik weet dat ik het mezelf nooit zou vergeven als ik je zou laten gaan.'

Merle keek van James, die zijn adem leek in te houden, naar de ring.

'Vierentwintig karaats, Mer, ik zou ervoor gaan.' Hij grijnsde.

Glimlachend keek ze naar hem op. 'Oké, ik doe het.'

'Goede keus, kom hier.' Hij sloeg zijn armen om haar heen en kuste haar.

'Ben je nu niet bang dat dat anker niet goed vastzat en dat we langzaam tegen de rotsen aan drijven en zinken?' Merle keek James, die naast haar op hetzelfde kussen op de twijfelaar lag, van dichtbij aan.

'Nee, dat kan me niets schelen op dit moment, ik vind het veel te fijn hier met jou. Maar als jij daar bang voor bent, kan ik wel even gaan kijken?'

'Nee hoor, ik ben nergens bang voor.'

'Dat blijkt wel als je mij als vriend durft te nemen.'

'Absoluut.'

'Weet je waar ik vaak aan moet denken? Je had toch gelijk

toen je het had over die man met zes vingers.'

'Wat!? Hoezo?'

'Ik weet zeker dat ik bij je aan de bar zou blijven zitten als jij dat had. Dat ik het lief zou vinden.'

'Je zou het lief vinden als ik zes vingers had? Ben jij niet goed snik?'

'Je snapt wat ik bedoel.'

'Je zou speciale handschoenen voor me laten maken met kerst?'

'Natuurlijk.'

'Dat zeg je ongetwijfeld omdat jij ook lichtelijk misvormd bent, met dat litteken.'

'Zie jij dat zo?'

'Ja, je bent wel een beetje een *charity case*.' Merle giechelde.

'Pfff, waar ben ik aan begonnen?' James trok haar tegen zich aan en kuste haar nek. Merle bekeek de ring achter zijn rug. 'Hoe kom je aan deze ring?'

'In Castlemouth gekocht. Je mag hem ruilen, hoor, maar ik vond hem bij je passen.'

In gedachten zag Merle James bij de juwelier staan.

Hij keek haar aan. 'Waarom ben je zo verbaasd over die ring?'

'Ik vind het gewoon zo lief. Je bent echt de laatste persoon op aarde van wie ik had gedacht dat hij zo lief zou zijn. Dat je de beelden van mijn oma koopt, dat je zo goed voor Maddie zorgt...'

'Doe je nou alsof ik een zacht ei ben? Want dan ga ik nu bewijzen dat ik dat niet ben.' Hij kwam boven op haar liggen.

'Ik weet toch dat je ontzettend mannelijk bent, vooral omdat je puzzelt.' Ze lachte. 'Dat vind ik je meest sexy eigenschap.'

Hij keek haar geamuseerd aan.

'Weet Maddie eigenlijk dat je die ring hebt gekocht?' vroeg ze.

'Nee, hoezo?'

'Denk je dat ze het leuk zou vinden? Want ze kan ook het gevoel krijgen dat ik tussen jullie in kom te staan, en ze heeft net Harry verloren. Misschien moeten we nog even wachten?'

'Absoluut niet, ik kan niet meer wachten. We hebben het er wel over gehad. Ik heb haar gevraagd wat ze ervan zou vinden als we in Utrecht zouden gaan wonen, dus toen begreep ze het wel.'

'En?'

'Ze was niet heel enthousiast. Ze is een puber met vriendinnen en woont al heel haar leven in hetzelfde dorp. Maar ze zei wel dat ze het goed snapte als we daar zouden gaan wonen en dat ze het jammer zou vinden als het niets werd tussen ons. Weet je wat ze me vertelde toen ik vroeg waarom ze dat jammer zou vinden?'

'Nou?'

'Ze mocht het me eigenlijk niet vertellen, maar je had de helft van haar jurk voor de bruiloft betaald toen jullie in Castlemouth waren. Daar kon ze uit afleiden dat je een goed mens was.'

'O god, dat kind is veel te naïef om in een vreemde stad in het buitenland te gaan wonen,' lachte Merle.

James bestudeerde haar gezicht. 'Weet je, dit is voor het eerst dat ik hoop dat het voor altijd is. Dat ik benieuwd ben naar wat voor kinderen wij zouden krijgen.'

'O god, nee,' kreunde ze. 'Met jou krijg ik natuurlijk van die jongens die het hele dorp bezwangeren.'

Hij kuste haar. 'Zullen we vannacht hier blijven? Het weer blijft goed, de zee rustig en ik heb Eleanora gezegd dat je heel misschien niet thuis komt slapen...'

Ze knikte langzaam. 'Wie had dat ooit gedacht, dat ik verliefd zou worden op James de friemelaar?' mompelde ze.

'Ik had je al meteen gebrandmerkt met die kwal, toen ik

merkte dat je een knappe vrouw werd.' Hij kuste haar en kwam toen overeind. 'Heb je honger?'

Merle knikte en keek naar zijn blote lijf. 'Weet je dat oma één mooi beeld heeft gemaakt? Dat van jouw lijf. Ik wist niet dat ze zo goed natuurgetrouw kon beeldhouwen. Dat deed ze nooit, dus ik dacht altijd dat ze maar wat deed, maar ze kan het echt.'

'Ik heb het gezien.' James begon op het kleine keukenblok te koken. 'Wil je een wijntje?' Hij hield een fles omhoog.

'Graag.' Merle wilde haar T-shirt over haar hoofd trekken.

'Alsjeblieft, niet doen.'

Merle gooide het T-shirt opzij.

'We hebben nog veertien uur voordat we terug moeten en Zach moet werken. Over veertien uur mag je weer kleren aantrekken.'

57

'Heb jij het beeld van James in het gastenverblijf gezet?' Merle liep het atelier binnen, waar Eleanora aan haar werkbank voor zich uit zat te staren.

'Ja, het is voor jou.'

'Hoe wist je het?'

'Ach meisje, dat wist ik toch al de eerste keer dat ik jullie samen zag. Harry en ik hebben ons zo vermaakt om jullie puberale gedrag.'

Merle sloeg haar armen over elkaar.

'Merle?' Haar oma klonk serieus. 'Heb je nog over dit huis nagedacht?'

Merle schoof een kruk naar achteren en ging bij haar aan de werkbank zitten. 'Ik moet er niet aan denken dat je hier niet meer zou wonen. Dit is jouw plek. Je was altijd zo gelukkig hier en je hebt genoeg geld, dus laten we die leitjes op het dak vervangen en een slaapkamer beneden maken als je slecht ter been wordt. Blijf gewoon.'

'Misschien maak ik nooit meer kunst.'

'Dan maak je een mooie slaapkamer van deze ruimte. Het licht is hier prachtig. Wie wil hier nu niet wakker worden?'

Eleanora glimlachte. 'En jij dan? Ik wilde je een reden geven om te blijven.'

'Het maakt me niet uit waar ik woon. Ik pik het bijgebouw

in als Zach in de kerk gaat wonen en misschien slaap ik af en toe bij James. Als Maddie dat ook ziet zitten.'

'In je hart ben je een hippie, net als ik.'

'Nou...'

Eleanora bestudeerde haar rimpelige handen. 'Ik ben natuurlijk nog lang niet oud.'

Merle keek verrast op. 'Precies!'

'Ik zou het atelier ook kunnen verhuren als yogastudio. Dat zijn altijd van die heerlijke knappe mannen, yogaleraren. Die leer ik dan goed kennen op die manier. Ik zou thee kunnen serveren. Misschien wil zo iemand wel een tijdje bij mij inwonen...'

'Fantastisch idee, oma.'

'Daar meen je niets van. Je wilt gewoon dat ik er weer snel bovenop kom, zodat je je geen zorgen meer hoeft te maken.'

'Dat is waar. Toen ik hierheen liep hoopte ik dat je in je blootje aan het boetseren was. Dan ben je nu eenmaal het meest in je element. Gek hoe dat werkt. Ik schaamde me altijd dood voor dat boetseren in je blootje en nu verlang ik ernaar. Zach en ik gaan trouwens zalm uit de oven maken straks. Ja, dat doen we omdat het je lievelingseten is en je te weinig eet.'

Eleanora knikte. 'Heerlijk, daar kijk ik nu al naar uit.'

'Goed zo.' Merle stond op. 'Fijn dat je ons een beetje voor je laat zorgen.'

'James is heel bedreven in de slaapkamer, neem ik aan?'

'Gatver, oma, daar ga ik het echt nooit met je over hebben. Zelfs niet nu je aan het wegkwijnen bent als zielige weduwe!'

Voor het eerst sinds haar komst hoorde ze Eleanora zachtjes lachen toen ze de deur sloot. Merle belde Tascha om het haar te vertellen.

'Jullie gaan nu zeker de hele tijd zitten tongen, nu jullie verkering hebben? Dat vind ik zo'n onsmakelijk gezicht, oude mensen die dat doen.' Maddie zat op de bank voor hen.

'Hoe weet je dat wij iets hebben?' Merle was na het eten naar James' huis gelopen, zodat ze het haar samen konden vertellen. Ze waren in de woonkamer gaan zitten om het nieuws te brengen.

'Omdat papa sinds hij terugkwam vanmorgen alleen maar heel suf aan het lachen is. Hij zeurde ook niet toen ik voor zijn neus zes witte boterhammen met Nutella nam als ontbijt. Hij had het niet eens door, want hij dacht waarschijnlijk alleen maar aan jou. Hij at zelf niets.' Maddie maakte een hartje van haar handen en liet het heen en weer gaan voor haar hart. 'Hij is echt superverliefd.'

'Dat valt wel mee, Sherlock.' James leunde achterover in de bank en keek zijn dochter strak aan.

'Echt niet, pap, maar ik snap wel dat je je schaamt, want het is ook best gênant. Maar als dit het was, kan ik dan nu gaan, want ik heb bij Freddie's afgesproken met wat mensen?' Maddie sprong op.

'Ga maar, dan kunnen wij tenminste naar hartenlust tongen.' James knipoogde naar Merle. 'Wat gaat ze trouwens ineens 's avonds bij Freddie doen met wat mensen?' vroeg hij haar zacht.

'Hetzelfde wat jij altijd deed op die rots achter de container van Freddie?'

'Ehm, Maddie? Wat ga je daar eigenlijk doen en met wie?'

Maddie keek even om de hoek de kamer in. 'Gewoon, pap.' Ze draaide zich weer om.

'Dat is geen antwoord.' James liep achter haar aan en sloot de deur tussen keuken en woonkamer.

Merle bleef alleen achter maar hoorde vader en dochter kibbelen in de keuken. Bubbles maakte van de gelegenheid gebruik om naast haar op de bank te springen en zijn kop op haar schoot te leggen. Ze aaide het enorme beest tot de keukendeur weer openging. 'Tien uur is tien uur, Mads, anders kom ik je halen, in mijn onderbroek!'

'Met kleren aan ben je ook al om je dood voor te schamen, hoor, dus doe geen moeite om ze uit te doen!' Met een knal sloeg ze de achterdeur dicht.

Merle giechelde zacht.

'Nee, Bubbles, ik doe niet aan delen.' Hij duwde de hond van de bank en plofte neer naast Merle.

'Ik zal Freddie vragen of ik daar een camera mag plaatsen.'

'Goed plan,' knikte Merle. 'Misschien kan je Maddie dan ook laten chippen.'

James keek naar haar mond. 'We hebben nu dus wel twee uur lang tijd om te tongen.'

Merle boog voorover om haar laptop uit haar tas te halen. 'Ik heb alle cijfers van de Engelse app op een rij gezet vandaag, om een budgetplan te maken, en ik wilde vragen of jij zin hebt om ernaar te kijken.' Ze opende Excel.

'Nee, maar ik doe het wel. Jij bent zo'n vrouw die altijd met haar hoofd bij haar werk is.' James trok haar laptop op zijn schoot. 'Zo vermoeiend!' overdreef hij. 'Serieus? Is dit jouw omzet?'

'Ja, het totaal, maar het gaat om deze kolom, Engeland. Zou jij dat ook zo verdelen, die bedragen?'

'Ehm, nee, ik zou meer in de marketing stoppen, aangezien dit je kosten zijn?'

'Ja.'

'Ik zou in het begin zo veel mogelijk terug investeren in je bedrijf. Of heb je het nodig?'

'Nou... ja, ik wilde een huis kopen.'

James was even stil. 'In Utrecht?'

Ze knikte. 'Of vind je dat ik dat niet moet doen?'

'Mer, dat kan ik niet voor je bepalen. Laat je me daarom die cijfers zien?'

'Ik weet het gewoon even niet meer.'

'Wacht dan totdat je het wel weet.'

'En als ik het nou nooit weet?'

'Gaat dit over ons of over je werk?'

Merle haalde haar schouders op.

'Shit man, nu heb ik twee vrouwen in mijn leven voor wie ik alles op moet lossen.' James legde de laptop weg en veegde een pluk haar achter Merles oor.

Ze glimlachte. 'Je hoeft niets voor me op te lossen.'

'Geef het tijd. We gaan gewoon ons best doen, goed?'

Merle ging bij hem op schoot zitten. 'We kunnen samen puzzelen? Ik zag een Zwitsers landschap van tweeduizend stukjes in de kast.'

'Lach me maar uit. Er komt een dag dat jij hier zit te puzzelen en me bedankt voor de tip omdat het zo fijn is om te doen.'

'Nee, James, die dag komt nooit en ik ga ook nooit achter op die vieze quad dat modderpad afrijden.'

'O, dat ga je zeker doen!'

'Mmm, supercoole toekomst ga ik met jou tegemoet.'

'Ik ga je nu kussen, goed? We hebben nog maar één uur en zesenvijftig minuten.'